书林清话

傅璇琮 著

中原出版传媒集团
大地传媒
大象出版社
·郑州·

图书在版编目(CIP)数据

书林清话 / 傅璇琮著.— 郑州 : 大象出版社, 2015. 2
ISBN 978-7-5347-8302-9

Ⅰ. ①书… Ⅱ. ①傅… Ⅲ. ①序言—作品集—中国—当代 ②书评—中国—现代—选集 Ⅳ. ①I267 ②G236

中国版本图书馆 CIP 数据核字(2015)第 022154 号

书林清话

傅璇琮 著

出 版 人 王刘纯
责任编辑 郭一凡
责任校对 侯金芳
装帧设计 张 帆

出版发行 大象出版社(郑州市开元路 16 号 邮政编码 450044)
发行科 0371-63863551 总编室 0371-65597936
网 址 www.daxiang.cn
印 刷 河南省瑞光印务股份有限公司
经 销 各地新华书店经销
开 本 787mm×1092mm 1/16
印 张 12.5
字 数 217 千字
版 次 2015 年 2 月第 1 版 2015 年 2 月第 1 次印刷
定 价 45.00 元
若发现印、装质量问题,影响阅读,请与承印厂联系调换。
印厂地址 郑州市二环支路 35 号
邮政编码 450012 电话 0371-63956290

目录

中　辑

下　辑

前记

我于2008年上半年所编的《学林清话》(大象出版社于2008年10月出版),收集我自1981年至2008年春为学界友人及有关文化机构的著作所作的序,共七十三篇。我在此书自序中,概述我所撰的学术性序言,其旨意为:辩学术,论世情,记交谊,抒己见,重理趣。

此书出版后,确得到学术界的肯定评价,不少友人写信给我,又撰写书评,刊登于有关刊物。中国唐代文学学会副会长、武汉大学文学院尚永亮教授于2009年1月13日来信中,评云"文字省净,文风平和","如话家常,如老友晤谈"。厦门大学文学院古籍研究所所长吴在庆教授更以此与教学结合,说"适有学术讲座,即推荐此书给研究生们"(2009年1月15日来信)。

更有好几位学者从学术史的角度予以评论。如湖南科技大学人文学院李德辉教授,写有书评,先刊于《南通大学学报》,后又载于商务印书馆出版的《傅璇琮学术研究论文集》,认为这七十几篇序文,所述范围广,跨学科研究,"无异于一部改革开放三十年来的古典文学研究史"。南通大学王志清教授的一篇书评(刊于《文汇读书周报》2009年1月16日),认为使人可以见到"新时期古典文学研究的丰硕成果和最新进展"。西北大学文学院李芳民教授一文(刊于《古典文学知识》2009年第3期,又刊于《中华读书报》2009年9月23日),更具体提出,可由此重温近三十年来"学术界所经历的学术观念、思想、方法、范式的演讲过程与学术研究视野不断开拓发展的历史","这本书在一定程度上也具有近三十年学术演变的'史'的特征"。

请读者谅解,我之所以记述前两段学者的赞誉之辞,并非出于自我宣扬之旨,而是本于自我慰勉之情。2014年1月6日,《中国社会科学报》刊登采访我学术情况的报道，特别引及我过去说的两句话："我最大的心愿是为学术界办一些实事，我最大的快慰是得到学界友人的信知。"（见张世林于1999年所编《学林春秋》中我的一篇文章《我和古籍整理出版工作》）从学者约我写序，及学者对《学林清话》的评价，我确深感"最大的快慰是得到学界友人的信知"，这当也是我与文化界作学术交往的记录。

也正由此，《学林清话》出版后，更有不少学者及有关文化机构约我写序及书评，书评也是学术交往。据统计，自2008年上半年起，至2014年初，共撰有序文三十六篇，书评十一篇，则平均每年写有近八篇。我写作时确也感到困难，但仍着力于此，于学术交流更滋育较深的情谊。

我这期间所写，不仅是有关古代文学，范围很广，涉及历史哲学、书画艺术及社会文化等。我这里想提一提地域文化研究。王国平同志在任浙江省委、杭州市委书记时主持编纂《西湖通史》，有三百多万字。他与当地学者洽商，约我为此书撰一序言。我是浙江人，对西湖有情谊，但关于西湖历史，了解不多，当然撰序有困难，但仍着力通阅全书，于2013年12月写成。王国平同志于2014年1月15日特写信给我，对此序甚为肯定，特为提及："我们将一如既往努力做好工作，以不负先生及关心西湖、关心西湖文化的各方人士。"

我在此篇序文的最后一段，特为提到习近平同志在任浙江省委书记时于2006年所撰的《浙江文化研究工程文库总序》，提及习近平同志重视地域文化的历史意义与现实价值，认为地域文化的力量最终可以转化为物质的力量，文化的软实力最终可以转化为经济的硬实力。

当可能我受地域文化意义的启示，写了好几篇与地域文化有关的序言，在杭州附近的有《浙东唐诗之路重要源头学术研讨会论文集》序，《湘湖古韵》序，《桐溪书声》序；有关我家乡宁波的，有《鄞州佛教文化》序，《鄞州望族传记》序，《鄞州区志》序，《〈三字经〉古本集成》序。又应鄞州区政府之邀，主编《王应麟著作集成》，整理宋代本籍著名学者王应麟著作十四种，陆续在中华书局出版。我在此书总序中细致记述清华大学与鄞州区及中华书局合作，特约十几位学者对王应麟著作予以系统整理。

除浙江省外，其他省市的几次学术研讨会论文集，我也应邀撰有序言。如2008年下半年，在广东韶关市举办纪念唐代诗人张九龄诞辰1330周年学术研讨会，2011年在湖北襄阳市举办唐代诗人孟浩然学术研讨会，2012年在陕西汉中市举办宋代诗人陆游在汉中创作活动研讨会，这三次讨论会的文集，我都应邀写有序言。这里还可一提的是，陕西省文史研究馆馆长李炳武主编"长安学丛书"，全书分综论、政治、经济、文学、艺术、历史地理、宗教、法门寺文化等八卷，约集各领域专家学者撰写。因我是中央文史研究馆馆员，参与中央文史研究馆主办的《中国地域文化通览》审稿工作，作为副主编之一，分工审阅“陕西卷”，因而与李炳武先生有交往，他就邀我为“长安学丛书”写一总序。又甘肃省古籍整理编译中心策划“中国华北文献丛书”，收集北京、天津、河北、山西、内蒙古五个地区的历史文献，辑集450种珍稀材料，邀约有关学者做具体编辑工作，而聘我为总主编，并写有总序，我在此书概述中，特为提出这是“有史以来第一部华北地区的文献总汇”。

我此次所辑的书评中，还有古代文学领域以外的。如我于2000年3月在上海复旦大学参加宋代文学国际研讨会，第一次与方勇同志见面，他就邀我为他早期一部古典文学研究著作《南宋末年遗民诗人群体研究》撰序（此序已收辑于《学林清话》）。此后他一直执教于华东师范大学，任先秦诸子研究中心主任。2010年3月，我应邀参加华东师范大学举办的《子藏》论证会，后时隔一年半，《子藏》首批成果《庄子》卷出版，共收历代《庄子》各种版本及相关研究著作302种。我深感《子藏》工作繁重，资料准备充分，积累深厚，甚有学术意义，故特应邀参加会议并撰写一篇书评，题为“《子藏》：一座宏大的子学经典库”。后又于2012年4月参加华东师大的先秦诸子暨《子藏》学术研讨会，方勇教授向会议提供他所撰的《庄子纂要》（共八册）。有感于他对庄学研究起了积极的推进作用，也应邀写一书评，后刊于《光明日报》2012年9月30日国学版。我对《庄子》及子部素无研究，却因此而扩大我的知识范围。近数年我参与《续修四库全书提要》编纂工作，故特邀方勇教授承担子部分卷中好几部著作提要的撰写，这当也是学术交流的成果。

本书分三个部分，即上、中、下三辑，每辑各篇均按撰写或刊载时间先后排列。上辑为学者著作所撰之序，三十九篇；中辑为书评，十一篇；下辑为本世纪期间我主编的八部书的总序。这八部书的总序，所述也是学术合作、学术交流，当也符合本书书名“书林清话”的含义。我希望这部《书林清话》向读者提供我与文化学术界合作、交流的情况，也便于读者了解新世纪期间不少学者新的积极成果。这当也是我的学术工作职责。

2014年3月

上辑

《〈红楼梦〉人物姓名之谜》序

本书作者翟胜健教授是我大学时期同窗好友。我们于1951年秋考入北京清华大学中文系，第二年秋，因当时进行院系调整，我们又一起转入北京大学。胜健学兄于1955年毕业后，先留在北京，后至内蒙古大学执教，80年代初又回至北京，仍在北京几所大学从事教学工作。在繁忙的教学与行政工作之余，依然孜孜于读书与写作，出版过几部著作。1997年由北京大学出版社出版他的《曹雪芹文艺思想新探》，嘱我写一序。我在那篇小序的结尾有所表示："他的研究定会在已有的高度上继续下去，我与别的同学好友一道，热切地盼望读到他的第二、第三部新著。"现在，他的有关《红楼梦》的新著——《〈红楼梦〉人物姓名之谜》，将在台湾著名的学海出版社出版。此时我正好应台湾大学哲学系之邀，住在台北，学海出版社社长李善馨先生就把原稿和校样拿来，要我审阅一次校样，同时执意要再写一序言。胜健学兄既已应我们的厚望写出新著，善馨先生又是我的同行老友，我虽然对《红楼梦》缺乏研究，但仍欣然应命，遵循执笔。

我在《曹雪芹文艺思想新探》序言中，曾对这部书的写作特点表达过这样两点意思：一、著者是真正进入到曹雪芹这部巨著的胜境中去的，他对于小说中人物、情节等细节熟悉的程度，真使人吃惊，而他又不满足于细节，能从各种细节中抓住要环，给人提示其中的要义；二、《红楼梦》是一部中国封建社会晚期的百科全书，正因如此，研究者就应具备丰厚的历史文化修养，这样就能真正领略曹雪芹作为一代巨人的博古通今的造诣，胜健学兄在这方面真正发挥了他长时期积累所达到的知识面广阔的特长。这次我通读了这部对人物姓名之谜的极为别致的探讨著作后，深感我上面所说的两点，仍然保留下来，而在具体探索中更有新的发挥，真有一种陶渊明所说的"时还读我书"的挚望，让人渴望重读《红楼梦》，以获取新的美感。

曹雪芹和《红楼梦》的研究，确是我们20世纪中国古典文学界的一个热点。这是好事，但有时也会出现使人担心的负面现象。今年9月6日，上海《文汇读书周报》曾有一篇报道，华东师范大学中文系主任陈大康教授曾对近半世纪以来古典文学研究论文做过数理统计，得出这样一个结论：这五十年来，明清小说作家作品研究论文中，近90%都集中于七部名著，而几乎每两篇论文中就有一篇是论述《红楼梦》的，关于《红楼梦》的论文，多达8700余篇。因此陈教授提出，当前古典文学研究存在着内容的高密度重复与格局的严重失衡。当然，这主要是根据大陆方面的统计，但根据我所了解，台湾有关《红楼梦》的论著也不少。

面对这种情况，我们一方面可以通过评论，加以分析探讨，提出改正的办法；另一方面，也是更重要的是正面拿出成果，树立能真正体现学术正常发展的标格。我觉得，胜健学兄的这部新著，对建树健康的学风是颇值得我们思考和借鉴的。

现在，不仅是红学，还兴起曹学，对《红楼梦》和曹雪芹，几乎是面面俱到，有些论著一出来，稍一翻阅，沿用现在习用的套语，真是"耳熟能详"，实无新意。现在本书从《红楼梦》人物的姓名着意，探索其起名的含义，并联系曹雪芹的基本创作原则与艺术表现手法，读来使人耳目一新，视野开拓。过去有关《红楼梦》中人物姓名的含义，也有人作过解释，但一是不多，二是不确。现在本书举出二十几个人的姓名，对其姓名之谜作具体考索，这在红学史上还是少见的。

本书还有一个特点，也使我极为钦佩的，是著者对所考人的姓名不作当前流行的一种泛论或所谓"后现代化"的新论，而是执意于我们华夏文化的一种学术传统。这就是先从字义的诂释着手，遵循过去前辈学者陈垣先生所倡导的史源学，从最早的字义训诂考起，然后按文字的形、音、义作历史沿变的阐述。而其引书之多，也使人惊异，就本书的第一篇《薛宝钗姓名新解》来说，所引用的书，从《诗经》及郑玄等传笺起，然后是《山海经》《尔雅》《本草纲目》，直至清初曹寅的《楝亭书目》，有十好几种。而关于空空道人姓名之谜的采索，所引书之多，其类之广，则更骇异。以史部来说，有《史记》的《乐毅传》《留侯世家》《封禅书》，《汉书》的《京房传》《王莽传》，《宋书・蛮夷传》，《南史・沈约传》，《宋史・吴元扆传》；哲学类方面，有《老子》《论语》《庄子》《抱朴子》，以及佛教、道教等书；还有宋人叶梦得《避暑录话》，清人袁枚《随园诗话》，更不用说小学类的字书，如许慎《说文解字》、刘熙《释名》等。我觉得，这才是做学问的正途。而正因如此，才能发前人所未发，纠前人之疏误。如书中《薛蟠的含义是"蟠龙"吗》一文，纠正过去流行的把"蟠"读成 pán 误作龙解，提出应读为 fān，是一种寄生虫，这就与小说中所描写的薛蟠的言谈举止、性格特征相合。这看起来似是一个小点，实际上是涉及研究的大局，很值得我们思索的。

由于我对《红楼梦》没有什么研究，因此不敢多说。我仍想用陶渊明的两句诗来作这篇小序的结语："奇文共欣赏，疑义相与析。"

2002年11月，于台北市长兴街台湾大学教授宿舍区

（《〈红楼梦〉人物姓名之谜》，翟胜健著，台北学海出版社2003年3月出版）

《黄庭坚研究论文选》序

今年是黄庭坚诞辰960周年,中国宋代文学研究会、人民美术出版社、中国社科院《文学遗产》编辑部、南昌大学、北京华夏翰林文化艺术研究院和黄庭坚家乡江西修水县政府联合召开学术研讨会。为配合此次研讨会的召开,华夏翰林黄君同志特编辑《黄庭坚研究论文选》。

这一套四卷本《黄庭坚研究论文选》是编者在检索新中国成立以来各类报刊、会议及著作中有关黄庭坚研究文献资料后,从数百万字的文章中精心挑选组编而成。130余篇文章洋洋140多万字,内容广泛涉及黄庭坚生平事迹考证,思想观念梳理,诗歌文献整理,山谷诗法、诗观研究,诗歌的分期、传播和影响研究,黄庭坚与江西诗派研究,哲学思想及与禅宗的关系研究等等,其中第三卷专门收集有关黄庭坚书法研究的文章,内容也很丰富,第四卷则是原江西九江师专詹八言、凌左义两人专辑——《江州二贤集》,同时具有对这两位已故黄庭坚专家的纪念意义。《论文选》最后附有30余种黄庭坚研究著作简介和20世纪以来黄庭坚研究论文索引,收揽文献资料近700种,可谓洋洋大观,非常难得。

新中国成立以来,黄庭坚研究经历了一个由前期承清季余波到冷落,再到重建和逐渐繁荣的过程。清季由于同光诗派的影响,山谷诗学地位颇高,20世纪前半期,承其余波,故多侧重关于山谷诗法讨论及江西诗派研究。新中国成立后,黄庭坚诗歌研究一度出现热潮,潘伯鹰、钱锺书等人均投入精力,从事黄研工作,撰文著书。20世纪60年代初,我编辑《黄庭坚和江西诗派资料汇编》时,正是黄研颇为兴旺的时期。但后来形势急转直下,黄庭坚和江西诗派被贬得很低,黄庭坚研究也在国家整体文化形势下转入冷落时期。1978年以后,黄庭坚研究开始恢复和重建,近20多年间,在老一代学者如朱东润、程千帆、匡扶、胡守仁等培养扶持下,一大批中青年学者脱颖而出，其中如黄宝华、水赉佑、莫砺锋、周裕锴、钱志熙、吴晟、郑永晓、龙延、伍晓曼等人不仅发表大量优秀论文，还分别推出黄研专著，使黄庭坚学术研究在20世纪与21世纪之交逐渐形成热潮。

黄庭坚研究在当代学术中具有不可忽视的地位。就整体形势而言，这种地位有待进一步加强和提高。

黄庭坚在中国文化史上是一个具有多棱性质的重要人物，尤其在宋代，他的重要影响不仅表现在诗歌和书法，同时也表现在社会文化层面，尤其是道德品行、思想观念等等。黄庭坚作为宋代最有代表性的诗人，同时以他为首又形成了影响深远的江西诗派，所以黄庭坚诗歌研究便成为宋诗研究的一个枢纽，在宋代学术中可谓举足轻重。黄庭坚书法向以宋四大家之一而论之，但从实际情况来看，黄庭坚的书法造诣以及对元明以降的书法影响，皆远胜于其他名家，尤其他从创作到思想所建构的完整书学体系，是对中国书法史最重要的贡献。此外，黄庭坚是一位道德修养极高，历来被视为传统文人楷模的人物。正是这个原因，黄庭坚的思想、言论在两宋以降的文人之中，是流传最广、影响最多的一位代表，素有“言满天下”的美称。黄庭坚关于社会、政治、道德、人伦、文学艺术的种种思想，早已渗透到社会、文化生活的各个层面，对宋以后我国文化艺术乃至社会、政治产生直接或间接的影响。元明以后，我国盛传“二十四孝”，黄庭坚是二十四孝中的最后一位代表，也是自三国时期的孟宗（？—271）之后，唯一受到这种尊崇的文人，这充分说明黄庭坚的影响已经高度社会化。

黄庭坚多棱性、高度社会化的重大影响，是黄庭坚研究重要学术意义的基础。黄庭坚作为一个历史人物，在他身上所包含的，值得挖掘、整理、宣传、弘扬的文化内涵不仅极为丰富，而且很有代表性，带有普遍的意义。以此观照当代黄庭坚研究，我认为已有的成就虽然可喜可贺，但总的来说，“黄研”还应加强，地位有待提高，就黄庭坚人物自身特色来说，还有许多薄弱环节，甚至还有不少待开发的领域，以宋代人物研究作横向比较，也存在很多的差距和不足。比如，黄庭坚研究还基本处于零散和自发的状态，便是一个不容忽视的事实。虽然也有一些学院如四川大学、南京大学、南京师大、江西师大、江西九江师专等，在黄庭坚研究中做了一些有组织、有计划的工作，但迄今为止，黄庭坚研究的学者、专家还没有形成组织，尚未有稳定的学术园地。仅仅在黄庭坚重要纪念的时候召开几次研讨会，这与黄庭坚重要的文史地位和影响还是很不相称。再比如黄研文献整理、信息传播也是比较薄弱，宋代不少人物研究（如苏轼、朱熹、陆游等），有常规性的信息收集、传播渠道，资料比较齐全，这对学术的繁荣与进步很有好处。

《黄庭坚研究论文选》的出版可谓在黄研文献整理、信息传递上做了一件大好事。数十年来的黄庭坚研究，也有人(如原九江师专凌左义先生)进行过认真的反思和总结，但全面、系统地对以往研究成果进行清理，并在此基础上编出资料索引，重新遴选大批优秀论文结集出版，却是从未有过的一个盛举，这里，我们看到编者对黄庭坚研究统揽全局和欲事弘扬、推进的一番苦心和良好愿望。资料工作是学术研究的重要前提，当代学术研究已经进入信息化时代，但从以往研究情况来看，由于资料匮乏，信息掌握不全面，造成选题重复、研究不深入和精力浪费的现象比较明显，这部四卷本论文选的出版，给“黄研”建立了一个比较全面而系统的信息平台，对今后“黄研”工作的开展可谓功德无量。

2005年10月2日

(《黄庭坚研究论文选》，江西教育出版社2005年10月出版)

《朱关田论书文集》序

我与朱关田先生于20世纪80年代初已有学术交往。启功先生于1981年3月7日曾给我一信,中有云:"杭州美院研究班朱关田同志撰《李邕行年考》一文。拟求赐予指正,兹介绍往谒面谈,望赐延见。"(《启功书信选》,北京师范大学出版社,2008年6月)我当时任中华书局副总编,又主持编纂《学林漫录》,启功先生不但自己应邀撰稿,还数次推荐有特色的学术论文。我读关田先生的《李邕行年考》,当时即深受教益,觉得对李白、杜甫、高适、王昌龄等在盛唐事迹的研究甚有启发。后关田先生所撰文中,又有好几处引及我的《唐代诗人丛考》(如有关李颀、李嘉祐、戴叔伦、钱起等考)。此次我应约为关田先生《论书文集》撰序,又通阅全稿,再次深感,唐代书法研究对唐代诗文创作及文学思想研究,确有开拓领域、转深思路的意义。

唐代是中国文化完成南北融合、走向辉煌灿烂的大时代。唐代书法之于中国书法史,一如唐代文学在中国文学史上的地位,是鼎盛、大气的最高样式,也是远迈魏、晋,后盖宋、元、明、清,名手大家辈出,为后世树立书法经典多样性的枢纽。

关田先生是当今书学繁荣的代表学者之一。其从事以唐代为核心的书法史研究工作已近三十年,探幽发微,实证出新,成果丰殷,有目共睹。举其大端,有《唐代书法考评》《中国书法史·隋唐五代卷》《唐代书法家年谱》和《唐五代署书人墓志年表》(未刊稿)等专著。近日,关田先生又以累年所积论书散篇四十余万言,辑集出版,上编专收成篇论文,下编则以治学笔札为主,所考所论,以有唐书学为目标,涉事及史,论人于书,大体上反映了关田先生学术活动的主线与范围。而从所缀《当代书坛观感》和《思微室序跋选》等内容,也可看出他治史之余关注当代文艺的社会使命感。

从关田先生的系列著作和此集看,他的研究成果具有比较鲜明的学术特色与学术贡献。概而言之,主要有以下几点:

首先,以隋唐书法为着力点而不唯书法是论。比如,在《中国书法史·隋唐五代卷》中,他把研究的重点投置到时代文化与书法发展的关系上,从而揭示出唐代的书法品评标准不全在于书法艺术本身,还与帝王的评骘喜好、书家的家族背景等有着密切的关联。这种文史结合的广阔文化视野,就能为书法研究提出新的问题。又比如,关于书家个案的研究,不是局限于对书作(书迹)本身的钩稽,而是扩大到家世、交游、仕履、诗文等各个方面的综合考述,此集中有关颜真卿、徐浩、李阳冰、李邕等人的篇章尤其深入精彩。

其次,在断代书法史的研究中关注到一个时代的书家群体。关田先生对唐代书法史的研究有着明晰的认识高度,他在完成对欧阳询、虞世南、褚遂良、李邕、徐浩、颜真卿、柳公权等主流书家较为详尽的考察后,以之为关纽,渐次扩展到一个时代的二三流书家,乃至地位卑微的书手、经生的研究中,从而完整地描述出一个时代的书法流脉与书法文化现象。这无疑是文化史研究的重要而有效的方法。即此而论,本集中的《窦泉〈述书赋〉注及所注唐人考》《唐代楷书手、书直和经生》《唐墓志中的书学资料》和《唐书人随考》五十余则,不再是简单的史料学与文献学材料,而是具有鲜活的史学价值。

再次,以文献为根本,关注新材料的实证方法。历史文献学是传统学术的基本范式之一,自晚近王静安先生倡导"二重证据法"以来,学者日益重视近世发现、出土的新材料,20世纪的中国学术由此得到大步推进。关田先生在他的唐代书法史研究中,有感于近世论书者多喜作高论,往往随意所致,臆断书法渊源之流弊,故于诸多史籍记载的材料并不盲从,而是立足时空的纵横坐标,小心求证,时有新论。比如,他根据新出土的中唐墓志的书法多从徐浩书风而出这一重要线索,力证徐浩不失为盛唐新风的始肇者,而宋人米芾"徐浩为颜真卿辟客"实乃不知徐浩其人之虚论;又以近世多有徐浩子侄辈人物所书墓志发现,书法亦全出季海之法,从而证明徐氏家学传统的久盛。更为可贵的是,他以陈寅恪先生"预流"之倡时相警策,认识到利用近世出土的文献资料,尤其敦煌文书和隋唐墓志,来拓展隋唐五代书法史研究新局面的重要性与迫切性。这样做的同时,虽然会引出一系列必须深入思考的新问题,但充分利用新材料,尽力解决新问题,是任何一位有时代责任感的学者所无法回避的现状。确如书中所说:"求新,就是要努力探索,不断地开拓新领域,发觉新资料,提出新见解。"(《从怀素说起——对当前书学研究的一点意见》)

最后，着重谈一谈关田先生的年谱、年表之作。据我所知，当今的书法史研究队伍中，能潜心年谱之学者尚不多见，而能获得学术界认同的成果更属凤毛麟角。关田先生不辞辛劳，从《唐五代署书人墓志年表》涉及近一千五百方墓志的钩稽，《颜真卿书迹著录散记》钩考近一百五十则之类的基础著述做起，可谓"披沙拣金，有时获宝"。更有《唐代书法家年谱》凡五十余万言的搜汇辑考、订谬增广，出版后又在作进一步的修正。凡此种种，均为其深入治理书法史乃至文化史的必要研究，于史学领域亦多有填补空白的功绩，实为嘉惠后学的大手笔。可见他并不颛意书学一隅，而有治史的胸襟。其中甘苦，作者自知。

近几年来，我从事于唐代翰林研究，已出版《唐翰林学士传论》盛中唐卷、晚唐卷（辽海出版社于2005年、2007年出版）。其中不少翰林学士，如吕向、关通微、柳公权等也为著名书法家，由此可见，书虽小道，其学却非小道。关田先生此部论书文集，以及他的唐书法史研究，可谓是当代有关唐代历史与文化研究领域值得重视的成果之一。

2008年秋

（《朱关田论书文集》，荣宝斋出版社2008年12月出版）

《〈三字经〉古本集成》序

近两年来，浙江宁波市鄞州区为其先贤——南宋末期博大精深的学问大家王应麟，做了两个极具历史文化意义的项目：一是编纂修订版《三字经》，2008 年 4 月由人民教育出版社出版；二即此《〈三字经〉古本集成》，2008 年底由辽海出版社出版。《三字经》是我国传统启蒙教育的典范之作，鄞州区主动与文化学术界合作，编纂、出版这两部普及与专业有机结合之作，应该是既为青少年创造“优良的文化环境”，生产“优质的文化产品”，也为学术研究提供“优质的文化服务”，可以说是以科学发展观的要求，继承、传播、弘扬优秀传统的一项文化战略工程。

2007 年 5 月下旬，鄞州区举办王应麟学术思想与《三字经》学术讨论会，来自北京、安徽、浙江等地的学者把目光投向了《三字经》的文化意义和思想价值。此后，鄞州区与《光明日报》国学版具体合作，筹建《三字经》修订版编纂委员会，借助媒体力量，向全国读者征求修订意见。在充分尊重专家意见和广泛汲取人民群众智慧的坚实基础上，经半年多的努力，修订工程取得圆满成功。

与此同时，宁波市鄞州区向全社会发起征集历代相传的《三字经》古本活动，征集总量逾百种，积累了珍贵的原始资料，为整理研究并编纂《〈三字经〉古本集成》一书创造了有利条件。

修订版《三字经》作为普及读物，面向学生和广大群众；《〈三字经〉古本集成》则是学术类的古籍专题整理，面向学术研究工作者和爱好传统文化的读者。诚如已故的周谷城先生所言，《三字经》这类书，正是形成旧时中国最广大民众世界观的重要来源。它在塑造民族心理、民族性格和民族精神上，起过很好的作用。传统社会就是通过这类蒙学读物给予的教育，在一定程度上确定了一个人在社会化过程中建立起来的内在价值取向与精神认同。

不过，古代中国属于高雅文化时代，上层士大夫习惯于编纂经史类著述，精英作品即代表了我国的古典文化。至于蒙学读物，前人的记载很少，旧时的藏书家也多不重视。《三字经》在今人是珍贵的文化遗产，在古代却一直是不登大雅之堂的小儿读本。也正因此，岁月流逝，大都散失。宁波市鄞州区编纂、整理此书的同仁们，知难而进，广泛查阅和积累文献史料，深入考订各类古本。为了搜寻、甄选富有代表性的、深蕴学术价值的古本《三字经》，他们以自家征集的版本为基础，再赴国内各大图书馆查找相关古版本，甚至去韩国、日本搜索明清时代传播到海外的《三字经》。为了保护、利用文化遗产，可谓“不惜千金买宝刀”，投入了相当的人力、物力。就这样，他们不辞劳顿，未吝心力；上下求索，沙里披金，为搜寻古版本，“上穷碧落下黄泉”，又为辑校解读古本，孜孜以求，坚持不懈。经过不断查找、比较、筛选，现在入书的《三字经》古本总量为十八种，包括从日本所获古本两种，均以王应麟（或区适子）首唱，后人依体延续的《三字经》为收录准绳，并以成书年代为序先后罗列，包括了原文类、注释类、订补类、移译类等各类古本《三字经》，堪称前所未有的集成大观。

珍稀古本，来之不易，几乎每一种古本后面都蕴含着一个感人的故事。在充分掌握第一手文献资料的基础上，整理研究工作者的视野大为开阔。较之王应麟原著，后世的修订、增补、注释、翻译之作，明显存在着认识上的分歧或差异，其人生价值和知识构成等也不尽相同，细加考究，古版本无不带有明显的时代印记。本书编纂同仁认真梳理、比对、勘核，用心琢磨、解说、考订，怡然理顺，涣然冰释，发古人幽思，启今人智识；并从文字的多寡、异同中，发现问题，寻求答案，潜心探索其中的未知。若干前人研究的谬误、疏漏之处也被发现，被纠正。例如早期《三字经》佚名本正文1068字的认定；历史上流传最为广泛的清王相《三字经训诂》，正文1068字乃保持了原作旧貌。然而版本芜杂，《三字经训诂》亦有多种版本，印数高达八十九万册的某书社《三字经》一书，其中选用的《三字经训诂》底本，叙史至“廿二史”；另一出版社《三字经辑刊》，选辑的《三字经训诂》，叙史至“十七史”，然正文却写到了明代灭亡，内容出现了明显差错——已非王相的《三字经训诂》原作，乃后人在王相原作基础上的订补本。这样，就给研究工作造成了困难，形成了混乱。鄞州的同仁们，决心让文献说话，让古本说话，让事实说话，正本清源，对历史负责，竭尽所能做好这一惠及当世、泽被后人的文化工程。

众所周知，2007年春夏之交，浙粤两地曾出现《三字经》作者之争：是鄞州王应麟，还是顺德区适子？唇枪舌剑，针锋相对。现在，由鄞州方面整理出版的这本《〈三字经〉古本集成》，却坦然列出了由他们找到并编入《集成》的署名区适子原著的《详注增编三字经》。这体现所有汇刊古本数据的来源出处，都能公之于众而毫无保留。我深为他们执着追求、锲而不舍的治学精神所感，深为他们海纳百川、求真务实的学术态度所感，也为国学热持续升温，传统文化在今日中华大地上的发扬光大深感欣慰。我认为，像《〈三字经〉古本集成》这样一种专题的集中整理，从一个独特的角度为我国古代思想史、教育史的研究提供系统、翔实的文献史料，为当前的古籍整理研究作出了新的开拓，定会受到文化学术界的关注和赞许，故乐为之序。

（《〈三字经〉古本集成》，施孝峰主编，辽海出版社 2008 年 12 月出版）

《张九龄学术研究论文集》序

张九龄是盛唐时的著名政治家、思想家和文学家,史称“自古南天第一人”“岭南名相”。他的政治才识、道德文章享誉盛唐,在开元盛世时起到重要作用和作出重要贡献。他为政清廉,忠君爱国,尚直宽和,正气凛然,世称开元贤相。“安史之乱”后,玄宗皇帝每逢选官用人时常以“风度得九龄否”来赞誉张九龄。张九龄是与张说齐名的“文儒”集团领袖人物,他风度端凝,文才横溢,亦为当时文坛领袖。他的诗雅正清淡,别具特色,后人称其为“清澹之派”;尤其五言律诗最为突出,诗律语言挺拔,对仗蝉联,独树一帜。世人评价张九龄的诗是从陈子昂过渡到李白、杜甫间承上启下的重要诗人。他的代表诗作《感遇》十二首和《望月怀远》等咏怀诗,朴质简劲,意境深远;特别是“海上生明月,天涯共此时”名句,百世传诵,千古流芳。

此次广东省社科联与韶关市人民政府联合举办纪念张九龄诞辰1330周年学术研讨会,邀请函我早已收到,因身体原因没能参加这次盛会。其实,早在今年七月初,韶关市在北京师范大学举办的纪念张九龄诞辰专家学者座谈会上,我受邀出席了座谈会。当时在京的唐史研究和唐代文学研究的专家学者大都到会发了言。我作为唐代文学的研究者,在80年代初曾出版《唐代诗人考略》,书中就对张九龄的诗作有较深的研考,认为张九龄的诗在盛唐文学史上有着重要的地位。张九龄为开元时期的杰出诗人,他的诗歌创作继承了《诗经》《楚辞》和汉魏诗歌的优良传统,力排六朝以来的绮靡颓风,对唐诗的形成和发展起到了承前启后的作用。张九龄是盛唐时期岭南最杰出的诗人,也是我国文学史上有影响的第一位岭南籍诗人。

张九龄不仅是盛唐时期的著名文学家,又是一位很有远见的政治家。韶关是张九龄的故乡，在唐代时是岭南数一数二的大州府，文化底蕴深厚，历来是岭南重镇。由于地理环境的优势，韶关是最早接受中原文化的地区，中原文化与岭南文化在此融会，碰撞生辉。自唐开元四年(716)，张九龄主持开凿梅岭新路，沟通了南北交通，不仅对经贸、信息交流起到重要作用，而且对促进岭南文化与中原文化交流也起到了推动作用。不仅如此，从张九龄开凿梅岭古道的历史意义上足可以看出他是一位富有远见卓识的政治家。前些年，我曾受广州大学文学院之邀，特地到韶关参观，甚感韶关人杰地灵，山水风光之美。

韶关市此次举办纪念张九龄学术研讨会，共征集到海内外各地研究论文145篇。此次学术论文参与面广，得到了中国社科院、清华大学、北京大学、台湾大学、香港中文大学、上海复旦大学、广州中山大学、北京师范大学、陕西师范大学、暨南大学、华南师范大学以及湖南、湖北、四川、重庆、河南、河北、山东、江苏、浙江、陕西、甘肃、宁夏、西藏、广西、上海、安徽、江西、福建、黑龙江等20多个省、市、地区专家学者的参与。此次征集到的论文有几个显著特点：一是研究领域有新的扩展，从张九龄的政绩、人品、诗品以及他的哲学思想、唐代言谏制度、唐代宗法文化等，特别是对“九龄风度”、张九龄与岭南文化等都有新的探究。二是论述的角度有新的拓展，许多专家学者以新的视角对张九龄的政绩和尚直精神探讨研究，并从张九龄的和谐思想和民本思想提出了研究张九龄的当代意义。三是视野开阔，从历史角度，多方面透视，广泛深入地研究张九龄“所不卖公器”“抱器怀才”、才杰廉明的道德风范，以及他晚年在荆州的思想和文学方面的贡献。四是探索对张九龄研究历史意义和现实意义的新路子，“九龄风度”既是对张九龄政治才华的综合评价，又是对其功业文德及现实意义的褒奖。他的忠君爱国思想和革新精神，至今都具有现实价值。

值得注意的是，20世纪八九十年代，有关张九龄的研究虽已有一定成果，但学术界对其文学成就与政治见识，评议仍不够充分，尤其是前几年出版的一部颇有影响的中国文学史著作，不仅对张九龄未有专门章节论述，且在开元盛唐部分对张九龄不着一词。实则张九龄在历史上极有影响和声誉，其友人徐浩在为其所作神道碑中就称其“学究精义，文参微旨”“后之作者所宗仰焉”。由此应当是与张说同为盛唐文坛的“文宗哲匠”。故杜甫所作名篇《八哀》诗，就特别怀念张九龄，称其为“仙鹤下人间”“波涛良史笔，芜绝大庾岭”。清代著名诗论家刘熙载在其《艺概·诗概》中就以张九龄与陈子昂并提，认为“能独标一格，为李、杜开先”。翁方纲《石洲诗话》也赞誉其“远出燕、许诸公之上，阮、陈而后，实推一人”。正因如此，我于20世纪90年代与几位学者合作，并由我主编的《唐五代文学编年史》(辽海出版社，1998年），充分吸收现有研究成果，详记张九龄一生仕历及文学行迹多至80处。因此我认为，这次由韶关市举办的纪念张九龄学术研讨会，不仅对张九龄本人研究，且对唐代文学研究也会有极大的推动。特别是好几篇论文阐述张九龄对岭南文化的开发，我深感，这是区域文化独创性与中华文明整体性和谐结合的深入探讨。

研究张九龄是研究岭南文化中不可或缺的重要组成部分，是一项长期研究工作，仍需广大专家学者开阔视野，深入挖掘，多出新成果、新论著。韶关市政府几十年来一贯注重对张九龄的研究，取得了丰硕的研究成果。此次纪念张九龄学术研讨会，是一次专家学者聚集的盛会，征集到的论文层次高、视角广、议题新，将全国研究张九龄工作推向了一个新的高度。在韶关市张九龄学术研究论文集出版之际，受韶关市嘱托，写下一点感受，谨作为序。

2008年12月18日

（《张九龄学术研究论文集》，珠海出版社2009年10月出版）

《鄞州佛教文化》序

徐剑飞同志撰写的这本《鄞州佛教文化》，从鄞州佛教的发端写到近现代，将近20万字，时间跨度1700多年，经历的朝代有两晋、隋唐、宋元、明清和近现代，几乎概括了鄞州佛教发展的全部历史，是目前为止记述鄞州佛教最为详细的一部专著，为此作者查阅了大量的资料。更为难得的是，作者为了避免大多数佛教著述艰涩难懂的通病，利用曾经从事过文学创作的优势，用散文的笔调来写佛教文化的历史，通篇文笔机智，幽默风趣，可读性很强。正如前辈学者曹厚德先生在翻阅此稿后，特在文稿的扉页上赞云："史料翔实，行文流畅，百读不厌，传世之作。"曾经编写过《鄞县志》的金儒宗先生也曾通阅全稿，认为"文学笔法浓郁，许多地方用词很诙谐，很有趣，可读性强""可能与作者过去写过小说、散文有关"。

我也有同感。我觉得这部著作在整体结构与行文风格上确有此特色，因此我趁撰序时机介绍作者的写作行迹与成果，供读者更便于赏识、鉴读此书。自去夏起，我与鄞州区文联合作，参与《三字经》修订版的编纂工作（此书后于2008年4月由人民教育出版社出版）；后又代表清华大学古典文献研究中心，与鄞州区文联共同建立"王应麟学术研究基地"，参与王应麟著作集成的编纂。正因此，我与鄞州区文联接触较多，今就我所了解，特向读者介绍徐剑飞同志的写作行迹。

徐剑飞同志出生在一个农村小知识分子家庭。曾经当过乡镇干部和县级机关的秘书。20世纪80年代后期鄞县编修县志时，被抽调到县志办当编辑，是县志办唯一的女编辑。五年后县志编纂完毕，与县志办的同事一起创办《鄞县日报》，也就是现在的《鄞州日报》。她在报社先是当记者，当时《鄞县日报》许多有分量的通讯和特写等体裁的文章都是她的手笔。后来当记者部主任，再后来担任《鄞县日报》分管新闻业务的副总编。前几年就调到鄞州区文联任副主席。

20世纪80年代初,也就是改革开放开始实施阶段,文学创作的热潮在中国普遍掀起。徐剑飞同志也是在那个时候加入这个行列的。她一开始便选择了短篇小说这个文学门类,处女作在当时的《鄞县文艺》上发表,第二篇小说又马上刊登于省级刊物《东海》上,而且获得了1981年宁波地区唯一的优秀短篇小说奖。以后又有多篇小说和报告文学在省级刊物上发表。后来由于种种客观原因,她有很长一段时间没有写东西。如果把工作职责范围内的新闻稿和偶尔付诸报刊杂志的生活散文排除在外的话,差不多有将近二十年时间没动过笔了。

四五年前,徐剑飞同志从节奏快捷的报社调到文联机关工作,后者相对悠闲的工作环境再次激发了她的写作热情,其间她写了十几篇读书笔记和地域文化散文,其中《韩岭:一个神奇的村庄》和《大嵩滨海平原垦拓史》两篇文章都是以整版的篇幅刊登在《宁波晚报》的"三江人文讲坛"上的。大概就是从那时起,地域文化的写作便成了徐剑飞同志重新执笔后选定的目标。作为地域文化重要组成部分的佛教文化,徐剑飞同志大约有感于历史悠久又博大精深,即于两年前涉足于此,这应该也是鄞州佛教研究难得的机缘。

我通阅《鄞州佛教文化》,感到此书有两大特色。第一大特色是不限于佛教教义与宗派迁变,而着眼于文化阐释,并就鄞州区的特殊地域文化背景,探索佛教文化与宁波浙东文化交融在一起,互相依存与发展,成为宁波历史文化的重要组成部分。

从全国范围来看,鄞州佛教发端的时间不是特别早。开先河的阿育王寺创建于西晋太康三年(282),天童禅寺是在18年后的西晋永康元年(300)开山的,而当时西晋朝野对佛教的信仰,已经相当普遍,仅洛阳和长安两地就有寺院180所,僧尼3700多人。这虽是后世的记录,未必全信,然而竺法护时代已有"寺庙图像崇于京邑"之说(《出三藏记集》卷十三)。之前的三国时期浙东地区已有寺院十余所,其中普济寺、五磊寺和吉祥寺即属现在的宁波。但除了五磊寺已在20世纪80年代中期恢复重建外,其余两所早已废圮,不过五磊寺现有的规模和影响远不如鄞州的天童和阿育王两寺。虽然鄞州佛教发端历史不是最早,但到目前为止,宁波地区最有影响的两大寺院都在鄞州境内,那就是天童寺和阿育王寺。如果追溯一下历史,七塔寺、延庆寺、观宗讲寺等许多名刹,历史上均属鄞县范围,都为谱写鄞州佛教曾经有过的辉煌留下了深刻的印痕。

名寺大德相互辉映,这是规律。鄞州几大寺院能够历经千年风雨的洗涤,依然耸立在这方土地上,并且随着时间的推移愈加繁荣,愈来愈有价值,这与历代高僧大德悉心弘扬传承是分不开的。百丈怀海、四明知礼、宏智正觉、大意宗杲、大觉怀琏、长翁如净、密云圆悟、木陈道忞、寄禅敬安、谛闲、圆瑛……每一位都是中国佛教史上重量级的人物。特别是近代,鄞州又成为中国佛教中心之一。天童寺方丈寄禅敬安于民国初期的1912年被推举为新成立的中华佛教总会会长。他又是著名诗人,作有1900多首诗,后人评价其成就在唐代著名诗僧寒山、皎然之上。圆瑛后来也以天童寺方丈的身份于1929年当选为中国佛教会首任主席,在职期间创设有开元慈儿院、华北五省旱灾筹赈会等慈善机构。

本书的另一大特色,是详细记述鄞州佛教文化对外活跃交流。鄞州地处滨海之地,历史上一直是重要的商贸与文化交流口岸。极为发达的佛教文化也由此成为对外文化邦交的主要内容之一。对我国周边的国家,如日本和朝鲜半岛等的佛教都产生了重大影响。特别是日本,为吸收优秀的中国文化,不断派遣唐使入唐。遣唐使走南北两路,南路的到达点为苏州、扬州、明州、楚州等接近长江口的地区。日僧大多搭乘遣唐使船舶和唐商船从明州入唐,入唐日僧的最大目的在于求法,他们一到唐土,历访高僧,学习新教,力求带回新的法门回日本传播。唐代的佛教中心在长安,日本使团往来长安的交通航路,在明州港上下岸要比在山东半岛的登州港或莱州港进出距离为近,又可利用大运河水运。这使明州成了日僧入唐和返日的落脚点,并使唐鄮县的佛教徒与日僧有了接触交流的机会。与此同时,不少唐代僧人转道明州往海外弘法,比如大名鼎鼎的鉴真和尚。在这一过程中,鄞州佛教也开始对外传播。

这样的交流和接触到了宋代达到了鼎盛。宋高宗时,为了管辖海外贸易,在秀州华亭县(今松江)设市舶司,统辖临安(杭州)、庆元(明州)、温州、秀州和江阴军五个市舶司。到庆元元年(1195),其余4个市舶司先后撤销,只保留了明州一处,明州由此成为中日往来的唯一港口。当时入宋日僧大多为参禅求法而来,而禅宗名刹几乎全集中在江南地区。"天下禅宗五山十刹"中的鄞县天童寺和阿育王寺便成为入宋日僧最先熟悉和最早住过的禅院。据《天童寺志》《阿育王山志》《鄞县宗教志》记载,两宋期间,来鄞参禅求法的日僧共计22批次,鄞县僧人应邀赴日弘法8批次,中日佛教文化交流盛事可谓频繁。频繁的佛教文化交流,不仅扩大了鄞州佛教在海外的影响,也极大地推动了宁波浙东地区与海外诸国其他文化与经济的交流。

我虽多年来研究中国古代文学与古典文献,但对佛教史未有深入、具体研究;我虽与王应麟同为鄞州五乡碶人,从小在宁波长大,父母对佛教甚为信仰,但我对鄞州佛教传播、发展也并不熟悉。这次遵嘱为本书作序,连续读了两遍,甚受教益,也对宁波文化的底蕴深厚益增缅怀之情。谨作此短序,就教于我们宁波同乡。

(《鄞州佛教文化》,徐剑飞著,宁波出版社2009年6月出版)

《儒林心史》序

王志清先生于编纂学术性散文集《文心雕虫》后，现又再次编《儒林心史》，约我为序。我曾为王先生学术专著《纵横论王维》（修订版）作序，这次拟为南通大学几位学者散文作品抒谈读后感，应是难得的机缘。但我自己甚有难度之感，因此书诸文有十一位学者，而与我有学术交往的仅周建忠、王志清两位先生。周建忠教授多年与我有书信来往，现又应邀为大规模丛书《续修四库全书》撰写楚辞类著作提要。志清先生于书中为姜光斗先生专著所作的序（《姜光斗的"人""文"权衡》）中，引有《孟子》"知人论世"语，认为是"重要的研究手段"，谓："写序，最合适以'知人论世'的方法"，即"由先'知其人'，而后才'颂其诗，读其书'。"由于我对书中大部分学者为人、治学并不熟悉，故觉得难于着笔，以致虽阅稿数遍，仍未能及时写就。

不过我抓紧时间阅读后，随即又有志清先生所说的"再经由'颂其诗，读其书'，于是更加'知其人'"之感。如志清先生记有访遇霍松林先生之文，我与霍先生于 1982 年中国唐代文学学会建立后，即共同主编《唐代文学研究年鉴》，80 年代时共任唐代文学学会副会长，屡次共商会务。书中又有吉定先生怀念黄永年先生之文，我于 1979 年在西安参加唐代史学会议时即已与黄先生相识，后屡次交往，有两次到陕西师大参加他与史念海教授共同指导的研究生论文答辩；高校古委会召开会议时，我与他曾合住于一个房间。另王志清先生又有哀悼、追记福建师大陈良运教授一文。我与良运先生也有深交，他于 1994 年就向国家古籍整理出版规划小组申报《周易与中国文学》课题，当时我任古籍规划小组秘书长，经专家讨论，同意此书列入"中国传统文化研究丛书"；但后来将此稿转向出版社时，稿件佚失，于是他与我商议，重新撰写，并约我为此书作序（后此书由江西百花洲文艺出版社出版)。我对他执着于学术的坚贞之情与刚毅之气深为钦佩,这次读志清先生所作追记之文,亦深起悼念之情。又如王育红先生《负笈南京读博路〈南园杂记十二则〉》,细记他于1998年至2004年在南京大学攻读博士学位,住宿于南京大学正门对面南园。按:我于90年代任古籍规划小组秘书长,当时组长为南京大学名誉校长匡亚明,匡先生年已高龄,不便于来北京,就由我每年好几次到南京大学向他汇报、商议工作,就住于南园的南苑宾馆;1996年冬匡先生病重并谢世时,我在南苑住了一个多月。因此我后来每次到南京开会,就一定去南园行走,这次读王育红先生之文,又起怀念匡老之情。正因为阅读上述蕴含深情诸文,确如志清先生所说,"通过阅古人的诗书而达到与古人为友的精神交流",我也由此达到与南通大学诸位学者难得的学术交谊,因此才能写此序文。

中国古代散文浩如烟海,佳作如林。传统古文被认为最具民族特色的文字载体,曾有"中国古代散文美学"的学术构想。日前,《中华读书报》曾刊一文,引用当代一位小说、散文作家的话,称"中国仍是散文的国家"。可见当代创作界对散文在中国文学发展、流变中的高度评价和重视。中国古代散文,包括骈体赋文,其艺术风格确是多姿多彩、丰富多样的。但可能受儒家传统"经世致用"的影响,对散文作用多以"文以载道"为评价,这就如志清先生在本书"后记"中所说,"故而抑制了文学散文的发展"。

譬如韩愈,为古代散文名家,传统多以"文以明道"为其文学创作理论要旨,即宣扬道统与儒家思想,其《原道》《原性》等为"大有功名教之文"(清吴楚材《古文观止评注》)。实则韩愈之文,不仅题材多样,文笔活跃,其主要特点则是有为而发,不平则鸣。韩愈"文以明道"之"道",具有强烈的现实意义,着眼于突出现实矛盾,寻求社会变革。如其《与崔群书》中云:"自古贤者少,不肖者多。自省事已来,又见贤者恒不遇,不贤者比肩青紫;贤者恒无以自存,不贤者志满气得;贤者虽得卑位则旋而死,不贤者或至眉寿。"此文作于唐德宗贞元十八年(802),时任国子监四门学博士,低级官位。此数句尖锐指出英才沦落,而不肖者高官富财,确为社会突出的现实矛盾。清人林云铭就谓韩愈此文"感慨淋漓,能令千古失意人,读之伤心欲绝"(《韩文起》卷四)。又于翌年(贞元十九年)秋,朝廷下令,谓今年上半年关中久旱,经济不利,停止明年春初科举考试。韩愈时仍任四门学博士,自称"虽非朝官",但"苟有所知,不敢不言",就特上书(《论今年权停举选状》),认为虽已有旱情,但京师之人已逾百万,人口众多,不会影响各地应举来京就试之读书人,现在突然停试,"是使人失职"。更值得注意的是,韩愈于此文后篇,提出"有君无臣,是以久旱",认为当代君主固可称"圣明在上",但群臣"不能尽心于国",以至

"有君无臣"。实际上,朝中之所以"无臣",其责任当在于"君";所谓"有君无臣,是以久旱",虽仅二句八字,实则其指责之意非同小可。可能正因此,韩愈于本年冬又因另一状文(《上论天旱人饥状》),而远贬广东阳山。

我之所以详举韩文二例,一是说明我国古代散文确不能仅以"文以载道"、宣扬儒家道统为主,二是有感于王志清先生《难遂父愿》中自称"我生性率真,且嫉恶如仇",可与韩愈之说古今融通。这确使人同意《儒林心史》有真切质朴之特色。

这部散文集,确甚有特色,一为所记广,如第二编"走读山水",远记北方之内蒙,西南之贵阳,又记国外(英国)之游;二为情致深,所记家人及个人学历,极有情致。又第六编"闲聊阅读",视野至为阔略,如徐乃为先生所撰三文,叙及三国故事赤壁之战,又评议《红楼梦》中"戏谑""玩笑"情节。张祝平先生二文,一评《史记·项羽本纪》之楚汉相争,一论英国现代诗人西格夫里·萨松诗句之中译。周建忠先生《韩剧的两面》更以欢愉的笔调记他于夜间观看电视剧,谈及韩国的好几个戏剧。这是当代学术界人士(也即"儒林")很少有此佳例的。

集子里的不少散文,无论述友谊,叙交游,谈理想,议时事,个性鲜明,虽篇幅短小,而不拘一格,为叙事说理与抒情述怀相结合的富有色彩的散文。这不禁使我想起书法圣家王羲之《兰亭集序》所言:"仰观宇宙之大,俯察品类之盛,所以游目骋怀,足以极视听之娱,信可乐也。"这当是此书出版后文化界人士的读后感。

这里我想再提一个建议,即继《文心雕虫》《儒林心史》后,可能还陆续编纂学术性散文集,鉴于南通的经济、文化迅速发展,我希望南通大学学者们着意于地域文化研究,多方面地抒写南通地区历史文化发展的地域特点及当前文化发展的生态环境。这就不仅增进对南通本地的认识,也能突出显示江苏文化的丰富内涵,江苏文明的历史成就,为区域文化独创性与中华文明整体性的和谐结合研究,确有进一步扩展与深入的意义。

2009年春

(《儒林心史》,王志清编,齐鲁书社2009年6月出版)

地域文化研究的创新性

——“长安学丛书”序

长安文化源远流长,长安文化的研究古已有之,海外特别是日本对长安的研究也历来很关注。晚近以来,有关长安研究的成果已颇为丰硕。但长安学概念及理论的全面系统地提出并有所规划,则源于 2005 年陕西省文史研究馆李炳武馆长发表的《积极开展长安学研究》一文。目前虽得到部分学者的响应,但在全国范围还未引起广泛注意。现在“长安学丛书”综论卷等八卷出版,另有十二卷也即将问世,既展示了海内外长安学研究的丰硕成果,又体现出当代陕西学界锐意进取、勇于创新的愿念,必将使文化学术界对中华文明研究的深广拓展更加充满信心。

20 世纪前半期,作为一代史学大师,陈寅恪已提出“关中本位政策”(详见其专著《隋唐制度渊源略论稿》)。他认为于关陇地区建立的北周政权,最初经济、军事实力不强,但后来则合并东部北齐,克制南朝萧梁,除“整军务农,力图富强”外,即筹划“精神之独立有自成一系统之文化政策”,连接“胡汉诸族之人心,使其融合成为一家,以关陇地域为本位之坚强团体”。他所指的“关中本位政策”,实际上是一种文化政策,即“维系人心之政策”。陈寅恪提出的“关中本位政策”,其着眼点即在于文化。我觉得,这应是长安学在上一世纪的学术渊源。我们可以就学术史的角度,深入探讨长安学的治学历程。

我因为长期从事于唐代文学研究,深感唐代是中国古代社会的一个充分发达的时期,长安地区的文化有着强烈的吸引力。撰写于 20 世纪 70 年代后期的《唐代诗人丛考》(中华书局,1980 年),就已很注意唐代士人在长安的活动。在论及中唐大历时文学创作,特提出当时有以长安为中心、江东吴越为中心的两个诗人群体,受到学界的注意(参见黄霖《20 世纪中国古代文学研究史 · 总论卷》)。后于80年代前期研究唐代科举与文学，就着重论述各地士人应试，在相当长的时期居住长安，加强文化交往，促进长安地区文化发展。我于80年代，与霍松林先生同为唐代文学学会副会长，共同主编《唐代文学研究年鉴》，经常来长安工作，更加深了我对长安的感情。在我所著《李德裕年谱》的序言中，特为提及，长安作为汉唐京都的历史名城，给后世留下丰富的文化积累，并满含情意地说："在西安参加唐代文学会议，饱览了西安的山川胜迹，大雁塔、小雁塔、昭陵、乾陵、华清池、杜公祠、兴教寺、青龙寺，引起人们对悠远历史的遐想，使人留下美好的回忆。谨以本书献给永远值得人们忆念的历史文化名都——西安。"现在读到长安学创新之作，"综论卷"等八书，确既有历史文化艺术享受的美感，又得到思辨清新所引起的理性的愉悦。

唐以后，政治中心东移，长安的地位逐渐发生了变化，但是长安文化并未湮没无闻。陕西地区仍有文化名家不断涌现，文化成果也颇为丰富。在北宋，以张载、吕大钧、吕大临兄弟等为代表的"关学"，一度与二程的"洛学"、王安石的"新学"形成鼎立之势。作为著名关学家，张载提出"学贵于有用"，倡导对社会与自然科学的研究，是关中文化精神的一次理学总结。及至明代，关学人才辈出，吕柟、冯从吾等皆秀出一时，王阳明甚至感叹说："关中自古多豪杰，其忠信沉毅之质，明达英伟之器，四方之士，吾见亦多矣，未有如关中之盛者也。"(《王阳明全集》卷六《答南元善》)清代"关中三李"(李颙、李柏、李因笃)对于关学的承传与发展贡献颇殊，他们倡导"明体适用""匡时要务""道不虚谈，学贵实效"等主张，重视躬行实践，使关学走上笃实重礼的实学化道路，对关中地区民风、民俗及人文素养影响深远。全祖望即认为李二曲(李颙)"上接关学六百年之统""守道愈严，而耿光四出"(《鲒琦亭集》卷十二《二曲先生窆石文》)。20世纪以来，秦地的小说、电影也均甚有特色。美术之"长安画派"、文学之"陕军"、音乐之"西北风"、电影之"黄土派"，再次引起大家的注目。这些丰厚的历史文化积淀与辉煌的汉唐文化，共同为长安学的成立提供了坚实的基础保障。

社会文化的形成是受多种因素制约的，可以说各民族、各国家、各地区的文化没有一种是完全相同的，而其中地缘文化的特征尤为突出。不同地域，有着不同的山川风物、民情风俗以及历史传承，我们中华民族的文化正是由这些不同地域的文化汇合交融而成。要深入研究我们的民族文化，就必须注意构成民族文化精神的各区域文化，因此地理或地缘文化的研究角度与方法是必要且有价值的，不仅现在可以运用，将来也不会过时。早在唐代，柳芳《氏族论》中就已对不同地域环境下的人文风气有过简要总结："山东之人质""江左之人文""关中之人雄""代北之人武”(《新唐书·儒学传中》)。各异的地域环境影响着人们的生活方式,进而又会影响到该地域的文化精神。长安位于我国腹地,“右控陇蜀,左扼崤函,前有终南、太华之险,后有清渭、浊河之固,神明之奥,王者所都”(《旧唐书·郭子仪传》),历史上确有多个王朝设都于此,正如杜甫所谓“秦中自古帝王州”(《秋兴八首》其六)。得天独厚的地理位置和千余年的文化绵延,使其呈现出鲜明的地域文化特征,具有卓越的研究价值。虽然对于长安文化的研究千百年来并未间断,然而对于以长安为中心的关中文化一直缺乏全面系统的梳理与整合,因此以地缘关注为重点创设长安学学科,对长安文化进行系统综合的研究,是颇具前瞻性和创新性的。

长安学的研究,不仅仅是对地域文化的探讨,更是对时代精神文化的整合。长安作为汉唐故都,既有地域文化的特征,又因曾处于政治文化中心而一度具有主流文化的特征。对于长安学的研究,其实也是对于历史上影响中华民族乃至世界范围的精神文化特质的关注与探究,对于构筑新世纪民族精神家园有着很好的借鉴作用。特别是唐代,可以说是一个兼容并蓄、开放进取的时代,文教昌盛,文明远播,彰显着博大恢宏的气象。这种盛世文化的精神气度应当为长安学研究所吸纳和重视。从目前的学科构想来看,长安学是极具包容性的一门学科,在地缘文化的牵引下,涉及政治、经济、军事、外交、宗教、科技、历史、文学、艺术等多方面的内容。这种不拘泥于一时一事的综合研究视野为长安学的阐释提供了更为广阔的空间。在此基础上,通过对于不同门类学科所共同蕴含的精神特质的开掘与融会贯通,可以更为系统深入地揭示盛世文化的内涵,为陕西文化建设乃至中华民族的精神文化建设提供有力的支持。

长安学不仅具有自身的研究价值和意义,还可以为其他学科的研究带来新的学术增长点,促进相关研究的不断深化。就我所熟悉的古代文学研究领域而言,我想长安学的研究将会对古代文学研究中的文化意识具有推进作用。我们古代文学研究一直有着知人论世的传统,不主张孤立地研究作家作品,因为作家个人的成长经历、思想观念以及与其结合在一起的历史人文环境,无不以巨大的影响力作用于文学的创作。我们现在研究古代文学,应当把“论世”的视野放得更开阔一些,不仅注意到作家作品所产生的历史背景,更要重视研究一个时期的文化背景及由此而产生的一个时代的总的精神状态。这样一种综合的“历史—文化”趋向,能广阔且具体地探索士人的生活情趣和心理境界,有利于了解一个时代作家的独特的审美体验与艺术构思。同时,这样的研究反过来也能促进长安学研究观念的拓进和研究思维的深进。

本套“长安学丛书”分综论、政治、经济、文学、艺术、历史地理、宗教、法门寺文化等八卷，汇集了各领域专家学者长期以来对于长安学的研究成果，既有前贤学者、当代大家对于长安文化的经典论述，又有中青年学人关于长安学的最新研究，对于长安学的相关成果是一个很好的整理与展示，为海内外关注长安文化研究的专家、学者提供了一个很好的学术平台。当然，长安学研究尚处于起步阶段，还有许多工作值得去做，比如除编纂有关论文或组建论坛外，也应将长安学与湖湘文化、齐鲁文化、河洛文化、巴蜀文化等进行比较研究，特别是应关注全球视野中的长安学研究。另外，还可有意识地策划一定的专著，如撰一部《长安（或陕西）文化通史》及《长安文化学术编年史》。通史之作，既可系统阐述文化发展历史全景，又可使广大读者清晰了解乡土文化环境和乡邦文献。培植国民对土地、对乡梓、对文化的挚爱是爱国主义的血脉和鲜活体现，否则，爱国主义就流为无根的套语。如此说来，长安学的研究还可为构建和谐社会，以科学发展观推进陕西乃至西部的政治、文化和社会建设有更大的贡献。

今应邀为“长安学丛书”作序，谨以深挚笔调抒写对长安学文化内涵的情怀，更以乐观畅意寄望长安学研究的广阔前景。

2009年秋

（“长安学丛书”，陕西师大出版社、三秦出版社2009年9月出版）

《历史的化石》序

我与木斋君于20世纪90年代初即有学术交往。1990年初春曾应约为其主编《唐诗百科大辞典》作序。此为木斋君策划和主编的“中国文学宝库系列辞典”之一,他在这套系列大书的总的前言中,明确提出这套书为“多角度、跨学科、全方位地研究的大型工具书”。我在序中对此书极为赞赏,记述全书共有13个分部,其中更有特色的,是编者从社会、历史的宏观角度出发,把唐诗放在一个广阔的文化背景之下,以此来规划全书的框架。因此,除了文学本身之外,还设立了唐诗美学、唐诗文化、国内研究、海外研究等部类,这在专业辞书的编写上,是使人耳目一新的。翌年,我又为木斋君主编的《中国文学宝库》中的《唐诗精华分卷》撰写序言,我在这两篇序言中都提及木斋君和其他几位与他年岁相仿的中青年学者合作,连续编辑这两部规模宏大、引人注目的系列丛书,且其阐述、立论中往往能对一些传统的、习以为常的说法注入新见,这在当代出版界、读书界还未有过,确属不易。

木斋君在经历了90年代初的编书生涯之后,从90年代中期,开始了他个人学术研究和写作的学术之旅,其中的《苏东坡研究》《宋诗流变》《唐宋词流变》,特别是后来出版的《宋词体演变史》等,都在学术界产生了很大的影响。此外,他关于古诗十九首和汉魏五言诗发生史的研究,关于词体并非如同胡适所说产生于民间,而是产生于盛唐宫廷的论断,在当今之学术界,都可以说是发人深省的具有颠覆性、革命性力度的创新见解。从主编大型工具书到创建系统的中国诗歌史演变规律的学术体系,我想,这在中国当代学术上真是极为罕见的一例,确实值得研究。

木斋君何以有这样的研究能力、写作能力和学术组织能力,他的这些能力是怎样锻炼出来的，套用俄苏文学的话语“钢铁是怎样炼成的”，对于学术界同仁来说，至少对于我来说，一直不得其解。这次，东方出版社邀请我为他的个人传记《历史的化石》撰写序言，使我对木斋君的历史，对他的个人奋斗史、成长史有了一个系统而全面的了解。想起杜甫的名句：“文章千古事，得失寸心知。作者皆殊列，名声岂浪垂。”诚然，古今之大学问者、大诗人、大成就者，都会有极为特殊的、艰难曲折的人生经历，历经所谓“天之降大任于斯人”“苦其心志，劳其筋骨”的特殊磨砺。因此，接到书稿之时，我虽然忙于一部书稿的审读工作，却几乎是即刻就被木斋君的这本传记所深深吸引，而且看得很动情，几乎是连续两三个晚上都因思绪不平而难以入眠。

通读全书，竟知木斋君于1968年才17岁，初中二年级，即于北京远赴内蒙古插队，后曾转迁于当地和平学校教书，1976年分配到煤矿工作，实际上仍然维持知青身份，一直延续到1983年考入中国人民大学攻读研究生，前后竟有15年之久。期间经历了无数的人生坎坷，如刚刚下乡时候发生的“油灯事件”，作者细叙他甫事劳作，仍酷爱读书、写作，每日劳动归来，不论多累，仍在油灯下读书写作，被组长吹熄了给予他知识光明的火光，还被处理以“斗私批修”事件，成为其所在小组的改造对象。作者在这一篇章中沉重地说：“油灯事件之后，我度过了人生中最为艰苦的一段时光”，说来似乎平常，但作为一位十七八岁的青年，长达两年左右的时光，没有人和你说话，每日自我惩罚浇菜园，这种精神上和肉体上的苦难，是非亲身经历者所难以体会的。但我想，也正是长达15年的这种精神放逐和肉体磨练，才有了后来的学者木斋、诗人木斋、作家木斋。

特殊的人生境遇，培育了木斋极为难得的倔强和率真的性格，一直到现在，木斋还保持着这种难得一见的童心、率真和倔强，并且，在他从事学术研究之后，这种个人性格影响到他的学术研究，转型成为求真、求实、坚忍不拔、不看别人脸色的学术品格，这一点是非常重要的。有许多学者，并非才华不够，而是其学术品格有所局限，从而限制了其应有的学术视野和学术方法。所谓欲有非常之事，先须是非常之人。清代著名学者章学诚，在其论学著作《文史通义》中曾谓：“高明者多独断之学，沉潜者尚考索之功，天下之学术不能不具此二途。”所谓“独断之学”，即有独创之见，章学诚明确提出，既要有不依附他人的独断之学，又要有专心沉潜的考索之功，这是做学问必须具备的两条途径。如前所述，木斋君在学术研究中力求新见，如论证词体发生乃是盛唐宫廷音乐变革的结果；论证古诗十九首并非两汉之作，而是建安时代曹植等人的作品，其中又与曹植、甄后之间的隐情有关。这些，当会引发学术界的关注和争议，实际上体现了木斋理性思辨的深度。木斋君自言:“我在当下以及此前此后所从事的一切,都是知青时代所播下的种子的结果。”确实,披览木斋的这本自传可以看出,在这15年中,他不仅争取时间读书、写作,还加强思考,“从而具备应对各种困难和不断超越自我的能力”,这些正是木斋君之所以能在学术界脱颖而出、卓然名家的个人生命史、奋斗史的内在原因。

以上我主要就木斋君的学术经历谈谈我的一些感想,实际上我这次通读此书,又蕴含深情。这是一部回忆录,又应是一部散文佳作。书中引述不少当时的诗作,确深含诗情。这当可引起有“文革”经历并有农村生活体验的学界和文化界同仁极大的阅读兴趣。我在读稿和写序时,每到动情之处,也不断联想起当年我在“五七干校”的情景,竟有潸然泪下之感。1969年9月,文化部组织全国文联、作协、出版协会及直属出版社,去湖北咸宁“五七干校”劳动改造。咸宁在武汉西南,靠近长江,传说为三国时赤壁之战之地。干校设于咸宁郊区,将附近一湖命名为“向阳湖”,辟为农田,我们就在这里劳动改造了四年时间,每日下地锄田、插秧、收割等。我所在的中华书局就在向阳湖边,我所居住的宿舍更为靠近湖边,早晨吃饭的时候,经常看到著名作家冰心,一手扛着小锄头,一手提着竹筐,独自一人到湖田劳动。一天,见到她忽然摔倒在地,我马上跑去扶她起来,帮助她拿起锄头,劝她回宿舍,但她仍然慢慢走向湖中。后我屡次向友人说,可惜我当时没有照相机,如有,拍摄冰心经常去湖田劳动的情景,肯定有文物价值。木斋君这本书稿中,我欣喜地看到有百幅左右的照片,其中绝大多数都是历史老照片,这无疑增加了书稿的真实性和沉重的历史沧桑感。

又,我于1973年5月初才返回北京,此前一两年,人走得也差不多了,由热转冷,劳动场地变成休闲场所,晚饭后,我经常去附近人民文学出版社名家萧乾、楼适夷诸先生处聊天,后即转入屋内,点起煤油灯看书。咸宁地处楚泽,广漠的平野常见大湖返照落日的奇彩。晚间,我遥望窗外,月光下的平山远湖,仿佛看到这屈子行吟的故土总有一些先行者上下求索、孤独悠行的影子。这时,心也就渐渐平静下来,埋首于著名老前辈学者杨伯峻先生从北京给我邮寄来的《文心雕龙》《三国志》等书,我由此后来写有《从曹操的佚文谈曹操的文学思想》(后刊登于《北方论丛》1980年第4期)。这算是我在“文革”期间于“五七干校”的草撰之作。

木斋君在书中曾提及《庄子·逍遥游》,我因此想起《逍遥游》三句话:“至人无己,神人无功,圣人无名”,意谓思想道德最高境界的“至人”,达到忘我的境界;精神世界超脱物外的“神人”,即不求有功;思想臻于完美的“圣人”,从不追求名声。这也是我通阅木斋君此书的联想感受,当也是与木斋君的同感。

最后,我还想就传记体文学,说上几句外行的话。我一向很爱看传记文学,特别是具有强烈真实感的自传或者是名人传记，传记文学中，又特别爱看能写出其中成长历程、奋斗历程的传记。其中的因缘，也可能与希望能通过自传文学，看到更多心灵深处的隐秘，从而成为自己人生旅程的可资借鉴之物。司马迁笔下的人物，之所以好看，大抵就与这种揭示人物心灵的深度有着密切的关系，后来的官方修史，其中的人物往往脱略这种心灵深度，传主大多成为抽象的符号，也就缺失了引人入胜的审美感受。木斋的这部自传，真实、真诚，以及时时尝试的心灵揭秘，可以说是其中最大的特点；其次，作者由于是自少年时代立志为诗人，诗作伴随作者的人生之旅一路走来，因此，整个书稿洋溢着诗性的光辉，令人有赏心悦目的审美的愉悦。俄苏文学中曾有高尔基的《童年》《在人间》《我的大学》三部曲，西方则有罗曼·罗兰的《约翰·克里斯朵夫》等世界名著，脍炙人口。木斋君作为诗人、学者、作家三位一体，又有着这样曲折传奇的人生经历，我们有理由期望木斋君也能写出一部这样的名篇佳作。

（《历史的化石》，木斋著，东方出版社2009年8月出版）

《论语精评真解》序

2008年在芜湖参加“中国唐代文学学会第十四届年会暨唐代文学国际学术研讨会”后，我与宝魁同志由黄山同机返回北京。在候机大厅里，他向我谈起两年来研究《论语》的心得。我听得出，他热爱国学、热爱传统，是以很强的社会责任心投入到《论语》研究中的，甚至达到废寝忘食的程度。他告诉我，近两年来无时无刻不在思考《论语》的问题，吃饭、走路、跑步、候车、做梦几乎都在思索《论语》中的一些疑难章句。他已经把《论语》的大半部分背诵下来，凡有疑难处，便经常思索，有一些章句就是在这种冥思苦想中顿悟的。

他跟我讲起对于“攻乎异端，斯害也已”这句话顿悟时的喜悦，然后不到一天便写成论文，投稿给《东南大学学报》，今年第二期已经发表。他也跟我说起关于“不有祝鮀之佞”一章的独特见解，对于以往的各种说法都提出质疑，最后得出自己的结论。而这种结论是最接近人情的，既表现训诂学的扎实的基础，也有对人情世故的深透的参悟，该文他投给《北京大学学报》，今年第二期亦已发表。对于全部《论语》中“忠”“恕”二字，宝魁同志也有独到的理解，他认为此二字是孔子思想的核心，因为曾子曾说过“夫子之道，忠恕而已矣”的话，那么这两个字本身的最确切的含义便是理解孔子思想的关键。以前诸书中对此二字都没有诠释清楚。宝魁同志认为，关于这二字的解释，源头便有问题，许慎《说文解字》的解释就有偏差，而段玉裁《段注说文解字》也未能解释到位，于是专门写成文章投送给《清华大学学报》，今年第六期即将发表。另外他写作的关于《论语》中一些章句的考证文章先后已在《沈阳师范大学学报》《文化学刊》《放鹤亭》等刊物上发表，均表现出很高的学术水准和独到的见解。

宝魁同志这种敢于大胆创新，积极探索的精神我早就有很深刻的印象。唐代诗人王维，生年早有定评，但当出现疑问时，宝魁同志积极思考，在1988年研究生刚毕业第二年便对这一学术界敏感之问题提出自己的看法，而且是在对王维诗作本身新的解释基础上，参照其他因素而提出新见。在太原会议上我看到这篇文章，感觉有新意且有理有据，也是我和宝魁同志交往之始。后来推荐其在《文献》上发表。其后我便很关注他的学术研究动向与发表的成果。他的《李商隐科举考试始末考》一文敢于对冯浩、岑仲勉、张采田、刘学锴、余恕诚这些研究专家的成果提出质疑，有理有据地提出自己的观点，第一次彻底厘清李商隐参加科举考试的起讫年份与过程，受到刘学锴和余恕诚的高度赞扬，并接受其观点。他的《〈金石录后序〉署年考辨兼论李清照生年》一文对于所有李清照专家的说法提出挑战，对李清照生年提出新的看法，很有学术见地和勇气。我讲述这些主要是我相信他的学术功底和认真求实的精神，由此我也相信他《论语》译注评一书的学术价值。

我曾经问及关于《论语》各种注本的问题，他对于众多有代表性的研究成果如数家珍，诸如何晏的《论语集解》《十三经注疏》中邢昺的《论语注疏》、朱熹《四书注疏》中的《论语注疏》《诸子集成》中刘宝楠的《论语正义》、康有为的《论语注》、钱穆的《论语新解》、杨伯峻的《论语译注》、南怀瑾的《论语别裁》、李泽厚的《论语今读》，他都非常熟悉，并能够各自指出其长处，仅从此点，便可知宝魁同志具有兼采众长、融会贯通的学术视野与研究风格。最后，他请我给他即将完稿的《论语精评真解》作序，因我曾给他的《韩孟诗派研究》和《九梅村诗集校注》两书作过序，对于他很有信心，便欣然答应。

我仔细阅读过这本《论语精评真解》的全稿，对它的印象很深刻：翻译流畅准确、清晰简明，非常符合信达雅的标准，中等文化的读者便可以领会其精神；注释简明扼要，不作烦琐考证，能够点中关键之处；评析部分则体现出很高的悟性与理解能力，对于《论语》章句中体现出的人文精神有很深刻而准确的把握，对于读者理解儒家精神将有很多启迪。

我特别赞成宝魁同志能够将宏观把握与微观研究结合起来的研究思路。他把整部《论语》看成一个系统，认为《论语》各篇之排列，每篇中各章之排列，编辑者都是有深刻用心的。在分析各章时，要将其放在前后章句的意义中来考察，并且在行文中指出《论语》中出现重复章句的现象不是编辑者的疏忽，而是编辑思想的需要。同样一句话，编辑在不同篇中表达出的重点不同。如他指出，“巧言令色，鲜矣仁”一章，在《学而篇》中侧重教育学生学习的目的和重点是仁义道德，是忠孝节义，不是语言技巧，不要在学习巧言令色方面下功夫。而在《阳货篇》中侧重评价这种人很少有仁德的本性，前面侧重学习目的，后面侧重对人的观察与评价。

对于其他重出的几个地方(有的是半章),宝魁同志也都做了类似的分析与说明,这是以前《论语》评注中从未看到的说法。我感觉很有道理,最起码可以开拓我们的思路,对于这种重出现象有一种全新的思考。

书中新见屡出,如对于“唯女子与小人为难养也”的解释颇有创见,且合乎情理与人性,真正可以解除对于孔子轻视女子这种说法的误解。对于“无友不如己者”,“色斯举矣”一章的解释,对于“子见南子”一事的讲解,都是全新的看法,且很有说服力。类似的地方不下几十处,对于《论语》的诠释与分析达到一个新的高度,对于普及《论语》,真正全面理解孔子思想将会产生极其深远的影响。

我相信,在对世界文化走向多元,在东方特别是儒家思想的精华以及价值取向日益受到重视的当代,本书的出版将会对普及《论语》,使人们正确认识孔子以及儒家思想方面产生重要的启迪作用。对于世界各国、各民族准确理解孔子思想与儒家文化将会产生重要的影响。由于其知识准确、语言简明通俗的特点,我亦相信其将会得到许多翻译家的青睐而被翻译成诸多种文字,亦可能成为许多孔子学院讲授孔子与儒家文化的教材。

我热切地期待着。

宝魁同志尚未到耳顺之年,对于他们这代被耽误十多年的中年学者来说,正是出现学术成果的黄金季节,希望宝魁同志继续刻苦努力,为弘扬国学而做出更大的贡献。

我热切地期待着。

2009年10月20日

(《论语精评真解》,毕宝魁著,世界知识出版社2010年2月出版)

展开我国题画诗的研究

——《中国题画诗发展史》序

翻阅眼前这部厚厚的《中国题画诗发展史》书稿，好似翻阅一页页日历，使我不由得想起十几年前的往事。

大约在 1992 年，辽宁人民出版社为编辑、出版《全唐诗广选新注集评》，该书的主编之一刘继才先生等曾专程来京找我征求意见。从此，我们常有学术交流。同时，刘继才先生担任辽宁唐代文学会会长，因工作关系也多有接触，于是我对他的学术研究逐渐有所了解。他治学的一个特点是善于从边缘、交叉学科入手，研究学术界未加重视或较少有人涉猎的选题。先后发表的关于题画诗、咏物诗和六言近体诗等论著，曾受到学术界好评。其论文《论唐代六言近体诗的形式及其影响》、专著《唐宋诗词论稿》(内有关于题画诗论述)，曾被收入了由海峡两岸学者共同编辑的“唐代文学研究论著集成”丛书(此书由傅璇琮、罗联添主编，三秦出版社 2004 年出版)。

刘继才先生自 20 世纪 60 年代大学毕业后，一直致力于题画诗研究，从 80 年代初发表关于题画诗第一篇论文和出版第一本专著，至今已近 30 年。这次即将面世的《中国题画诗发展史》是他集 40 余年研究成果的力作。我粗读此书，深感有以下特点：

——具有较为全面的涵盖性。说它“全”，主要体现在三方面，一是论述的诗人、画家、书家比较全，无论是达官显贵，还是布衣隐士，无论是学者名家，还是风尘女子，都以诗取人，全面论列；二是论及的题画诗较全，尽管著者似稍有不安，唯恐有遗珠之憾，但基本做到了好诗必论；三是论述的题画诗种类较全，目前已出版的题画诗论著，大多只限于研究题画诗一种，而对题画词，尤其是题画散曲则少有人问津。现在这部著作不仅全面论述了题画词、曲的产生与发展,而且设专章评论明清题画词、曲繁荣的盛况以及题画词、曲之特点与区别。

——具有深入的探索性。在此部专著中,著者探索的问题甚广,且有一定深度,如关于题画诗的起源,学术界一直众说纷纭,莫衷一是。著者在占有大量资料的基础上,通过深入比较、分析,提出不少新见。又如关于我国诗、画一体化的融合,最早书写于画上的题诗起于何时,著者也力排众议,探索性地提出了自己的观点。但是,著者似乎更注重对历代题画诗发展原因和规律的探索,用力最勤,所用篇幅也多,因而更具参考价值。

——具有可贵的开创性。目前面世的题画诗论著,虽然各有特点,并具学术价值,但多为对某一朝代或某一诗人题画诗的论述,即使是属于纵论的著作,也多是侧重于对题画名篇的分析、鉴赏,往往缺少"史"的特点,并且是只论题画诗,而未涉及题画词、曲。本书对题画诗既溯源探流,又爬梳剔抉;既言题画赞、诗,又论题画词、曲。特别是在评述作家时,不仅谈到其生平与创作,而且善于作横向比较,既从不同作家中找出共同点,又从同一创作群体中找出不同之处,如对"扬州八怪"的评述就是如此。并且对海内外的学术研究成果也能博采众长,出以己意,其中不乏新见。综上所述,此书可谓填补了一项我国题画诗研究的空白,具有开创意义。

——具有承前启后的传承性。题画诗是中国的国粹,特别是书写于画幅上的诗,融诗、书、画于一体,既富诗情画意,又有笔韵书趣,更是极为宝贵的非物质文化遗产。然而这份文化遗产能否继承下来,发扬下去,却不容乐观。当下,有些青年国画家往往只会作画而不善题诗。刘海粟先生曾经说过:"一个画家如若不懂得作诗,不会题画,便是个哑巴画家,等于半个美人。"(江辛眉《刘海粟中国画选集·序》,上海人民美术出版社,1983 年版)而有些诗人或因古典诗词底蕴不够深厚或出于不习惯,也不愿为别人画题诗。长此以往,中国题画诗的传承颇堪忧虑。此书的出版,无疑为有志于学习题画诗的画家和诗人,提供一本可备选用的教材或参考书。

——具有审美的愉悦性。本书虽然是一部学术著作,但文字流畅、生动,饶有情趣。特别是在品赏山水、田园类题画佳作时,作者"使笔如画",或"描绘波澜不惊、一碧万顷的湖面,于心旷神怡中观赏静态美";或"描绘风起云涌、白波若山的海水,于雄奇之中给人以壮观美";或"描绘云遮雾绕、层峦叠嶂的山景,于时隐时现之中领略朦胧美";或"描绘平畴无际、风光旖旎的田园,于闲适之中充溢着恬淡美",等等(参见此书《绪论》部分)。徜徉在美不胜收的艺术化的山水间,阅读者当会一身轻松，得到审美的愉悦。

此外，此书的价值还体现在对题画诗这座文化“富矿”的开掘上。据作者初步统计，从自题画诗中新发现的史籍未载的画家、画人，就不下百位。据此，似可重写《中国绘画史》。

当然，此书并非完美无缺。书中的观点，只是一家之言，或亦有可商之处。又因为它是中国第一部以“史”为名的题画诗专著，当可待学术研究的不断深入而逐加完善。并且，瑕不掩瑜，我们相信凭借此书较为丰厚的内涵和尚属精美的装帧，定会赢得读者的青睐。这里，我拟引用此书“绪论”最后几句话，借作本序的结语，并致我本人对题画诗研究进一步发展的期望：“历经两千余年风霜雨雪，题画诗这枝艺术之花已枝繁叶茂，鲜花朵朵。让我们展开想象的翅膀，翻开一页页书纸，去欣赏题画诗的奇花秀朵吧！”

2009年冬

（《中国题画诗发展史》，刘继才撰，辽宁人民出版社2010年3月出版）

《安史之乱与盛唐诗人》序

我刚读到吕蔚同志《安史之乱与盛唐诗人》书稿,我就想起我于1986年所撰《天宝诗风的演变》一文(刊于《唐代文学论述》第八辑,陕西人民出版社1986年12月版)。此文提及,综观天宝时期的诗坛,不少诗人从开元盛世的光圈中走了出来,面对变化的现实,已感到一种深刻的不安,因此特为提出:"这种诗化了的深刻的不安,则是天宝诗风的基调。"即不能局限于将开元、天宝为一完整、单调诗风的观念。现读吕蔚同志此书,感到对研究更有进展,特别是盛唐前后历史时期作家群体的形式与消散,文学思潮的兴起与消落,创作风格的变化,不同文体的代兴,善于从政治、经济与文化的相互关系中把握恰当的中介环节,使我们亲切接触到那一时代、社会所特有的色彩和音响。

安史之乱于历史、于文学都是一个重要的过渡阶段,研究这一时期的诗人群体及诗歌创作,可以填补研究史上的一段空白,因此也将文学史的发展还原为一个动态的过程,对于理解盛唐到大历乃至中唐文学的转变有着重要的意义。吕蔚同志正是将安史之乱这一使唐代由盛转衰的重大历史事件作为研究的切入点,并以动态的眼光从社会心理的变化、盛唐人口及诗人群体迁移上来解读盛唐诗歌转变的契机、过程以及新变所形成风貌。

要对安史之乱这一时期的盛唐诗人群体及诗歌新变做出整体性研究,首先要从思路上厘清两个问题:其一,合理地截取历史时段作为研究的范围。政治层面与文学层面的历史并不能等同起来,史学家的"盛唐"与文学家的"盛唐"既有联系,又有区别,文学范畴中的"盛唐"绝不仅仅是一个时间和空间的范畴,还应当是一个美学范畴。因此,吕蔚同志选取的诗歌创作研究的时段起自开元二十四年李林甫出任宰相,迄至大历七年盛唐诗人群体相继逝世,将安史之乱爆发的蓄积时期及被平定后诗人们仍受战乱余绪影响的9年都纳入了研究视野。从这一时间段中就可以比较完整地看出盛唐诗歌变化的起因、轨迹及新变的风貌。其二,科学地确立盛唐诗人群体作为研究对象。唐代诗人辈出,对于诗人们(如杜甫)分属时期的界定也常有所争论。列入研究范围的诗人有经历过盛世,带有盛唐时代自信、疏阔等精神特征;经历了安史之乱,切身体会了唐王朝由盛而衰的过程;诗歌创作的活跃期在安史之乱前后一段时期。他们的创作既能体现盛唐精神的延续,又注入了战乱对诗风的影响,显示出新变的特征。可以说,本书对研究范围及对象的界定是符合历史及创作实际的。

在这一思路和基础上,吕蔚同志对安史之乱这一转折时期中盛唐诗人群体及其诗歌创作的研究在许多方面都有所创新:首先,对这一过渡时期中的诗人及创作做出了整体性、群体性、社会性的研究,从而将文学史还原为一个丰富而动态的过程。其次,安史之乱引发了全国范围内的人口迁移,盛唐诗人身处移民大潮之中,其迁移的原因、迁移地的选择、迁移过程中的作为、迁移中形成多元的文学创作风貌都是未被学者关注、但又值得关注的问题。吕蔚同志通过对这些问题的考察,探究在战乱情况下社会心理的变化、个体不同的心态、人格与价值取向,这些因素使盛唐诗人的诗歌创作呈现出与开元盛世不同的新变特征。再次,在战乱中,地域在文化上的凝聚力不断分散、变化,随着全国人口的迁移,盛唐诗人在迁移过程中形成了相对集中的创作区域,区域文化对诗人们的创作产生影响,诗人们也为区域文化带来新的内涵,表现出文人与区域之间的文化互动关系。第四,安史之乱打破了唐前期一百多年的太平局面,社会心理在动乱之时遭到了极大的冲击,对诗人群体及其诗歌创作产生了影响。吕蔚同志通过对诗风新变的过程及风貌的研究,指出盛唐诗人群体的创作由热情激越趋向冷静凝重;由异彩纷呈趋向单一务实;由阔大高华趋向内敛低沉;由自然灵动趋向沉郁凝炼。文学的创作实际说明在安史之乱爆发以后,“盛唐气象”不但没有立即终结,反而因为时局的变化,在以李白、杜甫为代表的那些盛唐诗人的创作中体现出来。只不过他们把“雄壮”“雄浑”在新的社会环境中变成了“悲壮”“沉雄”,同样属于“壮美”的范畴,这样就给“盛唐气象”注入了新的历史、精神、文化的内涵。

总之,对安史之乱与盛唐诗人展开综合性的研究不仅可以填补这段文学研究的某些空白,也可以追根溯源地了解文学发展的规律。同时,就治乱对社会心理的影响、社会心理对行为方式的影响、文学与社会的相互关系、文人与地域的文化互动关系等问题的研究,也可以被视为对这段诗歌史的认识深化和价值判断上的新收获。

正因此，通读全书，确有这样一个总感，即富有朝气而又脚踏实地，立论新颖而又基础扎实。这当是应约作序所得的学术上的欣慰之情。

2010 年 6 月

（《安史之乱与盛唐诗人》，吕蔚著，中华书局 2011 年出版）

《唐五代逸句诗人丛考》序

黄大宏同志与我尚未见过面,但他说他曾读过我所著《唐代诗人丛考》几部书,我则也读到他于去年在中华书局出版的《八代谈薮校笺》,虽未有会晤,但互读之后实有治学上的一种同感共识之见,这当也是一种难得的学术交谊。

特别是他前些日子致我信中,特为表述:"文学研究应当建立在文献研究的基础上,文献不熟,文学研究就容易陷入空泛无根的状态",并进而概括:"'义理'之学要以考据成果为基础,'考据'之学要以彰显'义理'为目标,两者相得益彰,相互融合","以达到较为理想的学术境界"。这就使我想起我于1997年为复旦大学陈尚君教授《唐代文学丛考》(中国社会科学出版社1997年10月出版)所作序的几句话:"资料的考证往往与作家作品的整个思想发展,与某一时期文艺观念的演变,有着密不可分的交叉联系。而考证,从治学路数来说,并非只是所谓饾饤之学,实是一种细密、清晰的理性思考。"又想起南开大学罗宗强教授为我的《唐诗论学丛稿》所作序中,称我的《唐代诗人丛考》,"通过诗人事迹的清理所展示出来的诗人诗坛风貌;考其生活之播迁,而往往察其诗风;考其交游,而往往触及诗人群落"。我觉得,以上这些话,确也适合于对黄大宏同志这部《唐五代逸句诗人丛考》之评价与议论。

我于20世纪80年代编纂《唐才子传校笺》,在总序中概括笺证的工作,大致包括这样三项:一是探索材料出处,二是纠正史实错误,三是补考原书未备的重要事迹。这样做,确得到学术界的好评,复旦大学前辈学者王运熙教授曾致信于我,说这样做"为唐诗研究提供了扎实的基础"。我这次通阅黄大宏同志这部《唐五代逸句诗人丛考》,也觉得他所作,确也如《唐才子传校笺》的三个方面笺证方式,甚见工力,颇具特色。此书于《全唐诗》所载逸句,遍检较早出处,并复核原书,改正误字、误事；又考订作者事迹，增补原辑遗缺。著者力求在所涉及的范围内，尽可能求全求实，并在资料搜辑考辨的过程中，细心发现前人未曾注意的问题，确有抉隐发微、提出新见的引人入胜之长。

由于我的读书习惯，为学界友人著作撰序，总要细读原稿，又想随时了解唐代文学研究成果，故此次我就通读《唐五代逸句诗人丛考》，并参阅我的挚友、唐代文学的文献研究卓越著者陶敏先生新近出版的《全唐诗作者小传补正》一部大书（共130余万字，辽海出版社出版），颇有所得。鉴于体例，序言的字数不能过多，故本篇只能概举数例，谨供学界参考、研讨。

《全唐诗》卷七九五载赵仁奖诗二句，题《赠上蔡令潘好礼拜御史》，注谓见《朝野佥载》。按《全唐诗》于康熙年间编纂时，主要即承袭明胡震亨《唐音统签》及清初季振宜《唐诗》，此次黄大宏同志即遍检二书，特别是《唐音统签》。经核检，赵仁奖此二句及其小传，即袭自《唐音统签》卷八二〇，亦注见《朝野佥载》。现本书页四赵仁奖考，考出今本《朝野佥载》，未有记赵氏其人其诗者，即又检出《太平广记》卷七五九《御史台记》，记有赵仁奖此二句诗，则出处应为《御史台记》，非《朝野佥载》，《全唐诗》与《唐音统签》皆误。书中又检出《海录碎事》卷十一，《唐诗纪事》卷十五，亦记有赵仁奖事，即由此详记赵氏及此二句诗之写作背景。《御史台记》，又核检唐代史书，著者有韦述、韩琬二人之说，并加考核。此条确可说是一篇考证专文。

此为出处之书名误考正，本书又有好几处辨正著者姓名之误者。如《全唐诗》卷七九五载有王晙《桂林逍遥》诗二句，未注出处。本书页九宋之问考，谓《全唐诗》此处亦据《唐音统签》卷八六七，作“王俊”；又检《太平御览》卷一六三、《方舆胜览》卷三八，记为宋考功诗，又查核《岁时杂咏》卷九、《全唐诗》卷五三，皆记宋之问此二句诗之全篇，即考核为宋之问于晚年南贬时在桂州作。则《全唐诗》不仅著者姓名有误，且列为逸句，又误。与此相类者，又如《全唐诗》卷七九五载郑说《赠温州大云寺僧鸿楚》诗二句，注见《高僧传》。本书页一七三“十国”吴越郑杼考，除检出《全唐诗》仍承袭《唐音统签》卷八六三，又特复核《宋高僧传》卷二五《梁温州大云寺鸿楚传》所记，检出“（郑）杼诗赠楚”，又搜辑刘长卿有饯送郑说诗，《全唐诗》卷七八九有郑说诗二首，《全唐诗》卷七九四又载郑说与皇甫曾、皎然联句诗，由此，则《全唐诗》不仅误以郑杼为郑说，且郑说为中唐时人，非五代时吴越人。又可注意者，陶敏《全唐诗作者小传补正》页一五〇二，虽亦引及《宋高僧传》，但未检出作郑杼，仅引文，未有考。

著者时代之误者，又如《全唐诗》卷八六八载胥偃诗二句，未有胥偃小传，亦未注出处。现本书页二五六胥偃考,检核谓据《唐音统签》卷九九九,所引为《南部新书》。本书则检出宋曾巩《隆平集》卷十四有记胥偃事,又引《东都事略》《宋史》及《翰苑群书》之北宋《学士年表》,考出胥偃生于北宋太平兴国八年(983),卒于宝元二年(1039),则确定为宋人。《全唐诗》承袭《唐音统签》,列于唐,显误。遗憾的是,陶敏之书未有考及胥偃者。

陶敏书所考未及者尚有。如《全唐诗》卷七九五载李郁诗二句,其小传仅云"泉州人",未标出处。本书页八〇李郁考,检出《唐音统签》卷八五〇载此,亦仅云"泉州人",亦未注出处。陶敏《全唐诗作者小传补正》页一四七六亦仅云"事迹无考"。本书则引有《旧唐书·懿宗纪》咸通十三年五月,因于琮失势,致大批官员被贬,包括"左散骑常侍李郁贬贺州刺史",并考核所录吊欧阳柜诗二句,考李郁活动于晚唐文宗、懿宗朝。又如《全唐诗》卷七九五载卢休逸句五则,注谓见张为《主客图》,即本《唐音统签》者。本书页一一六卢休考,谓《唐诗纪事》卷六四有卢休条,记张为《主客图》载有卢休逸句,但仅四则,并无第五则"入门堪笑复堪怜,三径苔荒一钓船"二句。而陶敏书页一四九九,仍谓"所存句五则均出《唐诗纪事》卷六四引《诗人主客图》"。本书又考出《岁时杂咏》卷十一、《唐诗纪事》卷七一记此二句为唐末唐珪作,且为全篇,非逸句。则《唐音统签》《全唐诗》将此二句误作卢休诗,将全篇列为逸句,皆误,陶敏书未有考及。

陶敏先生对《全唐诗》小传详加考订,纠误补事,甚有学术价值,但他对《全唐诗》之逸句部分,有所缺考。黄大宏同志此书应是当今唐诗考订研究之一部力作。

但陶敏先生所考,有些地方也有可补本书者。如《全唐诗》卷七九五记有杜鸿渐小传,及逸诗二句。本书页三三引及两《唐书·杜鸿渐传》,记述其行迹,而陶敏书页一四六七引及杜鸿渐同时人元载所作《杜鸿渐神道碑》(《全唐文》卷三六九),此可为较早材料,本书则未及,可补。又如《全唐诗》卷七九五载剧燕小传及逸诗二句,本书引有《唐摭言》《唐诗纪事》等,有所考。陶敏书(页一四七七)则又引有《剧谈录》卷下所记:"大中、咸通之后……剧燕……以律诗流传",本书未有引及。这里我尚可稍作补充,本书有些条所考唐代诗人,有任翰林学士者(如页八六高元裕考等),本人前几年出版有《唐翰林学士传论》(辽海出版社),稍有详考,可参阅。

以上只是略举数例,实际上这部著作对唐诗逸句及有关作者作扎实的考察和精细的探索,是《全唐诗》专题文献研究的一部新作。目前,新编《全唐五代诗》正继续进行,我作为主编之一,一直参与。现在这一项目,初盛唐部分基本完成,尚待修订,中晚唐部分尚在编纂、点校中,则黄大宏同志这部著作作为唐诗研究的组成部分,必为这一项目提供极有学术价值的参考资料和科研成果。

2011年春

(《唐五代逸句诗人丛考》,黄大宏著,中华书局2011年出版)

《孟浩然研究论丛》序

唐代诗人孟浩然的家乡襄阳，是一座具有2800年建城史的历史文化名城，这里物华天宝，人杰地灵，英才辈出。这次由中国孟浩然研究会、襄阳市人民政府、襄樊学院联合主办，襄樊学院文学院承办，襄州鹿门风景名胜区管委会协办的"2011年孟浩然研究国际学术研讨会"，就是对诗人孟浩然进行的又一次高规格的研讨与纪念的盛会。这次研讨会在襄樊学院顺利召开，充分体现了襄阳市人民政府与襄樊学院的决策者们，对地方文化的建设予以高度重视，也因而取得了令人满意的预期效果。

这是一次在孟浩然研究史上占有重要地位的盛会。这次盛会的召开，除了得到各方面的支持与襄助外，还表现出了一个值得注意的特点，就是在中国孟浩然研究会会长王辉斌教授的倡导与努力下，首次于会前出版了大会论文集《孟浩然研究论丛》一书。正因此，凡参与此次会议的学者，在报到的第一天，就都能领到一本由黄山书社出版的精装本《孟浩然研究论丛》，这就更便于大会的学术交流与讨论。这是一本收有近60篇论文约70万字的论文集，其规模之大，文章之多，内容之丰富，风格之多样，在近年来以个体诗人为研究对象的学术会议论文集中，是很少有能与之匹配的。这一事实表明，对于孟浩然其人其诗的研究，已引起了愈来愈多学者的参与和关注，而使之成为了中国古代文学研究特别是唐代文学研究中的一大亮点。为了证明这一点，我可以先举一个例子来加以说明：这就是自20世纪80年代以来，孟浩然已成为了国内外诸多攻读博士学位者的专题研究对象，如毕业于首尔大学、现为韩国放送通信大学教授并在台湾中山大学作客座教授的李南钟博士，毕业于南京师范大学并留校任教的李园博士，其毕业论文就都是对孟浩然其人其诗所做的专门研究。而李南钟教授能欣然应邀参加此次会议，这确反映他对孟浩然研究的热爱与执着。此外,新西兰坎特伯雷大学亚洲研究系的陈珏教授、日本国立命馆大学文学部的芳村弘道教授,以及这次应邀与会的日本国冈山大学文学部的下定雅弘教授,也都是在孟浩然研究方面作出了可喜成绩的学者。又如浙江新昌,20世纪90年代初就提出"浙东唐诗之路"专题,曾举办数次学术会议,并拟以此申报世界文化遗产,而他们之"浙东唐诗之路",即以孟浩然与李白之浙东之旅与诗作作为重要内容,已编有专题论丛出版。所有这些均可表明,孟浩然其人其诗,广受文化界关注,这不仅在中国内地与台、港、澳地区蔚为壮观,而且在海外汉学界也是深受学者们所喜爱的。

作为一部大会论文集,《孟浩然研究论丛》所涉及的内容,既相当丰富广泛,又颇具原创性特色,这是很值得我们注意的。如论文集中对孟浩然中庸人格精神的探讨,对孟浩然与佛教的关系及其佛教诗的论析,对孟浩然诗歌中玄言气象的观照,对孟浩然与杨万里山水诗的比较,对中兴四大诗人对孟浩然接受史况的勾勒,对李梦阳评点孟浩然诗集的特点与成就的归纳和阐释,以及对孟浩然画像的考述等,就属于此前无人涉笔的一些典型例子。这次大会论文对这些研究对象的首次涉猎,既是对孟浩然研究领域的一次大的拓展,又填补了孟浩然研究史上的诸多空白,或此或彼,都是值得称道的。

总体而言,此次大会所提交的近60篇论文,在题材内容与研究对象上,本人认为,主要表现在以下几个大的方面:

其一是孟浩然与襄阳的关系及其思想。闻一多先生曾经说过:孟浩然是属于襄阳的,襄阳也是属于孟浩然的。这句话直接道出了孟浩然与襄阳的关系。此次大会论文中的《论孟浩然的涧南园情结》《襄阳与孟浩然的思想倾向》《孟浩然的仕隐情怀与魏晋文士情结》等文,分别从不同的角度、不同的切入点,进行深切讨论,观点新颖,结论中肯。关于孟浩然思想的探讨,由于受了《唐书·孟浩然传》的影响,以前的研究者大都是围绕着"隐逸思想"在转圈子,此次提交的大会论文,如《论孟浩然与佛教及其佛教诗》《试论孟浩然的中庸人格精神》等,则以佛教关系与中庸人格精神等为着眼点,首次对孟浩然的思想进行了新的探索与新的观照,且论析较为深刻具体,颇能启人思路。

其二是多维度的孟浩然诗歌研究。对于这一方面的研究,又具体表现在以下四端:一是对孟浩然诗歌的宏观透视,二是对孟浩然诗歌的微观考察,三是对孟诗艺术风格与特点的论析,四是对孟集版本的梳理与辨正。这方面的论文共有20多篇,从总体上讲,视野开阔,论证严密,新见时出。如《孟浩然诗歌的玄言气象》一文,首次以"玄言气象"为切入点,对蕴含孟诗中的理趣、情趣、归趣进行讨论与归纳，并认为孟浩然“诗中的玄言之思以议论、画境与妙悟为表现形式开辟了唐代诗歌的新气象，对中国诗歌的发展产生了深远的影响”。持说层进层深，新人耳目。又如台湾学者吕正惠教授，1999 年我与他同执教于台湾清华大学，当时他重点研究唐代古文运动，对韩愈文集版本深有考索，这次他又提供《孟浩然诗集的版本问题》一文，以台湾“国家图书馆”所藏明顾道洪刻本《孟浩然诗集》、凌濛初套印朱墨《孟浩然诗集》为依托，分别对宋蜀刻本孟集、元刘须溪评本孟集、明《唐十二家诗集》本孟集、明活字本孟集进行了比勘，认为《四部丛刊》本孟集“所收作品最为完备”，其“异文往往优于宋本”，是现存最好的一个孟集版本。又如范子烨学者过去对陶渊明诗文词义多有辨疑，甚有新见，我们数有聚议，这次他又有《孟浩然〈题终南翠微寺空上人房〉诗“苏门啸”解》一文，也从细微处着眼，对孟浩然《题终南翠微寺空上人房》一诗中的“苏门啸”进行了重新诠释，值得注意。

其三是关于李白与孟浩然的交谊。孟浩然是最为李白所尊崇的一位诗人，所以，李白在《赠孟浩然》一诗的开首，即写下了“吾爱孟夫子，风流天下闻”十字，以表示他对孟浩然的怜爱有加。本次大会关于这方面的论文也有多篇，如《孟浩然“风流天下闻”探因》《从李白〈赠孟浩然〉看李白对孟浩然的认识》《从〈赠孟浩然〉看诗史差异和英译问题》，以及《李白〈黄鹤楼送孟浩然之广陵〉新释》等文，就都对李白与孟浩然的交往关系进行了重新讨论，并提出了一些新的认识与见解。

其四是孟浩然比较研究。对孟浩然进行比较研究，成为了此次大会讨论的一个热点。这次《孟浩然研究论丛》中关于这方面的论文有近十篇之多，即可窥其一斑。这些论文所比较的对象，依次主要有屈原、宋玉、曹植、阮籍、嵇康、陶渊明、谢灵运、谢朓、庾信、王维、李白、杨万里等人，由先秦而南宋，前后时间长达 1500 年之久，且比较的内容，由诗艺诗风到文学成就，由人生追求到文化意蕴，丰富而宽广。

其五是孟浩然接受史研究。对于这一方面的研究，是此次大会讨论的又一个热点，而且论文的数量之多，涉猎的范围之广，均属盛况空前。其中，既有对由李唐而朱明的历代接受史的考察，又有属于韩国传统时期孟浩然诗的接受研究，更有对闻一多先生研究孟浩然成果的不同评价，真可称得上是古今中外，应有尽有。

其他方面的研究如对孟浩然生平中有关问题的考察，对孟浩然生活方式新质的论析，对孟浩然有关评价的重新审视，对孟浩然诗中盛唐气象“变奏”的探讨，对孟浩然心态与诗境的窥探，等等，确各具特色与风采。从以上的简要介绍中不难看出，这次研讨会对于孟浩然其人其诗的研究，确实涉及到孟浩然研究的各个方面。而且，有些论文的研究还涉及到了其他方面的一些研究，如《李梦阳参评〈孟浩然诗集〉及其对刘辰翁之批点的承变》一文，即为这方面的代表。此文有近30000字之多，对李梦阳评点《孟浩然诗集》的特点，以及李梦阳在评点中对刘辰翁评点《孟浩然诗集》特点的承变等，均进行了逐一梳理，极具参考价值。其他文章如《论孟浩然与佛教及其佛教诗》等文，也大都具有这样的特点。因此，我们有理由相信，通过这次大会的召开，以及这部《孟浩然研究论丛》的出版，必将会使孟浩然研究在今后的一段时期内，得以更加蓬勃地发展，并结出更加丰硕的成果来！

我由此想起，2001年在襄樊学院召开全国首届孟浩然研究学术研讨会，经历十年，现在又在襄樊学院举办第三届孟浩然研究国际学术研讨会，十年来的丰硕成果，确使我深有所感。我过去已有表述，认为我们对古代文学，在传统研究的同时，应特别注意对现状的研究，以使视野开阔，思想敏锐。当前孟浩然研究者，无论是年长或中青年学者，他们之中不少人广泛吸收当代社会的新鲜知识，形成更为独特的研究视野和观念，另一方面又努力对作为研究对象之一的文学史料作沉潜的探索，这种勤奋的深切实证是足以支撑作大幅度的理论研讨的。特别是本书主编王辉斌教授，不仅其有关孟浩然专著之翔实考察与对旧说的辨正，提出不少新见，而且其作为中国孟浩然研究会会长，长期以来个人专研与学科策划相结合，一直推动孟浩然研究，也颇受我们唐代文学研究界的重视。因此我建议，我们这次会议，在论文探讨的同时，可以进一步对孟浩然的研究经历与成果作总结性的理论考察，以使“更上一层楼”！

2011年夏

（《孟浩然研究论丛》，王辉斌主编，黄山书社2011年出版）

《回文集》序

现在，由丁胜源、周汉芳两位学术名家编纂的《回文集》，又经国家图书馆出版社精心编印，这部13卷300多万字的六册大书，印行问世，这应当是我国古代文学有关文体学的一部文献史料经典之作。这次我应邀作序，通读全书，确深受学术共索、互求创新的启示。

中国古代文艺理论名著刘勰《文心雕龙》，在其《明诗》篇中已提及回文，称"回文所兴"，将回文作为一种诗体专称。据现有史料，较具规模的回文诗作，创始者是北朝十六国初期前秦的苏蕙，因怀念其被流贬的丈夫窦滔，特作"回文旋图诗"，《晋书·烈女·窦滔妻苏氏传》记云："织锦为回文旋图诗以赠，宛转循环以读之，词甚凄婉，凡八百四十字。"后唐初编撰的《隋书》，其《经籍志》特为著录其《织锦回文诗》一卷，全文又见北宋时所编大型类书《文苑英华》卷八三四。《文苑英华》同卷又载有武则天所作《苏氏织锦回文图记》，可见苏蕙此作所受的重视。实际上南朝文人名家江淹、吴均已用于诗赋，且东晋、宋初之谢灵运，后人所编目录，也有《回文集》十卷，可见苏蕙之作在南朝已甚有影响。清人康发祥《伯山诗话》三续集卷三，甚至称"回文体六朝时最尚之"。20世纪前半期的谢无量《中国妇女文学史》也特提及苏蕙之作，称"此是古今绝作"。可是当代的文学史著作，包括一些文学史名著，多未提及苏蕙回文诗及回文文体。唯我的两位学术挚友曹道衡、沈玉成于20世纪80年代所著的《南北朝文学史》，有专节论述苏蕙，称她的这篇回文诗"反映了作者技术的熟练和巧思"，并从文体流变史的角度，概称："自苏蕙以后，许多文人都写过回文诗，在诗中成为一体。"颇有识见。

确实如此，有唐一代，从初唐到晚唐，都有回文之作。中唐时刘禹锡所作回文，皮日休《杂体诗序》特为提及："近代作杂体，唯刘宾客集中有回文、离合、双声、叠韵。"明胡震亨《唐音癸签》卷二九也云："唐人刘宾客及皮、陆唱和，并有回文诗。"又甚可注意的是，清徐松《登科记考》卷二七据《永乐大典》所辑《宜春志》，谓："卢邈，唐末寄举湖南，登第，献回文诗二百首。"则此应是唐代科举考试甚有意义的史料。我于20世纪80年代所著的《唐代科举与文学》，第十章《进士行卷与纳卷》，曾详细记述唐代士子应举考试前，先向名臣贤士献其诗文之作，以显示自己文才，请其推荐，以便登第，称行卷，即行卷在唐代科举考试甚起作用。而此位湖南举子卢邈特以回文诗二百首作为行卷，并由此登第，这就可见回文诗在当时社会的影响。

回文在宋代文学也甚起作用，苏轼还以回文之诗体转写词作，刘将孙《养吾斋集》卷十一《黄公诲诗序》就特称"东坡神迈千古，至回文作词，语更可爱"。南宋时桑世昌所编《回文类聚》，是现存最早的回文总集，此书卷四全为宋人词，载有词55首，作者13家。由此可见，回文以苏蕙《璇玑图》为开端，自南北朝起，历唐、宋、元、明、清，一直吸引才子学士甚至名家大儒积极参与创作，如谢灵运、江淹、庾信、武则天、刘禹锡、皮日休、陆龟蒙、王安石、苏轼、秦观、黄庭坚、朱熹、高启、汤显祖、万斯同、王士祯等，给后世留下各种样式、各种风格的作品，形成了世界上别具匠心、独特文体的文学样式和修辞方式，是我国文化遗产的组成部分。

且回文遍及诗词曲赋，以及尺牍、对联、隐语、乐曲、绘画等，诸体咸备，图文并茂，内容广泛，题材丰富。且回文之作，于国外也有影响，日本也有回文体诗作，西文有回文研究。也就是说，我国这一特殊文体，不仅历史悠远，且有广泛世界影响。我们很值得作文体学史的深切探索。

但是，对于回文体之作，历史上也有不同评价，并有贬议。如明胡应麟《诗薮》外编卷二称其为"诗道之下流，学人之大戒"，也有贬称为"雕虫小技""文字游戏"。当然，回文体创作确有难度，也因此，古代文人并不以此为自己创作的主体，只是偶一为之。也正因此，回文之作流传不多，多散见于别集、总集、史乘、笔记中。编为合集者，先有南宋桑世昌《回文类聚》，明万历中云间张之象续之，清康熙间吴郡朱象贤又续之。但此后二百余年，未有续编者。

现在丁、周两位先生编此回文总集，可以说是自南北朝至20世纪二三十年代的回文全集，收辑作者有1300余家，诗词曲赋万首，图785幅，共列为六十三卷，附录一卷。内容不仅包括回文诗图、诗文，还涵盖了域外汉诗、和歌、乐曲，英语的回文，以及回文的专辑叙录、记事、回文释例等，可以说是一部系统、全面、完整、综合的回文总集。尤其书前的《前言》，分列五节：一、中国回文发展的历史回顾；二、当代的动态；三、我国回文的特色；四、人们对回文诗词的评价；五、编纂出版回文集的意义和目的。这可以说是文献史料探索与文体理论研究的结合，为我们当前古代文学研究、古文体研究，不仅填补空白，且至意创新，真使人有“更上一层楼”之感。故特为作序，谨表致我的学术期望与意愿。

2011 年夏

（原刊于《书品》2011 年第 6 辑。《回文集》，国家图书馆出版社 2012 年 10 月出版）

《辛亥革命时期期刊汇编》序

历史研究必须是言而有据，信而有征的。一事不知，则一事告缺；一人不晓，则一人阙如。历史研究当然也可以有想象和推论，但正如杨天石先生指出的："推论只是史家对于历史可能性的一种分析，还有待于验证，不能视为信史。历史学的这一特点决定了史料的特殊重要性。可以说，没有史料，就不会有历史学。"（《海外访史录·自序》，社会科学文献出版社1998年出版）

辛亥革命时期的史料，用浩如烟海来形容是一点也不夸大的。几十年来已出版了重要人物的文集，如《孙中山全集》《黄兴集》等；出版了不少档案文献，如《临时政府公报》《湖北军政府文献资料汇编》《武昌起义档案数据选编》《清末筹备立宪档案史料》等；出版了石刻史料，如《辛亥人物碑传集》；甚至出版了外文中的相关史料，如《日本外交文书选译——关于辛亥革命》《英国蓝皮书有关辛亥革命资料》等；但有关辛亥革命时期的期刊，尽管已有丁守和先生的《辛亥革命时期期刊介绍》五巨册，已有上海图书馆1961年编印的《辛亥革命时期期刊总目》一大本，但欲查原文，仍是费时费力，事倍功半。

辛亥革命时期，没有电视，没有广播，更没有网络，那时的期刊所起的作用，大致就相当于今天的电视和微博吧。任何革命都是离不开思想的启蒙和舆论的宣传的，特别是对中国这样一个有着千年封建传统的国家而言，要把长期束缚在封建枷锁中的人们的思想解放出来，要付出多少艰辛甚至鲜血！李文海先生讲"我们切不可低估辛亥革命在这方面的历史功绩"。而辛亥革命时期期刊的历史作用，也应是这"历史功绩"中不可或缺的光辉一页。

更为难能可贵的是，辛亥革命时期的期刊，并非简单的仅是宣传"排满"，而鼓吹革命、对白话文的宣传，对科学的提倡，对妇女解放的要求等，我们都可以在当时刊物中找到,真是不能不让人感叹当时人的胸襟和胆识。而当时人们所做的这一切,都是出自对祖国的热爱。学界认为,当时的知识界特别重视这样两个问题:一是“国魂”的熔铸;二是国民性的改造。当年那些知识分子怀着对祖国民族的拳拳之心、赤子之情,那种“吾志所向,一往无前,愈挫愈奋,再接再厉”(《孙中山选集》上册,104 页,人民出版社 1957 年出版)的革命精神,为我中华民族留下了一笔宝贵的精神遗产。而这一宝贵遗产,不正是借助期刊等载体,才存留至今的吗?

然而,要想收集、整理辛亥革命时期的期刊,绝非易事。首先,这些期刊当年就印数有限,印制简陋,在传播过程中还要受到抄没、毁版的“待遇”,而历经劫难保留下来的期刊,又因种种原因分藏各处,查找不易,更不用说有的缺东少西,有的字迹难辨。相关学者克服了种种困难,依托北京大学图书馆,旁搜远绍,汇合纂集,将以往藏之深闺的辛亥革命时期期刊除去尘土,公之于众,缺者补之,残者修之。在这背后蕴藏着多少劳动和辛苦,是可想而知的。首都师范大学出版社在目前大型学术文献出版困难的情况下,毅然担纲此任,对这一切,相信学界是不会吝惜赞美之辞的。章开沅先生讲,辛亥革命时期“资料的发掘、整理、编辑、出版,需要许多有心人甘愿做默默无闻的基础工作”(《辛亥革命辞典·序》,武汉出版社 1991 年出版),各位辛亥革命时期期刊的收藏者、编辑者、整理者、出版者,不正是这样一些“甘愿做默默无闻的基础工作”的“有心人”吗?

学界一般认为,中国大陆辛亥革命史的研究起步并不晚,1956 年孙中山先生诞辰九十周年时,就曾兴起过一个小高潮,但不久即因政治因素冷落了下来。到了十年“文革”,更是一片空寥无语。直至改革开放,辛亥革命史一时成为显学,“甚至在一定程度上引领了改革开放之后大陆新史学的发展变革”(见朱英《两岸辛亥革命史研究:兴盛与减缓》,载《社会科学报》2010 年 12 月 30 日)。从 20 世纪 70 年代末到 80 年代末这十年,是辛亥革命研究大发展、大繁荣时期,但目前这一势头有所减缓乃至萎缩。这一方面固然是由于时局环境的变迁,学者兴趣的转移,但史料的不足和局限,以至剩义已少,是不是也是造成学术研究停滞不前的一个原因呢?从这一角度看《辛亥革命时期期刊汇编》的出版,又必将为促进辛亥革命研究的再度繁荣献上一块扎扎实实的奠基石。

借辛亥革命百年《辛亥革命时期期刊汇编》出版之机,谈了一些自己的意见。历经百年程,更上一层楼,期望此一百册大书印出,必将进一步推动辛亥革命的研究进程。是为序。

2011 年 8 月

(《辛亥革命时期期刊汇编》,首都师范大学出版社 2011 年 12 月出版)

《牛李党争研究的新视野》序

我有一段时间曾集中研究唐代中后期文学,并对牛李党争和李德裕做过专门探讨,有一些论著问世。我在《李德裕年谱》序文里说过:"中晚唐的文学与初唐、盛唐有一个很大的不同,初盛唐时期的作家,尽管在他们的作品中也表达了他们的政治理想,特别是李白和杜甫,在他们的诗作中,对国家的命运,政治的盛衰,表现得特别关切,但那时的作家,真正卷入当时重要的政治斗争的,却甚少;中晚唐不同,不少作家本身就往往是政治斗争的一员,也有些则是在不同程度上受到现实政治的波涉,他们的作品直接反映了这些斗争,或者带上了他那一时代所特有的政治斗争的色彩。这种情况,对于生活在9世纪前半世纪的作家来说,更是如此,而这近五十年唐朝廷政治生活中的一件大事,就是历史上所谓的牛李党争。"唐代政治活动对文学发展的影响十分明显,两者关系非常复杂,尤其朋党政治对唐代中后期的政治、社会、文学都产生了重大而深远的影响,当时许多重要的政治人物和文学家都与其有千丝万缕的联系,这个问题成为学术界长期以来关注的一个重点领域。现在,年轻学者李润强教授《历史、社会与文学——牛李党争研究的新视野》一书,以牛李党争这个重大政治事件为突破口,从历史、社会、文学的角度,对于这一问题进行了新的审视和探讨,相信此书会成为这个研究领域的又一部学术力作。

当然,唐代中后期文学是在较前期更为复杂的社会环境中发展的,研究这一时期的文学,或许会比研究初唐和盛唐更能引人入胜。但另一方面,它也要求有更为广博的历史知识,更为充实的资料基础。作家是社会的人,文学作品是社会生活的反映,脱离具体的社会历史的研究,不了解作家与当时社会生活的联系,不清楚作家当时的各种人事关系,由此,则要确切理解作品的内容,它的思想倾向,它在整个文学发展中的地位与影响,是不可能的。令人欣慰的是,本书作者在唐代文史方面有较深厚的学术积累,在牛李党争和唐代家庭史方面用功尤勤,已有数部专著、译著及数十篇论文发表。他从大学本科毕业后,就开始了隋唐五代文学和历史的学习研究,曾因学习中的疑惑与我交议。1995年,李润强同志承担了教育部高校古委会研究课题“牛僧孺研究”,并以此为题撰写了硕士毕业论文,后来在甘肃人民出版社出版,我对其中的一些观点曾表示充分肯定。1998年,他考入浙江大学,在导师龚延明教授的指导下,攻读中国古典文献学博士学位,并参与重大课题“历代登科总录”的研究工作。2001年,进入南开大学历史学博士后流动站,师从张国刚教授,进行中国家庭史的研究,随之在人民出版社推出《中国传统家庭形态及家庭教育——以隋唐五代家庭为中心》一书。2004年,申报并承担了国家社科基金项目“从牛李党争透视唐代中后期历史与文学关系”,本书即是其结项成果的重要内容。

这部专著全面概述了这一领域的研究现状,探讨了目前存在的重点问题,在对前人有关成果进行总结和借鉴的基础上,系统地论述了“唐代中后期的朋党政治”“牛李党争与唐代中后期的历史”“牛李党争与唐代中后期的社会”“牛李党争与唐代中后期的文学活动”“牛李党争与唐代中后期的作家群体”等一系列重要问题,形成了此书的研究思路和基本观点,提出了一些学术新见,可以说发前人之未发,足资学术界参考;还有一些内容填补了这个研究领域的空白,其中多有颇具启发意义的精切阐述,令人信服。此书在以下方面有着力探讨,并取得重要收获。

第一,比较全面地探讨了唐代中后期政治、社会与文学的相互关系。

唐代中后期既是唐王朝经过安史之乱由盛转衰的时期,又是唐末五代社会的前奏。本书以牛李党争这个重大政治事件为切入点,以这一时期历史与文学的互动为核心,将政治史、社会史、文学史结合起来,突破文学研究与历史研究的界限,考察了唐代中后期政治、社会与文学之间的相互关系。例如书中总结出,在唐代中后期的历史进程中,以朝臣党争、宦官专权、藩镇割据为核心的政治、社会、文化格局的相互作用,给当时文坛以深刻触动,在很大程度上影响了唐代中后期作家的主体人格、创作心态、创作主题、创作风格及文学潮流等。这个时期文学发展与文学家的群体活动,也与政治变迁、社会发展构成了互动关系,作家们在文坛担当主要角色的同时,也自始至终参与了这场政治纷争,他们的政治主张、价值取向、群体意识,都不同程度地触及政局变化、历史进程、社会风气,他们的活动也构成了唐代中后期历史的重要内容。还有,本书通过考察朝廷内部党争、朝臣与宦官关系、朝臣与藩镇关系、党争与科举、科举与文学关系等,探索了政治争斗背后的一些事实真相，这些探讨对于丰富唐代政治史、社会史研究的内容，拓展文学史研究的题材，对于揭示唐代历史与文学之间深层面的关系，甚有重要意义。例如，书中提出"元和制举案"是"永贞革新"的余波震荡，牛僧孺与柳宗元的交往，反映了唐代中后期政治背景之下士人的动荡命运，也从另一侧面体现了古文运动中作家们的合力共振。

第二，以开阔的视野为牛李党争提供了新的研究思路。

本书突破了以往孤立地研究牛李党争之性质，或仅仅专注于某些史料的考证，或只围绕政治层面上朋党之争展开的某些局域，而是上升到牛李党争与政治、社会、文学之关联及影响的整体考察，把牛李党争的研究推进到一个新的高度，促进了人们对于唐代中后期历史与文学关系的新的认识。书中提出，党争的历史，也是党争双方成员活动的历史，包括政治活动、社会活动及创作活动等，党争的方式、过程和结局牵动着历史的进程，他们的文学活动无疑构成了唐代中后期历史的重要组成部分，并时隐时显地影响到时代变迁。例如，文学发展和文士群体意识的变化，也触及历史发展与社会转型，深受"永贞革新"意识影响的党人，试图从儒家的道统中恢复文人的自信，以救治时弊，他们在文学创作上取得瞩目成就的同时，也在家庭教育等一定范围内影响了当时的文风、世风；还有一些作家，在党争中径直将传奇和寓言当作政治斗争的工具。再如，政治党争不仅形成了作家主体人格的异化，而且直接影响了文人群体和社会风气，在某种程度上促使作家创作内容和风格的转变，间接影响了文学的盛衰。

第三，在一定程度上深化了对于唐代中后期文学的认识。

本书从党争的背景论述文学创作，不仅探讨政治活动、历史事件，而且着眼于它们与文学运动、文人主体人格、艺术风格变迁之间的复杂关系，对于作家及其作品的定位也公允有据。在唐代中后期社会，牛李党争实际成为政治生活的焦点，"去河北贼易，去朝廷朋党难"。党争不仅将官僚分为牛、李两派，而且也将文士划分为牛党、李党或近牛、近李两派，大量无辜的文士在非此即彼的党争泥潭中挣扎，于出处进退间徘徊。政治才能无法施展的无奈、人生理想无法实现的苦闷，促使唐代中后期作家主体人格发生变化，最终形成了道德人格与政治人格的分离，致使他们在经世致用与党同伐异的矛盾中艰难前行。例如，当时的作家大多兼有政治家、文学家的双重身份，他们的政治言论极大地促进了政论、史论的繁荣；征异话奇、诗酒流连的生活，引导了传奇创作和闲适文学的兴盛；失意之时，便选择以刺世疾邪的寓言作为热衷的表达方式，求得心理的调适和平衡。还有一些文士，在党争的压力之下，趋向于怪谲、隐晦的文风、诗风。所以，党争在某种程度上促成了创作主体对于文学形式的选择，也间接影响了文学的盛衰。

第四，系统地梳理了以往的研究成果，并在研究方法上有新的探索。

本书全面把握这一领域的研究现状和前沿问题，借鉴前人已经取得的研究成果，折中求是，在党争的性质、争斗类型以及党争与个人关系诸方面都进行了新的探讨，提出了颇具说服力的观点，纠正了既往研究的一些偏差。例如，通过考察牛李党争的社会历史文化背景，给出了唐代中后期家庭教育的一些典型模式及其社会影响，并由此深入讨论了唐代中后期科举制度中存在的一系列社会现象及其与党争的复杂关系。本书在继承传统研究方法的基础上，借鉴近年来学术界的一些新的研究方法。例如，将个案考察与整体研究相结合，数据统计与文字分析相结合，以反映政治集团、作家群体的整体属性和某个个体的特征，这些方法在研究过程中都得以充分运用。本书引征史料，涉猎广博，翔实准确，以细部分析为尚，对研究现状把握周详，对牛李党争的历史事件列举史料而后深刻剖析，对事件争论能够辨析众议而后提出一己新见。同时，在完成国家社科基金项目的过程中，还发表了十余篇系列论文，形成了在这一领域研究的相对优势，这些都是值得肯定的。

另外，本书对于丰富和弘扬陇右文化也颇具现实意义。令狐楚父子、牛僧孺、李商隐，不仅是党争人物，也是重要的陇籍名人，或在陇右留下了许多传世名篇，对后代产生了深远影响，本书的论述无疑也构成了陇右文化的一个重要方面。

缺憾之处，因篇幅所限，“牛李党争大事记”、“牛李党争与中晚唐文学编年”两个部分尚未列入书中，以后方便时可以补入。

2011 年 8 月

（《牛李党争研究的新视野》，李润强著，人民出版社 2012 年 6 月出版）

《骈文论稿》序

于景祥同志于1985年9月进入南京大学中文系,为学术大师程千帆先生的硕士研究生,1987年其硕士学位论文题目为《陆贽在中国古代文学史上的地位和作用》,这是他走上骈文研究道路的重要契机。其《中国骈文通史》之"后记"中,特为提及程千帆先生对此论文的指导意见:"学术研究要选好切入点,而不一定要趋向热点。……陆贽上承'燕许',下启'欧苏',在骈文演化过程中具有一定的桥梁作用,你以他为切入点,然后再上下拓展开去,一定会作出好多文章来的。"

此后,程先生又进一步对景祥同志的骈文研究进行筹划,确定研究思路与步骤:其一,在硕士论文的基础上继续开掘,加强重要作家、重点问题的研究,对重要的总集、别集进行整理;其二,由点到面,加强断代骈文史研究;其三,由断代史到通史,揭示、描述骈文在中国历史上产生、发展、演化的整体流程;其四,从理论层面对中国古代骈文批评进行梳理、归纳和总结。

正是在程先生的指导和鼓励下,景祥同志一边在出版社做编辑工作(后在两所大学兼教学职务),一边在骈文领域不断作专题研究,写有不少学术论文,并出版好几部专著,如《陆贽研究》《南北朝骈文》《唐宋骈文史》《中国骈文通史》等。这确使人感到他在步入骈文这一瑰丽而辽阔的天地中所表现的开拓胸怀,一种力求重新认识这一境域的探索精神。

我想就此向学术界真挚叙及程千帆先生对青年学者的深切指导。如南京大学中文系程章灿教授于1989年写成的博士论文《魏晋南北朝赋史》,后于1992年由江苏古籍出版社出版,我曾应邀于1991年2月为此书作序,就特提及程章灿君在前辈学者程千帆先生的指导下,受严谨学风的熏陶,在此书中体现出"令人不得不首肯的扎实的基本功"。

我因此又忆及1983年，与程千帆先生一起在桂林参加全国哲学社会科学“七五”规划项目基金资助评议会，就在那次会议上，程先生提出他的“唐宋诗歌流派研究”的计划，得到与会学者的赞同。程先生早就指出“将考证与评论密切结合起来”的治学路数。“唐宋诗歌流派研究”正是这一治学思路的进一步发展与具体落实。此后，南京大学中文系莫砺锋君的《江西诗派研究》、蒋寅君的《大历诗风》和张宏生君的《江湖诗派研究》就属于这一项目，得到程先生的亲切指导。我在应邀为《江湖诗派研究》所作的序中，就特为指出，这三部著作体现了程先生的治学思路，“在我国的古典诗歌研究学术史上占有特定的位置，其意义及经验必将日益为学界所认识和汲取”。我现在即以这三部名著为例，联系景祥同志有关骈文研究的论著，认为确可见出景祥同志在长期治学与系统研究中那种沟通古今、融合中西、于严谨中创新的极有生气的学风。

由此可见，我们研究现代学术史，除了研讨学者本身的治学特色外，还应探索前后辈学术传承的良好经验和典范学风，也可以我为例，我在《唐五代文学编年史》的自序中，就特为指出：“就我个人来说，近二十年来，在唐代文学研究上之所以有一点业绩，都是在程先生指导、鼓励下取得的。”特别是我于20世纪80年代中期所撰的《唐代科举与文学》，即是受程先生于1980年出版的《唐代进士行卷与文学》（上海古籍出版社）的启发。因此，我觉得景祥同志的骈文著作，在当代古典文学研究的历史上很有探索意义。

从20世纪90年代以来，景祥同志先后在《文学评论》《文艺研究》《文学遗产》《社会科学辑刊》等学术刊物发表论文几十篇。现在这部《骈文论稿》就是这些论文的合集，其学术思想和治学风格当受到学界的关注。

从总体上看，这些论文从不同的角度切入，对骈文进行了多方面、多角度的考察：

一是从史的角度揭示骈文产生、发展和演变的历史流程，如《骈文的形成与鼎盛》《骈文的蜕变》二文就是如此。前者以文学史实，以及作家作品等多种文献资料为依据，详细论证了骈文萌芽、形成、鼎盛的发展过程，材料丰富，论证翔实，线索清楚，对人们正确认识骈文从产生到鼎盛这一漫长的发展历史大有帮助。后者专门论述骈文由六朝之末到南宋之末的演变情况，指出其总的演变趋势主要在两个方面：一是内容上由非功利化向功利化的变迁，一是艺术形式上向散文化和素淡化的方向发展。应该说，这些骈文史论，对目前的文学史是很好的补充。

二是从文体学的角度，对骈文和散文，以及其他文体相互关系进行研究。如《骈文与散文之关系》《楚辞在文章骈化过程中的地位和影响》《骈俪之风影响下的南朝散文》《〈红楼梦〉与骈体文》等文章就是如此。通过比较和分析，揭示骈文同散文、小说等文体之间的关系，一方面加深了人们对骈文本身的认识，另一方面也有助于人们进一步认识中国古代各种文体之间的复杂关系。

三是把握骈文研究的重点，从重要的骈文作家与批评家入手，进行专门研究。如《"四杰"骈赋与庾信骈赋之关系》《刘知幾关于史书用骈用散问题的几点主张》《朱熹的骈文批评》《徐师曾的骈文批评》《艾南英的师古与反骈》等文就是如此，着重于骈文作家与批评家的专门研究，在要点上作深入的发掘。

四是对骈文批评方面相关著作的研究，如《〈文心雕龙〉以骈体论文是非辩》《〈文心雕龙〉与〈文选〉所揭示的赋体骈化轨迹》《从〈古赋辨体〉看祝尧的骈文观》《陈绎曾的〈四六附说〉在骈文批评上的贡献》《〈四六法海〉在骈文批评上的贡献及其存在的问题》《〈四库全书总目〉对六朝骈文的公正态度》《〈四库全书总目〉中的骈文史论》等等，着重揭示这些著作在骈文批评上的特殊价值，进一步发掘骈文批评方面的理论资源。

通读全文，我再次忆及程千帆先生《闲堂自述》关于治学思路的概述："在诗歌研究方面，我希望能够做到资料考证与艺术分析并重，背景探索与作品本身并重；某一诗人或某篇作品的独特个性与他或它在某一时代或某一流派的总体中的位置，及其与其他诗人或作品的关系并重。"又云："在历史学和文艺学这些基本手段之外，我争取广泛使用其他学科的知识，假如它们有助于使我的结论更为完整和正确的话。"由此，景祥同志的这些论文，可以这样说：既是一种学术成果，也是一种教学成果，更是现代学术研究极有典型性的治学经验和探索成果。

谨序。

2012年元月初

(《骈文论稿》，于景祥著，中华书局2012年6月出版)

《唐代试赋研究》序

王士祥同志的这部《唐代试赋研究》，应该说，是当代科举研究中第一次对唐代试赋进行全面、系统的考察与探索，选题具有突破性。书中有不少一直为人们忽视的专题，有些似乎还是我们第一次见到的。著者在本书“结语”中提出，唐代试赋是唐代文学的有机组成部分，在应试文学体式中，是文学性最强的一种文体。这也可以说是使人耳目一新的。

这使我回想起我于20世纪80年代前期撰写的《唐代科举与文学》。我过去曾提及，我作这方面的研究，旨在以科举作为中介环节，把它与文学沟通起来，研究唐代士子的生活道路、思维方式与心理状态，以进一步考察唐代文学是在怎样的一种文化环境中进行。这样的研究思路曾得到学界的首肯。但应当说，当时我这样做，只能说仅开了一个头，实际上唐代科举牵涉面很广，其本身也有不少细节需要弄清。当时处于80年代前期，限于种种客观条件，不可能作细致的考索。其后陆续出版有几种专题性著作，如王勋成教授的《唐代铨选与文学》、陈飞教授的《唐代试策考述》，他们的研索，比我更为深入，有些地方所论述的比我更为确切。我在为他们这两部著作所作的序中，都已对学术研究不断进展表致深挚的欣慰之情。应该说，我这次应邀为王士祥同志这部《唐代试赋研究》撰序，通读全书，确也有“深挚的欣慰之情”。

这里还可一提的是，我的《唐代科举与文学》也略有记述试赋的。如第三章《乡贡》，述及州府及县有试赋，提及几个赋题；特别是第七章《进士考试与及第》，述及试赋题目，提出“有出于经史书籍的”，还分几个小类：一、有关节令的；二、有关景物的；三、以有一定文史含义的器物为题的；四、以有文学意味的题材为题的。这样做，在当时也不容易。但王士祥同志的《唐代试赋研究》，更细致地考索了进士科试赋、博学宏词科试赋、制科试赋，且专节论析试赋命题，具体梳理赋题的出处，特为提出"对于唐代试赋研究而言，全面把握、归纳试赋题目的出处是不可或缺的工作，也是深入研究试赋文化特征的前提"，颇有学术思路的启发意义。又如我的书中也议及用韵，且以《切韵》为例，提出当时社会对韵书的要求。但我论述时，常以诗、赋并论，不专探索试赋。王士祥同志此书，不仅于第五章中有专节"唐代试赋的限韵"，还特列一章，即第八章《唐代试赋特殊韵类考述》。我再次体会到，我们在治学上真要有所得，有所进展，确应真正下实实在在的功夫。

王士祥同志确是坚持下实实在在功夫的。他作唐代试赋这一项目，应当说于2000年就开始了。那一年，他大学本科毕业，考上郑州大学文化与传播学院古代文学专业研究生，由陈飞教授指导。后来，陈飞教授确定其硕士学位论文为《唐代省试赋研究》，遂专力于此，写成后获得了河南省首届研究生优秀毕业论文奖。毕业后他留校工作。2001年，我应邀为郑州大学兼职教授，数次至学校讲学，后又参加了文学院举办的学科建设会议。这样我就与王士祥同志接触较多，建议他在硕士论文基础上对唐代试赋继续研究。2007年，他又考上郑州大学中国古典文献学专业博士生，导师仍为陈飞教授。他曾想做《唐大诏令集》重新整理，我也很赞成，并互有通信联系，还商议与出版社联系事。他为此作有十来万字的读书笔记，由此可见他确在唐代史学文献上有扎实基础。后来在陈飞教授指导下，仍进一步作唐代试赋研究，并以此申报国家社科基金项目，获得立项。2010年6月，他的博士论文答辩，我又应约参加，并主持答辩会议。我确与他有长期的学术交往，并有刘勰提出的"逢其知音"(《文心雕龙·知音》)的深切互勉之情。

为便于对本书作整体的了解和研讨，兹就这部著作的考论，概括四点特色，谨供参阅。

一、学界虽然对唐赋研究颇多，但直接以唐代试赋为研究对象者尚不多见。著者选择对唐代试赋进行专题研究，从历史文献出发探讨其作为一种应试文体的产生、发展、实施、效果及所表现出来的特征，阐释它在当时人才选拔中的地位、影响及经验教训，从而使"史"与"体"达到有机结合。通过正面深入、系统研究，极大地恢复了唐代试赋的历史合法性，从而为端正学界关于唐赋的一些偏激认识提供了理论支持。

二、通过历史还原，对"试赋"概念进行了动态层面(制度)和静态层面(文本)的界定，并从制度和文本两个角度切入系统研究，既有对"体"的考察，又有对"用"的观照。其中文本部分，不仅依据存世文献对《登科记考》作了一定的补正，而且依据传世唐人《赋谱》所载模式，并通过具体的案例分析，展示了唐代试赋区别于其他应试文学形态的制作规律。

三、唐代试赋所体现的思想多受学界批判，本书一改传统上对其思想局限性的考察，立足唐代试赋所反映的文化特征，重点考察了唐代试赋与帝王文化的关系，较为客观地突出了这一特殊文体的时代性特点，为唐代试赋的文化品质提供了现实依据。同时，归纳总结出了唐代试赋文化精神学综经史兼顾道家思想的多元性特征，并指出无论是任何一种思想，当其融入朝廷考试体系时，便具有了与传统儒家统治思想同等的政治功能。

四、学界关于唐代试赋用韵的研究多停留在韵类的归纳和分析上，本书不仅系统考察了试赋所限官韵的出处、与试赋题目的关系，而且结合具体例子进行了较为深入的分析。同时，在对不同韵类的研究方面，尽量避免人云亦云，专章论述了唐代试赋中的特殊韵类，通过不同韵类的比较分析，既显示了唐代试赋限韵和用韵具体形态的丰富性，又客观考察了唐代试赋在创作中对音韵的把握和运用，一定程度上展示了唐代试赋在唐韵保存方面的"活化石"之功。

这里还可一提的是，王士祥同志颇注意于基本史料的辑集和梳理，充分发挥他的文献学专长，对不少专题作细致的清理与阐释。现拟举数例：如第二章《唐代试赋的科目》中第二节"博学宏词科试赋"，依年代先后考列，自开元十九年(731)起，历考大历四年、十四年，贞元八年等，直至大中十一年(857)，共考列十四例。又如第三章《唐代试赋的层次》，对地方考试专立一节，即第二节"解试赋"，就州府级试赋，据《文苑英华》《全唐文》《全唐文补编》及相关笔记文献，考出十一例，且有细考，如华州府试《登山采珠赋》《破竹赋》，称徐松《登科记考》系于元和十五年，不确，经考核应为元和十三年。这是我们关于唐代科举地方考试所未有述及的。又如第四章《唐代进士科试赋考》，专设第二节"唐代进士科试赋的存佚"，自初唐垂拱元年(685)起，至晚唐光化四年(901)，历年具考，考有七十四例，其中题目明确者七十例，年代明确而试赋题目待考者五例，现存进士科试赋计一百十三篇，年代、题目明确但无作品流传者二十例。这些，都应该说均极有利于当时科场试赋实际创作的研究，并显示其文献学实力。

综上所述，我深感，这部专题性著作作如此细致的研讨，使我们今天读来对唐朝的这些科试情况，了解得更为清晰，这确有助于进一步探讨科举本身与当时文学、政治、文化及文人心态、生活方式等关系的研究，由此也能扩展对古代文体研究的领域，拓宽人们的视野。

谨以此序抒写我的读后感，供学术界参考。

2012年2月

(《唐代试赋研究》，王士祥著，上海古籍出版社2012年8月出版)

《陆游与汉中》序

纪念陆游从戎南郑 840 周年暨唐宋诗人与汉中国际学术研讨会论文集《陆游与汉中》出版，嘱我作序，我欣然应命。之所以如此，缘于我对汉中的情谊和对陆游的景仰。

由于工作关系，我曾几次到过汉中。尽管这一地区在行政区划上属于西北，但这里饭稻羹鱼、淳厚豪放的巴蜀习俗，渔歌唱晚、小桥流水的南国风韵，总是深深地吸引着我这个长期生活在北方的南方人，使我自然而然地回味起家乡浙东的山山水水。而作为古代中原和巴蜀之间的过渡地带，作为大汉王朝的龙兴之地，汉中在中国历史进程中扮演了重要角色。我在研究唐代文学时注意到，从 6 世纪末叶到 10 世纪的隋唐五代，多数仕宦骚人都与汉中有密切接触和联系，汉中成了研究唐代历史、文学绕不过去的话题。这种现象一直延续到政治文化中心东移南移的两宋。这些年，汉中市在进行文化建设时也很注意与历史传统的结合。基于这些因素，大凡汉中举办学术活动邀请到我，我都尽量参加，主要参加了几次蜀道研讨和陆游研讨活动。

南宋杰出的爱国诗人陆游，同屈原、杜甫等伟大诗人一样，热爱祖国，关心民瘼，赢得后世的景仰和赞颂。陆游的生活道路和诗歌创作，又深受唐代边塞诗人和李白、元稹等的影响，因而也是我关注的。陆游乾道年间在汉中的从军生涯，为其诗风转变提供了机缘，同时也为汉中贡献了华彩诗章。20 世纪 90 年代，当时的汉中地区行政公署和中华诗词学会联合在南郑县举办毛泽东诗词研讨会暨陆游国际学术研讨会，这是首次将诗雄毛泽东和陆游的雄诗在一个会议上展开研究。我和孔凡礼先生向大会提交了《陆游与王炎的汉中交游》论文，论述了王炎、陆游在汉中从事恢复事业时复杂而于其不利的政治环境，提出了陆游自述的《山南杂诗》百余篇坠水中“很可能即是托词,极有可能是陆游有意删去的”的观点,呼应了朱东润先生的“隐情”说。这篇文章后来发表于《杭州师范学院学报》(后又经修订补充,重撰一篇《陆游南郑从军诗失传探秘》,刊于《文学遗产》2001 年第 4 期),引来了一些同意的和商榷的声音,这在学术研究上都是正常的。但无论如何,我认为陆游面对山河破碎、朝政萎靡的恶劣环境,仍致力恢复、至死不渝,这种精神是永远值得纪念的。

现在这本论文集,洋洋 50 多万言,是一个时期陆游研究的集大成之作。从文章作者的年龄、学术经历来看,既有我熟悉并素有学术交往的陈祖美、刘扬忠、蒋凡、莫砺锋、钟振振等学术大家的厚积薄发之论,也有我不熟悉的高利华、王昊、徐丹丽、吕肖奂、马强等后起之秀的细心探究之作,体现了当前学术研究欣欣向荣、后继有人的可喜现象。许多文章用新的视野,提出了新的观点。莫砺锋《论陆游诗自注的价值》是对陆游诗、词、文的文本细读的范例,它首次全面梳理了陆游《剑南诗稿》中数量丰富的 878 则自注,提出陆诗自注是其著述的重要组成部分,论述了陆诗自注在交代写作背景、解释诗意等方面不可或缺的意义;分析了陆诗自注在提供陆游生平经历细节,交代陆游与前代诗人间的传承关系,创造新颖的语词,记录有关社会、风俗资料等多方面的特殊价值。周颖《陆游诗颂泰山封禅论》认为,在南宋大部分士人激烈抨击封禅的大环境下,陆游作《客有言太山者因思青城旧游有作》诗,提出“但愿齐鲁平,东封扈清跸”,将东封草奏与北伐勒铭并举,表达对封禅的无限向往,不仅是借以追怀盛世,更是对北伐中原、驱逐金虏、光复国土的希冀,具有积极意义。陈祖美《再读陆游“汉中词”有感》借用陆游“不到潇湘岂有诗”句,提出了“不到‘汉中’岂有词”的论点,以陆游赴汉中以后,才出现了令其满意的、一种全新视阈和境界的词作;陆游的南郑词豪放与婉约兼擅,《秋波媚·七月十六日晚登高兴亭望长安南山》《汉宫春·初自南郑来成都作》堪称同调词中“压调之作”。就是对许多过往论题,一些文章也有新的论述。如刘扬忠《研究陆游汉中从军短暂经历的重大意义》对陆游“山南杂诗”丢失原因的论辩,蒋凡《打虎脍鲸说浪漫,忠心报国现实魂——陆游诗歌“打虎”意象小议》对陆游“射虎诗”的分析等。

内容丰富是这个集子的特色之一。除了对陆游思想、诗文的研究,对陆游的书法艺术、家庭诗教、弈棋饮宴、宦游遗迹及其后人在绍兴的分布生存也有探讨。日本学者三野丰浩《关于陆游的夜雨诗》以陆游人生经历变化为考察线索,对陆游东归以前、东归到淳熙末年、绍熙到嘉定三个不同时期的听雨诗进行了细致爬梳,认为陆游的咏雨诗数量多,内容和形式丰富多彩,是以“下雨”为主题的变奏曲;陆游咏雨诗的世界就是整个陆游作品世界的缩图,夜雨就是陆游最亲密的朋友,论述清晰,细腻缜密。一些文章研究了陆游的诗词观及其特色。马东瑶《壮心与醉梦:爱国诗歌传统中的陆游》高度评价陆游的古体诗特别是乐府诗创作,认为陆游的乐府诗往往直用乐府古题,而用旧题写时事,通过幻想中的对金作战的胜利,表达收复旧河山的强烈渴盼之情,继承传统而又充满创新,使乐府诗的创作在宋代获得了一次"中兴"。王昊《陆游晚唐诗词矛盾价值观探析》认为陆游对晚唐诗词在价值层面上有不同的判断,总体上对晚唐诗持否定意见,对晚唐词的看法则复杂微妙,但陆游自己的诗歌实际上与晚唐诗存在内在关联;陆游的诗词创作呈现畸轻畸重的分野,无疑与其"诗词之辨体"直接有关。谢燕、朱惠国《陆游军旅词探析》认为,陆游受"词为小道"词学观所限,对南郑军幕生活的回忆处理缺少诗里的那种升华与提纯,而过于拘执地宣泄着内心的愤慨,因而造成了其爱国词在艺术上的诸多缺失。这些观点都值得重视。钟振振《读陆游〈老学庵笔记〉小札》对中华书局标点本陆游《老学庵笔记》文本中出现的人名、地名、事件等错讹之处进行了考辨,王永波作了《〈渭南文集〉版本考述》,管遗瑞《陆游与彭州牡丹》论述了陆游《天彭牡丹谱》在研究牡丹时的独特价值,这几篇文章在研究陆游《剑南诗稿》之外的著作上都很有价值。此外,文师华《陆游书法墨迹〈怀成都十韵〉和〈自书诗帖〉解读》、屠纪军《从焦山摩崖题记看陆游的爱国主义思想》研究了陆游的书法艺术;张福勋《"我今谨守诗书业,汝勿轻捐少壮时"》研究了陆游的家庭诗教;常崇宜《陆游的围棋生涯》等文研究了陆游的弈棋饮宴;李霞锋《陆游与杜甫及成都杜甫草堂》等文研究了陆游在蜀中的宦游遗迹;崔际银《陆游与辛弃疾其人其作异点刍议》、刘扬忠《研究陆游汉中从军短暂经历的重大意义》对陆游与辛弃疾做了比较研究;施权新《阎苍舒兴元活动探微》,陈冠明、孙愫婷《尤、萧、杨、陆、范创作交流年谱》,陶喻之《陆游直系亲属与其蜀中情结关系探考》,陆纪生《陆游后人在绍兴》,都真切研究陆游与他人的交往以及其亲属后裔情况。

视角多元、研究方法多样是这个集子的又一个特色。高利华《论陆游之"诗人风致"——兼论从戎为原型的审美回忆》从创作论的角度对陆游创作的审美特性和个性形成的过程进行了剖析,从朱熹对陆游其人、其诗的评价"有诗人风致","语意超然"出发,论述了陆游的过人才情和诗人气质,其诗歌之唐风唐韵以及因其体格性分、才情气质所形成的特殊思维方式、审美特性以及决定陆游创作审美特性的因素,提出了许多启人思路的观点,把陆游诗歌的解读从已有的"南郑情结"等说法提升到了一个新的层面。吕肖奂《一个越中诗人的梁益书写》以地域文化的视角,论述了陆游关于梁益地区大量创作具有的个人化、艺术化特性,指出由于地域差异、心理落差以及越中文化明显优越于蜀汉巴僰文化的“先知识结构”，陆游的梁益书写不够客观与理性，但却以其率性甚至粗枝大叶而更引人入胜，成为诗人的地域文化书写的一种范型。小田美和子《“愁”之可视化与比喻表现》、侯友兰《陆游汉中诗词语言美质》从语言学角度对陆游诗歌创作的修辞手法、意象选用、抒情模式进行了探讨，认为陆游诗词特别是军旅诗词具现实主义基调，浪漫主义特色浓厚。马强《陆游川陕诗的历史地理学价值及其意义》、孙启祥《陆游汉中诗文的史料价值》以历史地理学、史料学方法，探讨了陆游诗文在研究三峡风物，长江、汉水发源地，南宋气候变化，以及韩信受拜大将、唐玄宗奔蜀、金兵西侵兴元、蜀道兴废等历史、地理问题时的历史学价值。郑永晓《2007—2011 年度陆游研究指数述略》将统计学和计算机科学等方面的技术引入人文科学，通过考察 2007—2011 年间国内 248 种核心期刊所发表的有关陆游研究论文的状况，通过统计分析得出研究指数，再以指数为起点，回溯研究历史、分析研究现状、探讨研究趋势，具有新意。

作为以《陆游与汉中》为名的著作，主题紧凑是本书的一个重要特色，全书论述陆游在汉中的多彩生活及其创作内涵、艺术成就的文章有 20 多篇。胡金佳、傅兴林《陆游南郑军旅生活论略》，佐藤菜穗子《陆游在汉中的活动和诗》全方位勾勒了陆游从军汉中时宿营、驰猎、酣宴、侦察、创作诗歌等丰富多彩的生活。龙建国《论陆游追怀南郑诗歌的表达方式》认为陆游常用借酒泄愤、借梦申志、因境感怀等方式，抒写自己对南郑军旅生活的深切怀念，表达自己抗金复国的理想和壮志难酬的愤懑。多数文章对陆游汉中从军生活对其诗风的影响持直接肯定态度。许芳红《偏值宋南渡，郁借江山吐——陆游汉中写景诗探析》以陆游在南郑所写的及以后回忆南郑的诗词作品共 130 首作为研究对象，指出陆游的汉中写景诗是客观的自然地理环境与其内心涌动的爱国热情的结合，再现了山川地理与诗人心灵互相感发激荡之状态。王致涌、张丽君《马蹄初喜踏梁州——陆游汉中之嬗变》，谢开云《嬗变与超越——兼论汉中从军生活对陆游后半生的影响》继续探讨了陆游南郑从戎生活对其诗风乃至人生态度转变的决定性作用。而也有文章与主流看法有异。徐丹丽《论陆游中期诗歌的转变》以列表的方式，细密排比的手法，分析了陆游中期诗歌的题材取向、诗体选择、写作年代、写作速度、艺术手段的存在状况，认为陆游中期诗歌的转变没有发生在自己看重的南郑时期，而是在南郑以后的数年内开始并且很快完成的。汉中地方学者借助地域优势，就陆游在汉中生活的若干史实及其影响进行了探讨。傅杰《从杨从仪碑文看陆游在汉中时的政治气候》认为陆游诗中的“射虎”意象，发轫于早于陆游的地方官吏杨从仪在汉中打虎之史事;李青石《从〈剑南诗稿〉看陆游的秦岭行踪》、宋文富《放翁宁强芳躅探踪》、王景元《征西幕府和吴园遗址初考》,考证了与陆游生活直接相关的汉中若干道路村镇府苑地名的变迁;李锐《地域文化的互动:陆游与汉中》、梁中效《陆游与汉中汉文化》论述了陆游对汉中地方文化的影响。值得一提的是,胡可先《石门题刻文学研究》论述了东汉褒斜道南口石门开凿以来历代名人题刻的文学内涵和意义,认为石门石刻文体类型丰富,纪实性、艺术性强,是中国古代最具特色的石刻群落之一。该文是本书内容的扩展,也是一篇有分量的学术论文。

今年的纪念陆游从戎南郑840周年暨唐宋诗人与汉中国际学术研讨会议,我虽因故未能参加,但论文编成后,我仍通读全书。我觉得,《陆游与汉中》定能使读者读后受到启迪,必能推进关于陆游和宋代文学的深入研究。我还想特为一提,这次学术会议,对当代地域文化建设更有推进意义。唐宋时期,确有不少文人名士来往于汉中,我所著《李德裕年谱》(河北教育出版社,2001年),记李德裕于唐文宗大和四年任四川节度使,经过汉中,特写有《汉州月夕》等诗,诗文名家刘禹锡特为唱和。文化名人与地域文化有密切关系。立足于本地,又纵贯历史,从地域文化研究出发,必能进一步丰富整个中华民族文化研究的内容。因此我建议,以地缘文化关注为重点,可以设置汉中学学科,希望具有前瞻性和创新性。

2012年3月

(《陆游与汉中》,上海古籍出版社2013年1月出版)

见贤思齐　通古识今

——《鄞州望族传记》序

《鄞州望族传记》是一部向历史深情缅怀、向文化深切致意的家族传记，必将受当代世人的关心和欣读。

鄞州这块土地，教化昌明，人文荟萃，素有“东南邹鲁”“文化之邦”之美称。从宋代到清代拥有过1047名进士和7名状元，史学家万斯同称誉为“田家有子皆习书”，名儒硕学，难以胜数。一代鸿儒王应麟，浙东学派史学大柱全祖望，甬上状元第一人张孝祥，宋词婉约派大家吴文英，元曲圣手张可久，明朝布衣诗人沈明臣，台湾文献初祖沈光文，布衣史家万斯同等，他们既领一时风骚于华夏，又树永久高标于鄞州，确为鄞州的不竭思想之源和智慧宝库，融合成鄞州悠远浑厚、历久弥新的人文传统。

鄞州的文化名人或学问道德、或政治求索，标胜一时，并经由师生、交游、同年、仕宦、婚姻等途径，彼此之间建立密切关系，形成强大的望族网络。期间派裔又秉承先祖开拓创业精神，崇文尚德，倡教育才，簪缨继美，人才辈出，夙为望族。南宋史氏家族，在南宋短短的150年间，从一个普通人家发展成名门望族、冠簪门第，只经六世，就出现父子同进士、兄弟同进士、三代同宰相的盛况，至今宁波民间仍有“一门三宰相，四世两封王”“五尚书、七十二进士”“满朝文武，半出史家”的民谚流传。北宋楼氏家族，为明州四大士族之首，楼氏族望文学、教育、历法、农业、政治各有专攻。教育家楼郁被誉为四明“庆历五先生”之一，与志同道合者在鄞确立新儒学价值体系。楼璹所作的《耕》《织》二图，成为研究宋代农业及农村家庭手工业的珍贵资料。被誉为“南宋三大家”之一的诗人楼钥文章灿然、政声斐然，卓然于世。明清时代的屠氏家族祖孙数代皆领鄞地文坛风骚；万氏家族有“万氏八龙"之称;丰氏家族文脉书香从宋至明,历经几朝。

从明清直到近现代,鄞州成为中国南北海运与内陆水运大动脉的交汇点,在"商船辐辏,列肆交织"的繁华盛景下,宁波商帮成为中国卓越的以家乡为基地而经营天下的商帮。而重视文化气脉接续传承的鄞州人民,依然续写着名人望族的璀璨故事。时至近现代,著名家族当以塘溪沙家、邱隘马家、高桥翁家及塘溪童家等为代表。沙氏家族一门五兄弟,被誉为"沙氏五杰",连同天才艺术家沙耆,在艺术和政治领域产生了深远影响;马氏家族五兄弟倾心于教育救国,均在北京大学等高校任教,被称为"五马",且成为博物学等领域的先驱;高桥翁家致力于科学救国,翁文灏是中国现代地质学的开拓者之一,翁文波是地球物理学家;童氏家族艺术、科学并举,童第周是实验胚胎学的主要创始人,童中焘是著名浙派山水画家。乡贤名士耕读传家,探杏折桂,文化传统世代相承,代有闻人。家族性的人才群成为鄞州发展史上的一大特色。

而正是族望的活动树立起道德文章的精神向标,浇筑成人文传统的巍峨大厦。鄞州区委宣传部和区文联等相关部门倾力追寻先贤足迹,将望族文化作为地域文化精华予以探索,以此做一部名人乡贤文化的鸿篇巨制。他们以传记文学形式研究望族名人的思想观念、精神品格和文化价值,诠释其中包含的文化密码。在组织编撰创作这套《鄞州望族传记》期间,他们细心规划,周密部署,精选名人,物色作者,研究论证,经过近两年时间磨砺,这套丛书终成正稿。此举,既是见贤思齐,感奋有为,又有利于追本溯源,通古识今。这实在是一件功在当今,利于千秋的好事!

因我原籍也是鄞县,2007 年以来,我曾参与主持《三字经》重修工程和《王应麟著作集成》相关文献的出版,并协助清华大学古典文献研究中心与鄞州区合作组建"王应麟学术研究基地",筹办王应麟学术研讨会和王应麟读书节的系列活动。宋代鸿儒王应麟博古通今、著作宏富、名震朝野,在南宋罕有伦比者,后世也多不能望其项背。鄞州的文化部门群策群力,打造《三字经》及王应麟文化品牌,这些文化活动在当地早已深入人心。

文化是人类文明进步的先导和旗帜,是一个民族的根、一个民族的魂,是国家实力的重要组成部分。对乡贤文化的关注,必将牵一发而动全身,使鄞州走向全面弘扬地域文化、塑造独特人文景观的恢宏全局。这部《鄞州望族传记》的出版,必将展示一个美好图景——悠久绵长、底蕴深厚的鄞州历史文化的传统与新时代鄞州文化大发展大繁荣的前景深刻交叠,争相辉映!

(《鄞州望族传记》,施孝峰主编,宁波出版社 2012 年夏出版)

《王辉斌学记》序

素有“南船北马，七省通衢”之称的湖北襄阳，自古就是一方重人文、重学术、重人才的热土，这从《王粲集·荆州文学记官志》《全三国文》之阙名《刘镇南碑》等文中，即略可获知其大概。因此，人们只要提到庞德公、诸葛亮、习凿齿、孟浩然、张继、米芾、魏夫人等历史文化名人，便会很自然地联想到襄阳。而今，又从地处襄阳的湖北文理学院(原襄樊学院)传来消息，这所大学的决策者们，正与中国孟浩然研究会一道，在为该校文学院的王辉斌教授编纂一本《王辉斌学记》的纪念集，并将在黄山书社出版精装本，以纪念其在科研方面作出的突出贡献，于是，嘱托我为《王辉斌学记》写一篇序文。作为一所地方高校，湖北文理学院决策者们的这一举措，无论是就招揽人才而言，抑或留住本校精英以论，都是具有不可低估的影响力的。所以，对于湖北文理学院的这一极高明的决策，我是深表赞同并支持的，自然也是乐意为这极具学术意义之一本书写一篇序文的。

就我的记忆而言，我与王辉斌教授的相识，应该是在1990年5月的西安，因为当时我们二人都在陕西师范大学参加《新编全唐五代文》的编委会会议。此后，我们便经常有书信来往，并多次见面于“杜甫研究”“唐代文学研究”“乐府歌诗研究”等学术会议上。2001年8月，王辉斌教授的《孟浩然研究》一书将由甘肃人民出版社出版，他写信托我为该书题写书名，我当即为之书写了“孟浩然研究”五字，2002年1月书出版后，这五字即被印于该书的封面上。我一生很少为他人的著作题签，而《孟浩然研究》却是这很少中的一种。这年11月上旬，中国孟浩然研究会在原襄樊学院成立，王辉斌教授被推选为学会的副会长兼秘书长，我则被聘为学会的顾问，这样就更拉近了我们之间的距离。10年后的2011年10月，“2011年孟浩然研究国际学术研讨会”在原襄樊学院召开，我以中国孟浩然研究会顾问与特邀代表的身份，很高兴地参加了这次会议，并为文学院的师生作了一场关于唐代文学方面的学术讲座。此前，我还应已为中国孟浩然研究会会长的王辉斌教授的邀请，为这次学术会议的论文集《孟浩然研究论丛》写了一篇序文。

王辉斌教授是一位勤勉有加、术有专攻的学者，35 年来一直笔耕不缀，勇于探索，因先唐与唐后遂使得他的研究范围越来越宽广。他确实不仅研究唐代文学，如在孟浩然研究、王维研究、李白研究、杜甫研究、唐代诗人婚姻研究等方面，均有一种或几种著作问世，而且也研究唐宋词、宋金元诗、明清小说、唐以后的乐府诗，并出版了《商周逸诗辑考》《先唐诗人考论》两种属于先唐文学史范畴的专书。由商周而明清，上下三千年，逐路探索，一路打通关。这就是王辉斌教授的中国古代文学研究。这种研究，既是研究者一次次自我超越的见证，又充分体现了其学术上的个性与特点，我以为是很值得认真总结与讨论的。据本书《王辉斌学记》中的《王辉斌主要著作列表》可知，迄今为止，王辉斌教授已出版了 19 种独撰著作，并主编了《孟浩然大辞典》《孟浩然研究论丛》二书。具有如此丰硕成果的学者，且研究对象又是对“文学史打通关”，这在当今市场经济条件下的中国古代文学研究界，据我之所见所闻，实在是极为少见的。而且，其中的有关研究成果，还填补了某些方面的空白，如《商周逸诗辑考》《唐后乐府诗史》等。至于王辉斌教授正在研撰的国家社科基金项目“中国乐府诗批评史”，就更具有这样的特点了。一所地方高校能“蛰伏”有这样的一位知名教授，这就难怪这所学校的决策者们，要为之出版一本既具有纪念意义又极有学术意义的《王辉斌学记》了。

《王辉斌学记》一书，约 55 万字，共由六大板块组成，是王辉斌教授从事学术研究 35 年的最佳记录与最好见证。这六大板块依序为：“甲编：治学自述录”“乙编：访谈与述评”“丙编：著作评论选”“丁编：自序后记选”“戊编：与诸生论文”“附编：年表及其他”。其中，“治学自述录”所收入的 11 篇文章，以自传体的回忆形式，将其 35 年来对商周逸诗、先唐诗人、孟浩然、王维、李白、杜甫、唐宋词、宋金元诗、明清小说、唐后乐府诗等专题的研究经历（含研究缘起、研究方法、所获成就等），一一道来，真实而亲切。其中所涉及到的研究方法、学术识见等，对于后学者来说，乃是不无参考价值的。“访谈与述评”所收 7 篇文章，在内容上包含着两个大的方面，一是对某种研究对象概括性的观照与展望，如《乐府诗研究的困惑与突破——王辉斌教授访谈录》等；一是对受访者记述本人在某方面研究的总结与回顾，如《新见迭出的宋代文学研究——王辉斌教授访谈录》等。这两类内容互为补充，相互作用，所体现的是王辉斌教授对于学术热点的关注与对自我研究成果的认识。“著作评论选”共选收了 26 篇文章，全部是对王辉斌教授已出版著作的评论，从中可以得见这些著作在学术界的影响。“自序后记选”收有20篇文章，除了对王辉斌教授著作的特点略作述说外，还穿插了大量对该书研究对象与研究经历的回忆，可与“治学自述录”中的一组文章并读。“与诸生论文”中的6篇文章，是王辉斌教授对一些年轻学子质疑与商榷其相关研究问题的回应。在这些回应文章中，王辉斌教授不仅对其错误进行了逐一揭示与指出，对导致这些错误产生的原因进行了简要评析，而且还将与之商榷的相关文章推荐发表，并劝勉某些文章作者“还是多读一点书为好”，凡此，均体现了一个学者虚怀若谷的应有风范。作为“附编”的“年表及其他”，有两点值得注意，一是《自订学术年表》中的历时性与资料性，真实地反映了王辉斌教授35年来的学术研究之况；一为《求是斋诗选》所选收的部分诗作，又表现其既研究诗而又创作诗，这就是王辉斌教授才学兼具的真面目。

总体而言，为《王辉斌学记》编委会所设计的这六大板块，对于了解与认识王辉斌教授35年来的治学经历、所获成就、研究方法，以及其学术识见、学术视野、学术思想等，应该说都是能起到相当大的作用的。这本纪念集的出版，对于王辉斌教授来说是一种总结与回顾，而对于湖北文理学院来说，却又是一种相当不错的学术宣传，因此，所收到的效果也一定会是相当不错的。由此，使我想到了一个关于学术品牌的问题。一般说来，学术品牌主要包括两个方面：一个是科研成果，一个是生产科研成果的人，二者是既有区别而又互相关联的。王辉斌教授及其所获得的一系列研究成果，就是湖北文理学院的一个很好的学术品牌，所以，这所学校的决策者们才在他“治学35年、华诞65年”之际，与中国孟浩然研究会一道，共同推出了这本《王辉斌学记》的纪念集。全国如湖北文理学院这样的地方高校甚多，其学有专长的拔尖人才也不在少数，如果各高校都能像湖北文理学院这样，注重对自己学校学术品牌的培养与宣扬，这不仅有利于各高校的学科建设与学风建设，而且也将推助人文社会科学的研究更加繁荣昌盛。

“大学之大，不在于大楼，而在于大师”，这虽然是为人们早就熟悉的名言，但“大师”并不是每所学校都存在的。清华大学的新校长陈吉宁上任之初，于其就职演说中就曾明确表示，大学的根本不在“大”，而在“学”，并且提出了以“学生为本，学者为先，学术为基，学风为要”的十六字办学方针，其中的以“学者为先，学术为基”，讲的就是学术品牌之于高校的重要性。而湖北文理学院编辑出版《王辉斌学记》一书，所表现的正是该校的决策者们已将对“学”的重视落到了实处，这是很值得肯定与祝贺的。是为序。

（曾刊于南京信息工程大学《阅江学刊》2012年第3期。此书由黄山书社2012年9月出版）

《中华傅氏通谱》序

太平兴学,盛世修谱,这是中国数千年来惯行的文化盛事。而今国泰民安,文运昌炽,民间再次掀起了纂修家谱的热潮,当是传承中华文明、弘扬传统文化的幸事。中华傅氏,历史悠久,宗亲众多,分布海内,是中国大姓巨族之一。今傅氏宗亲合族创修《中华傅氏通谱》,当亦是顺应历史潮流、实现七百万傅氏宗亲多年心愿的义举,确是一件有益、有意义的好事、大事。

家谱是记载同宗共祖的血缘集团世系人物和事迹等多方面情况的历史图籍,它与传统地方志、正史构成中华民族历史大厦的三大支柱,是我国珍贵文化遗产的一部分。家谱蕴藏着大量有关人口学、社会学、经济学、历史学、民族学、教育学、人物传记以及地方资料,可补助国史、方志之不足,确有不可或缺的作用。因此,现在傅氏举合族之力创修《中华傅氏通谱》,对于国家和社会应是一件十分有益的好事。

《中华傅氏通谱》动员了众多的人力物力,广收博采,精选细编,汇集了古今中外众多的傅氏人物和许多珍贵的历史遗迹,不仅内容丰硕,而且体例完备,颇具特色。特别是着意创新,突破了旧有谱牒的固有程式,成功探索了新编家谱的体例,富有创新精神,有极好的学术价值,对于学界而言也是一件有益的好事。

这部《中华傅氏通谱》确可谓形制浩大,结构完备。全书分三编,第一编为“人物”,又分三卷,即第一卷《历史人物卷》,第二卷《当代人物卷》,第三卷《创业精英卷》;第二编“文化”,亦分三卷,即第一卷《历代谱序卷》(含宗派、堂号),第二卷《文物遗存卷》,第三卷《历代著述卷》(含存目);第三编“世系”,亦分三卷,即第一卷《共祖世系卷》,第二卷《重要支系简介卷》,第三卷《宗支简介卷》。又附录一卷,为《研究资料卷》。真可谓学术性极强,应是传统谱氏文化的现代化进展。

还可向社会介绍的是，这套书的编纂队伍，不仅人数众多，且结构完整。全书有编纂领导小组，组长傅秉耀，中国人民解放军成都军区原副司令员（中将）；副组长两位：傅双喜，中国人民解放军空军司令部原军职干部，现为中国老龄事业发展基金会副理事长兼办公室主任；傅渤海，中国人民解放军海军北海舰队原副政委兼纪委书记。领导成员有十二位，既有军政领导干部，又有学术界专家及民间企业家（如傅广伟，中国广庆集团有限公司董事长；傅赐彬，上海淮德投资控股有限公司董事长）。专业编撰基地设于武汉，编辑部主编傅传松，为多年来从事族谱文化的专家。另还设有评审委员会，定期对稿件进行审读，参加评议会议，成员皆为专家，如从事地方志工作亦多有专著的中国社会科学院研究员傅能华，中国先秦史学会副会长兼秘书长宫长为，《中国报告文学》主编傅溪鹏，曾主编《中国地方志》学刊的诸葛计等，有八九位。这应当是编纂组织工作的良好经验。

三千多年来，傅氏枝繁叶茂，人丁兴旺，宗支棋布于海内，人口星罗于全球，可谓鼎姓望族。然而，由于代远年湮，昭穆难稽，宗支邻处，世系无辨；同族相逢，目若路人，是以亲者非亲，疏者益疏。而今创修《中华傅氏通谱》，稽考典籍，搜罗宗支，梳理源流，辨析亲疏，使人知其所出，让人明其所尊卑，正人伦，立礼仪，聚族心，促亲情，其功厥伟。同时，万干一本，万派一源，有此本谱，可以作为凭借，方便海内外游子寻根谒祖，认祖归宗。对于当代傅氏大家族而言，《中华傅氏通谱》无疑是具有和谐共处、协力共进的重要意义。

《中华傅氏通谱》所载的众多傅氏人物，上自将相，下至平民，集中体现了“清直一节、品敦金玉，耕读传家、孝悌力业，奋发图强、百折不挠，勤劳俭朴、乐善好施，尊祖敬宗、和亲睦族”的傅氏家风，这一薪火相传的宝贵精神财富，必将激励后人奋发向上，创造更吸引人的辉煌前景。对于傅氏子孙后代而言，《中华傅氏通谱》更有深远意义。

在《中华傅氏通谱》编纂过程中，我有缘参与其中，能为傅氏大家族的宏创伟业贡献一份力量，深感荣幸之至。值《中华傅氏通谱》编竣发行之际，我衷心感谢广大宗亲和社会各界朋友对通谱的大力支持；我深情寄望傅氏后人超越前辈，为家族、为国家、为社会做出更大贡献。

是为序。

2013 年元月

（《书品》2013 年第 2 期）

《中华诗词名篇解读》序

我曾经在商务印书馆、中华书局合营时期的同事，也是我校友的郭庆山君向我推荐了邓荫柯君编著的《中华诗词名篇解读》书稿，望我能给此书作序。经介绍，我得知邓君是晚我四年的北大中文系新闻专业校友，挚爱古典诗词，虽遭“五七”风雨，备尝艰辛，但痴心不改。新时期，邓君在沈阳的春风文艺出版社工作，致力于文学编辑和业余文学创作，耕耘勤奋，著作颇丰。此前，邓君已有《1916—2008经典新诗解读》一书出版，足见他对诗歌的倾情挚爱和倾力研究。现又编著有《中华诗词名篇解读》，真是扩展视野，沟通古今，把传统诗词与现代诗作结合起来进行品赏、研究，这确是当前学术研究的新探索。这本《中华诗词名篇解读》，从书名就可看出他对古典诗词辉煌遗产的衷心倾慕；从目录来看，可谓编选精当的诗词精华之浓缩版。抽检稿中部分解读文字，深感邓君对古典诗词名家名篇理解之深透，阐释之清晰，领悟之新颖，文笔之潇洒，加之庆山君的一再敦请，故不揣谫陋，勉为之序。

邓君此书的一个亮点是取材和编排上的创造性。与众多古典诗词选本的“别裁”不同，他不再细分古诗、近体诗、乐府，五言、七言，律诗、绝句，而且干脆打乱诗词曲的界限，纯以诗人和诗作的艺术水准、思想高度、个性光彩、审美品格、艺术感染力为标准，在几千年的诗歌发展长河中选取百余位诗人的三百余首传世佳作，给读者提供了一个中国古典诗词的精粹选本，一览博大精深、美轮美奂之古典诗词的全貌。但此书又不是平均分配篇幅之排行榜，而是突出了诗歌初创时期的《诗经》和楚辞的质朴高贵，魏晋南北朝时期的率性吟咏，诗歌巅峰的唐诗无与伦比的辉煌，和唐诗双峰并峙的宋词的不朽风韵以及重现光彩的清诗词的小阳春。在群星闪耀的艺术天宇中突出了《国风》、屈原、曹操、曹植、陶渊明、张若虚、王维、李白、杜甫、白居易、李商隐、杜牧、李贺、李煜、欧阳修、柳永、苏轼、秦观、姜夔、辛弃疾、陆游、李清照、纳兰性德、龚自珍等相当于二十八宿的光辉。读者如果从此书中寻觅自己特别喜爱的篇章,可能有遗珠之憾,但如果品读其中的篇章,无论杰作本身还是解读文章,当会感受其选录的公平精当、解读的言之有理,从而谅解因篇幅所限、挂一漏万的缺失。

此书的最大特色是那些浸透了作者真情和心血的解读文章。这些文章重点不在研究、考据、训诂,而在于对古典诗词巨匠的倾心敬仰与挚爱、远隔千百年的和谐共鸣、富于个性色彩的领悟、文采粲然的表达。为了解读诗词名篇,他广泛阅读了有关网络和图书文章,以一个诗人和研究者的情怀,另起炉灶,以魂牵梦萦之深情,写出自己独有的感悟。文中不再另列注释,所有字词的阐释都融于作者的解读文字之中。

邓君少我三岁,如今也是七十五岁高龄了,能完成如此规模的著作,实在令人感佩。我为学界友人之专著作序,最早是在 1981 年 10 月为北京大学中文系陈贻焮教授所著之《杜甫评传》所作。陈贻焮先生当是我的师友,我们分别于 1953 年、1955 年在北大中文系毕业,毕业后皆留校任助教,甚有教学合作情谊。现已经历三十年,又应约为邓君之作撰序,我们又是校友。我觉得,学术序文,就不仅辨学术、论世情,还有记交谊、抒情怀,我现在应邀作序,也可以是表述我学术经历的慰勉之情。2008 年夏,我辑集所作之序,共七十三篇,起名为《学林清话》,于 2008 年 10 月由大象出版社(原河南教育出版社)出版。此后又陆续应邀撰写,恐已达八十篇,我极愿将此篇与其他篇合辑,出一增补本。

愿邓君此书的出版对弘扬中华文化遗产、提升中国的软实力、提高广大读者的阅读兴趣与文化内涵能有所帮助。

2011 年 7 月 5 日

(《中华诗词名篇解读》,商务印书馆 2014 年 1 月出版)

“家藏四库系列”丛书序

经典，应该说是中华传统文化的典范之作，充分体现关心社会和人民群众的“经世治国”精神。它包含的范围十分宽泛：有古人关于天人合一的哲学思考、探索与总结；有历代史学大家对当世政治军事、社会生活等各方面的真实记录；也有古人抒发真情而传唱至今的诗词歌赋；还有那些汇集自身与前人经验而成的、对后辈子孙的谆谆教诲之言。它们或蕴含着古圣先贤们的智慧深见，或承载着古人对人生、世态的感悟感慨，或记录着曾经的一幕幕真实的历史过程……品读这些经典，如同饮啜醇酒，回味无穷。读者可以从中收获心得，换种角度重新品味当前的生活；也能够从中欣赏到古诗文的优美，陶冶自己的性情；可以还原那些尘封已久的历史场景，了解历史的真相；甚至可以学习古人行文中的美意巧技，应用到自己日常的遣词造句之中，别有一番趣味。

博大精深的中华民族优秀传统文化，造就了一代代倾心尽力、总结提炼人类智慧成果精粹的学子。因此整理与复原中国经典原籍，磋商旧学，培养新知，应是我们今天的文化责任。我们应该传承与创新文化，引领其可持续的发展。

显而易见，经典的价值的确无可厚非。但它们产生的时空毕竟离我们已经遥远了，远的有数千年以前的，近的至少也有一二百年。这就意味着，我们在阅读古代经典的时候，有必要进行思索和选择，选择最适合我们阅读、最有审美价值的部分，这样才能让阅读更有收获，让读书的体验更为舒心。

“家藏四库系列”丛书就体察到了读者的这种需求。在各位读者面前的这套丛书，本着选取经典、还原经典的原则，从经典中选取最适读的典籍，保留下最为精华的篇章，以高水平的文本质量，将这道经典大餐原汁原味地展现在读者面前。轻松展卷，就开始我们品味经典的阅读时间了。原文解读既葆有古典的韵味，又让读者品读原意；栏目安排既有作者简介、题解，交代作品背景，又有注释、译文、评析，深入地解读作品；版面设计上则讲究让读者赏心悦目。这套丛书对自己的理念阐述得十分清晰：典籍中的经典，精粹中的精华；原汁原味地将先贤智慧清晰呈现，做到真正地便于阅读，加深理解。

阅读经典，普及经典，关注中国历史文化的传承与发展，加速中华民族文化的伟大复兴。

谨为这套丛书作序，以表致我们对文化发展前程的远望。

2012年1月8日

（“家藏四库系列”丛书，李克主编，凤凰出版社2012年出版10种，共约出版50种）

《南岗集》序

我和周常林先生相识是在20世纪90年代初。那时我在国务院古籍整理出版规划小组工作，当时小组组长为南京大学名誉校长匡亚明先生，我被聘任为秘书长，负责实际工作。当时曾着手编制小组的八五规划。周先生当时是河南教育出版社（大象出版社前身）的社长。一天，他来京商议工作，于是我们在中华书局的会议室面谈。他建议拟和中国科学院自然科学史所合作，计划对中国古代典籍中的科技文献，按现代科学分类进行全面系统的整理出版。我觉得这是各省已报项目中的亮点，就向匡亚明先生汇报，立即引起匡亚明先生的注意。后来他们又先后两次直接向匡先生做了较详尽的汇报，这样，由任继愈先生领衔，定名为《中国科学技术典籍通汇》的选题，正式列入了国家规划。当时，小组资金有限，这个大型项目记得只拨付了五万元。出版社主要靠自己的投入，克服各种困难，保证了项目的如期完成。图书出版后，受到各界特别是中外科学史界的好评。

大象出版社在周先生的带领下，除《通汇》外，还先后出版了《中国传统工艺全集》《中国音乐文物大系》《中国减灾防灾史》《四部医典》《中国火器火药史》《清代匠作则例》《西藏科技史》等一大批科学史著作。与此同时，他们还与北京外国语大学海外汉学研究中心、鲁迅博物馆、河南博物院等单位合作，出版了成系列的海外汉学研究丛书及其他大量的专业学术著作。1994年，他创办了海内外颇有影响的《寻根》杂志，并任主编。他还和学者李辉合作出版了“大象人物聚焦书系”“大象人物书简文丛”“大象人物日记文丛”“大象人物自述文丛”等几个系列的书系，在读书界很有影响。后来经我推荐，他们又与上海师范大学古籍所合作，陆续出版大型古籍整理出版项目《全宋笔记》（现已出版五辑五十册），周先生与我都被聘任为主编，我们好几次在上海师大参加编纂会议。

周先生是“中国韬奋出版奖”的获得者，享受国务院特殊津贴，是出版界有影响的专家。这是我对他的大致了解。没有想到今年4月读到他的诗稿，我才知道，在20世纪50年代，还在念高中的他，竟然也受到了反右运动的波及和影响。据他说，正是从那时起，为了排遣心中的郁结而开始了传统诗词的写作。他说自己的诗“诗味不多，大多又平仄不调”，这当然是自谦。唐代大诗人白香山云，“歌诗合为事而作”，我读他的诗，第一印象，便是觉得他的诗确是白氏这一创作主张的具体实践。民生疾苦、社会热点、人生际遇等，在他的诗中都能得到反映。我读今人的诗不多，现确感觉他的诗有相当的欣赏和认识价值。当然，就唐以来所形成的严格的近体格律来衡量，我们还可做进一步探索。读诗的人，希望读到作者每一首诗都是佳构，这要求虽然有些高，甚至有点求全责备的意味，但作为老出版人的诗作，我们读来仍有启示。鉴读这部诗集，可以促进把旧体诗作与现代诗学衔接起来，沟通古今诗歌的研究。

以上是我的读后感，应作者之请，特为之作序如上。

2012年5月

（《南岗集》，故宫出版社2013年6月出版）

《续修四库全书杂家类提要》序

司马朝军教授于20世纪80年代在武汉大学中文系学习,除了研习小学、经学之外,也曾对古典目录学发生浓厚兴趣,90年代又在武汉大学攻读古典文献学博士学位。二十余年甘坐冷板凳,专心致力于四库学与文献学研究,近年陆续推出《〈四库全书总目〉研究》《〈四库全书总目〉编纂考》《文献辨伪学研究》《国故新证》等多种论著。他曾将有关论著寄赠给我,给我留下了深刻印象。

2009年10月,清华大学中国古典文献研究中心召开有关《续修四库全书总目提要》编纂会议,他也应邀参加。会后他承担了杂家类三百五十二种提要之撰稿工作。杂家类的分量很大,专业性也很强。他不惧艰辛,迎难而上,对每一种书都细加审阅,并参考有关材料,充分吸收古今研究成果,穷搜博采,提要钩玄,披览万卷,历时三年,终于按时交稿。在此基础上,他又反复打磨,删繁就简,浓缩而成《续修四库全书杂家类提要》一书,将由商务印书馆刊行单行本。

近年来,我们曾经就续修四库提要的编纂问题反复商谈,书信不断,电话不断,他多次给我们寄来样稿,根据我们的要求和体例,他又反复调整,认真修改,我对其成书稿过程是比较清楚的。现在,朝军同志将书稿寄来,问序于我,义不容辞。捧读书稿,感到甚具学术内涵,确可体现我们现在所撰、为有当代学术意义之"四库提要"。具体而言,此书大致有以下几个特点:

第一,辨分类。我在20世纪90年代参与《续修四库全书》编纂,当时编委会对子部杂家类选辑就有一定难度,觉得杂家分类甚为纷杂。南宋文献目录学家郑樵于《通志·校雠略》中就已提出:"古今编书,所不能分者五,一曰传记,二曰杂家,三曰小说,四曰杂史,五曰故事。凡此五类之书,足相紊乱。"我们当时编子部杂家类,收有三百五十二种,在子部中容量较大,收书多,特别是明清书,有文献价值,但确有分类复杂问题。我过去应邀为《全宋笔记》作序,就曾提出《四库全书》对笔记分类也有值得梳理之处。现在司马朝军同志在撰写此类提要时,指出了不少分类问题。如陈鳣《简庄疏记》诠释经义,实为读《十三经》札记,应入经部群经总义类。严元照《娱亲雅言》书中考论皆关经传,陈伟《愚虑录》为经义笔记,似应入群经总义类。《掌中宇宙》一书分为十篇(曰仰观篇、俯察篇、原人篇、建极篇、列职篇、崇道篇、耀武篇、表格篇、旁通篇、博物篇),篇下分部,部下分细目,细目之下又出条目,其书体例实为类书。张岱《夜航船》分二十大类一百二十五小类,为通俗类书,也应入类书类。董正功《续家训》大旨排斥佛教,守卫儒学道统,宜入儒家类。又如唐锦《龙江梦余录》旨在维持名教,以儒家之道衡量群言,故也宜入儒家类。蒋鸣玉《政余笔录》究心理学,犹不失为平正,亦应入儒家类。李铠《读书杂述》一书,名曰"杂述",实则甚醇正,可入儒家类。骆问礼《续羊枣集》为其《万一楼集》中之一部分,似应入集部别集类。张大复《闻雁斋笔谈》为其《梅花草堂集》中之一种,为晚明小品文,抒写性灵,无关典故,亦非说部,应入别集类。我觉得,司马朝军同志的辨析,并不是对《续修四库全书》子部杂家类的分类作全面的否定,而是促使人们对这方面的文献整理做进一步通盘考虑,使人们意识到文献整理与研究有机的结合。这当是本书的学术特色。

第二,别真伪。司马朝军同志在辨伪方面做过大量卓有成效的研究工作,他在杂家类中也发现了几种伪书。如《昼永编》一书,旧本题明宋岳撰,全书凡三百六十条,最早著录于徐乾学《传是楼书目》小说家类,分上下二集,不分子目,其书皆抄录前人嘉言懿行之可为法则者,稍加点窜,掩为己有,而一一讳其出处。数百年来,其书之伪,无人道破。司马朝军同志细心比勘,发现此书实为伪书。他广搜证据,考证出其中三百五十三条伪迹昭彰,从而将其彻底证伪。又如《经史杂记》,旧本题清王玉树撰,书前目录后有道光十年(1830)玉树识语,称公余读书,每究寻经史,偶有所得,辄笔记之,后择其有关考证者荟萃成编,题曰《经史杂记》。司马朝军同志细核其书,考其来源,勘定其为抄袭成书。此外,他将杂家类著作中所涉及的辨伪史料做了大量的辑录,这样的例子可谓不胜枚举。去伪存真,这既是本书的一大宗旨,也成为全书的一大亮点。

第三,明是非。杂家中不乏有学问的思想家或有思想的学问家。司马朝军同志特别注意钩稽他们有关人生哲学的格言警句,对诸多杂家的观点做了拾遗补缺的工作。如《闲中古今》一书称"保初节易,保晚节难","大凡不顺理者,岂可得乎","凡百玩好,皆能害德","知人固不易,哲人能察之于微","人君尚亦谨其所好","天之不佑恶人","小人聪明才智之过人者,适足以为其身之累",皆为悟道之言。《四库全书总目》偏重汉学,排斥宋学,对于此类观点往往不屑一顾,甚至大加贬斥。而司马朝军同志汉宋兼采,注意钩稽前贤论点,阐幽表微,其宗旨在彰善瘅恶,树之风声。又如书中一再论及养廉反贪问题,至今仍然具有重大的现实意义。这样的例子在书中随处可见,读者自可从中明辨是非得失,学习古人处世之道、养生之术。

唐代僧人智昇在《开元释教录》序中说:"夫目录之兴也,盖所以别真伪,明是非,记人代之古今,标卷部之多少,摭拾遗漏,删夷骈赘,欲使正教纶理,金言有绪,提纲举要,历然可观也。"《续修四库全书杂家类提要》一书,不仅能够"别真伪","明是非",而且在分类方面多有新见,尤为难得。可以这样说,这部书稿对于提升古典目录学的研究层次具有重要意义,对子部杂家类之文献学研究尤具开创之功。此书既是别开生面的目录学力作,更是杂家研究的发轫之作。朝军同志来信称,今后计划扩大规模,将所有杂家类著作一网打尽,编纂一部完备的《杂家叙录》。杂家浩繁,钩稽匪易。我们期待他百尺竿头更进一步,为中国传统学术研究做出更多更大的贡献。

最后我想再补述一点。《续修四库全书》于20世纪90年代及21世纪初即由上海古籍出版社陆续出版。前几年,提要编撰起动时,上海古籍出版社与本书编委会合作,多次讨论,制定提要的撰写体例,以使经、史、子、集全书提要体例统一,文格接近。司马朝军同志应我们编委会邀请,承担子部杂家类提要的撰写。撰成后,出版社、编委会审阅,曾就全书体例规定提出修改意见。司马朝军同志乃就总体着眼,加以修订。应该说,现在单行出版的这部《续修四库全书杂家类提要》,既包含全书的统一体例,更保持了他自己的治学专著特色。这应当也是《续修四库全书总目提要》编纂的另一成就。

2012年11月

(《续修四库全书杂家类提要》,商务印书馆2013年12月出版)

“中国传统文化经典名句”序

“中国传统文化经典名句”(书法艺术卷)丛书是清华大学继续教育文库之一,其出版活动是清华大学百年树人主题文化活动秘书处继“清华大学百年校庆百年树人主题文化书法展览展示活动”后,又一旨在以传统艺术形式承载民族优秀文化思想,促进中国现代文化建设的项目。

该项目由清华大学继续教育学院、清华大学校友总会、清华大学国学研究院主办,邀请相关专家从“四书五经”、《道德经》等中国传统文化经典名著中,遴选部分代表名句,分主题原文呈现并附中英文注释翻译,再配以精美的书法作品。这些书法作品皆定向邀请具有深厚文化底蕴及汉语言文字造诣的书法教育家、清华大学德艺双馨的师生校友、社会各界实力派书法名家题写。

经典名句、传统丹青、中英文释义三位一体是本套丛书的突出特色。

中国古代的典籍,按照传统的分类法,大致分为“经”“史”“子”“集”四部。经部主要是儒家的经典。其中由《诗》《书》《礼》《易》《春秋》组成的“五经”,是其核心。五经的内容非常多样,后世有历代的诗注,有占卜书籍,也有礼仪制度之书等。宋人又把《礼记》中的《大学》《中庸》两篇抽出,与《论语》《孟子》合称,成为“四书”。此后,“四书五经”就成了古代学子必读之书,也成为中国古代社会重要的精神支柱。四部中的史部,囊括了从先秦到清末的各类体裁的史书,构成了中国古代社会较为完整的历史画卷。而数量最多的集部,则包括了历代不同体裁、不同编排方式的作品集,尤以作家的诗文创作为主。经、史、集之外的专门著作几乎都编列于子部内,《四库全书》收录的子部书有十四类,除儒家外还包括兵家、法家、农家、医家、天文历法、术数、艺术、谱录、杂家、类书、小说家、释家、道家等,内容非常广泛。

虽然传统目录之经、史、子、集四部的涵盖面已经很广，但还不能囊括中国文化的全部典籍。即使如此，对大多数人来说，穷其一生，也只能阅读一些最基本、最核心的著作。胡适、梁启超、顾颉刚、林语堂等先生都曾开列过学生必读的古籍书目。这些书目虽然现在可能还不完全适用，但其中推荐的基本经典，其价值仍不会改变，它们构成了中国文化的核心，是我们中国人不可或缺的文化基因。

党的十八大报告提出要扎实推进社会主义文化强国建设，建设优秀传统文化传承体系，弘扬中华优秀传统文化。这一论述意义重大。文化是一个国家软实力的重要组成部分，是民族素质的重要体现，中国传统文化是中华精神的源泉，中国传统文化典籍在历史上对古代中国和中外文化交流都有过巨大的贡献。随着历史的推进，在现代化进展的背景下，中国传统文化典籍仍有其现实意义，应该是中华民族伟大复兴的基石。

这套“中国传统文化经典名句”（书法艺术卷）丛书，首先从古代影响最大的儒、释、道三家经典典籍中精选出部分代表篇句（今后将陆续出版其他部类），配以书法作品，再加以注释和中英文翻译。这套书所收以名句为主，更为人吸引，更使人领会思想精髓，这应当是突出的特点。又，为了便于诵读，在篇幅允许的情况下，书后还附有名句所在篇目的全文或部分原文，并有部分生僻字、通假字、古今字、多音字的注音。

将中国传统经典内容及书法艺术作品与大家共享，不仅抛砖引玉，而且提供广泛的知识和传统的精髓，为中国传统文化传承与传播尽一份心力。

（“中国传统文化经典名句”丛书，徐林旗主编，北京大学出版社2013年4月出版）

“中国人”丛书序

中华传统文化有两大特点：一是历史悠久、宏博多彩；二是中外交流密切频繁。尤其是第二点，中国传统文化的传播与国外对中国文化的研究，是一种源远流长、横贯东西、异彩纷呈、底蕴深厚的文化现象。历史告诉我们，无论是古代还是现代，中华文明都受到世界各国的瞩目。

应当特别提出的是，文化主体是人，而文化是离不开人的。过去长期就有“知人论世”的成语，这当源于孟子的话。《孟子·万章下》有记孟子云：“颂其诗，读其书，不知其人，可乎？是以论其世也。”意谓：吟咏人的诗歌，研究人的著作，不了解他的为人，可以吗？所以要讨论其人其世。这确是启人之思，故“知人论世”传为成语。也就是说，研究文化，就必须研究人。

现代史学大师陈寅恪在其《隋唐制度渊源略论稿》和《唐代政治史述论稿》中，都反复强调种族和文化问题是研究中古史最重要的关键。也就是说，无论是魏晋南北朝政权割据时代，还是隋唐全国政权统一时期，都应将不同种族的人与各领域文化作比较综合研究。他将人与文化作综合探索，确甚启人深思。

历史的车轮从古走到今，中国经过最近几十年的改革开放，经济建设日新月异，取得了斐然的成就，这使中国瞬间成为世界关注的焦点。人们竞相谈论中国现象，谈论中国人的思想、素质和形象。在此之际，收集中外两个方面的学者在不同角度对于中国人特性的阐述，结集成书，将是一个具有客观性的思想成果。文津出版社编纂这一套“中国人”丛书，不仅会得到社会的广泛关注，当也能启迪读者研讨历史和探索现实的深切思考。

此次编纂的“中国人”丛书，有两部为外国学者于19世纪后期所作，有两部为中国前辈学者于20世纪前半期所作，其他为我们当代学者关注现实的专著，这当也很有特色。中外学者对中国人、中国文明固有精神和价值的探索,可以说是不同文化观念的交融与互补。作为东方大国,中国的悠久历史文化被世界所认识,以及这种认识的日益深化,当是文化史上令人神往的课题。

近代中国,自1840年鸦片战争以后,受外国军事侵略和经济掠夺,积贫积弱。外国人蔑视中国人,但他们又畏惧中国文化的力量。一些到过晚清中国的西方人,就是怀着这样一种矛盾交织的心理,记录了他们对中国人的观察和理解。这其中有对晚清社会现实的真实记录,也有对中国历史文化的迷惑不解,也难免有一些西方的种族傲慢和自大。如本丛书中的《中国人的素质》和《中国人的本色》,两书作者一个是美国传教士明恩溥,一个是美国外交官何天爵。二人均于晚清时期来到中国,并在中国生活多年(明恩溥34年,何天爵16年)。他们深入中国各地、各个阶层,紧密接触民众,根据其所见所闻和亲身经历,又加上自己的观察和思考写成以上作品。作者以西方人的视角,从政治、经济、文化、社会各个方面全景式地观察、描摹了晚清时期中国人的生活样态,并从中剖析和展示了当时身处没落的封建社会的中国人的各种品质。作者本着客观态度,既颂扬了中国人优秀的一面,也批评了中国人的某些劣根性。基于作者活动区域和西方立场的局限性,书中有些内容对中国文化和中国人的看法仍有失偏颇。特别是百年后的今天,中国人各方面品质已经发生了很大变化,书中有些评论已不能完全适用于现在。但之所以仍将这些书纳入出版,是因为它对于我们理解当时中国人的国民性具有一定的参考价值,对于我们发扬中华民族的优秀传统、克服一些国人的劣根性、优化中国人的国民性,具有积极的参考作用。

这次选择的两部20世纪早期之作,也颇有特色。《中国人的精神》著者辜鸿铭(1857—1928),祖籍福建,出生于南洋英属马来西亚槟榔屿,后长期生活于中国本土。他学博中西,号称"清末经杰",热衷向西方人宣传东方中国的文化与精神,产生了重大影响。他在此书前言中写道:"学习中国的典籍与文明,对欧洲人和美国人都是大有益处的。"此书主旨是揭示中国人的精神生活,宣扬中国传统文化的价值,并拟改变部分西方人对中国以及中国人的偏见。据说此书印出后,在西方形成了"到中国可以不看三大殿,不可不看辜鸿铭"的说法。另一部《中国人的修养》,著者蔡元培(1868—1940),他于1916年至1927年间任北京大学校长,在近现代教育建设中起了很大作用。此书秉承中华修养传统,并融会西方的公民教育观念,教导中国公民如何进行道德修养,是一部此前百年罕见的公民道德实践之书,于现在的教育实践中,对社会大众形成正确的道德观念也会有指导作用。

而关于现代中国人的真实面貌,体现在当代中国作家的笔下,则是另一番品位和风格。例如本丛书中《中国人的休闲》一书，作者以流畅的随笔形式，介绍了中国个性鲜明而又源远流长的休闲文化，着重强调了中国人休闲的品位与情趣，推崇自我心境与天地自然的交流与整合，这无疑对休闲文化盛行、提倡悠漫生活大有裨益。而在《中国人的境界》中，面对"境界"这一深邃的中国哲学命题，作者或耕读暇思，或旅途行色，以诗意的笔触道出中国人几千年来人格思想的最高境界，即始于"修身""齐家"，终于"治国""平天下"，从而实现最高的社会理想——道德完善的大同世界。《中国人的德行》则从公德、社会、文化、民性、生活、两性、修养等方面对中国人加以剖析，通过自我批评、自我反省，指出中华民族自身存在的一些不良道德观念和行为，以此警醒世人加强自身道德建设，提高自身素质，使中华民族道德形象更趋完美。

本丛书以"中国人"为主旨，选录有参考价值和研究意义的著作，采用宽泛自然的选编方式，使本丛书在解读"中国人"这一宏大主题时，给人以全面、客观之感。撰写者既有中外作家，也有近现代作家。如此，中国社会和中国人就以立体丰满的形象耸立在世人面前，也使世界对中国人的了解更加深入透彻。

我通读文津出版社这次所编之书，期望可再续编，继续上下求索，开拓进取，不断出版中国文化精品。

2013 年 5 月

（"中国人"丛书，文津出版社编纂，2013 年 7 月出版。此序又刊于《中国社会科学报》2013 年 7 月 5 日，题为《中国人与中国文化》）

《浙东唐诗之路重要源头学术研讨会论文集》序

有唐一代,有两个极具人文景观特色、深含历史开创意义的区域旅程文化,一是河西丝绸之路,另一个便是浙东唐诗之路。

浙东素以山川秀美、人文荟萃而闻名遐迩。《世说新语·言语》篇引王子敬言:“从山阴道上行,山川自相映发,使人应接不暇。若秋冬之际,尤难为怀。”顾恺之赞浙东山川:“千岩竞秀,万壑争流,草木蒙笼其上,若云兴霞蔚。”魏晋南朝以谢灵运为代表的名士对浙东的赞美,让这一区域骤增不少向往。李白在《梦游天姥吟留别》诗中直呼“我欲因之梦吴越,一夜飞度镜湖月”。唐代诗人吟咏浙东成为一个时代的印记。

“浙东唐诗之路”的正式提出是在1991年。时南京师范大学举行“中国首届唐诗宋词国际学术研讨会”,新昌的竺岳兵先生正式提出这一概念,引起学术界的重视。时我任中国唐代文学学会会长,即于1993年,学会正式发函,成立“浙东唐诗之路”的专称。此后,专门的浙东唐诗之路的研究著作也陆续出版问世,如《唐诗之路综论》《唐诗之路唐代诗人行迹考》《唐诗之路唐诗总集》《唐诗之路唐诗选注》《浙东唐诗之路》等等。

浙东唐诗之路涉及的,经考证有400多位唐代诗人出入浙东,涉及诗篇1500多首,涉域面积2万余平方公里。浙东唐诗之路的研究还未止步,有待进一步的深入。而其源头的探讨更是一个十分重要的问题,譬如诗人入浙东的起点在哪?

2012年11月6日,由中共杭州市萧山区委、杭州市萧山区人民政府主办,由义桥镇党委、政府和萧山区地方志办公室承办的“从义桥渔浦出发——浙东唐诗之路重要源头学术研讨会”在萧山义桥镇举行。参加这次会议的,既有专门研究唐诗的专家,又有研究浙东历史、地理的浙江本省文化工作者,论文学术性强,又极富现实意义。这次研讨会对我们研究唐代文学的确具有开拓性的意义。会议形成的文集论文有20篇,充分肯定了义桥渔浦在"浙东唐诗之路"的历史地位。

欣闻义桥镇将与网络媒体"浙江在线"合作,于2013年举办"让飞扬的诗情辉映现实'浙东唐诗之路'大型网友体验活动"。这个活动还将征集网友代表,一起重走浙东唐诗之路。同时,综合史学专家、网民体验、攻略大赛和当地旅游部门的规划,对"浙东唐诗之路"线路和沿线的吃、住等行业进行命名授牌,并最终整理出版发行《浙东唐诗之路指南》,推荐沿线的旅游休闲场所。旅游开发借助网络等新平台,实在是一件好事。体验活动的发起点是在萧山的义桥,此论文集也将于体验活动启动之日出版发行,为此我谈几点想法:

第一,收存的论文是唐代文学研究开拓性的一次学术研讨,取得了渔浦是浙东唐诗之路重要源头的共识。渔浦之名最早见于晋人顾夷《吴郡记》:"富春东三十里有渔浦。"渔浦曾是萧山四大古镇之一,乃渔浦古埠所在地,景象繁荣。现在的渔浦古渡口,就在钱塘江、浦阳江和富春江三江交汇之处。义桥渔浦是当时重要的交通要道,是文人雅士至浙东游赏的必经之地。可以说,经由渔浦,沿富春江可以到建德一带甚至远至徽州,沿西小江、浙东运河则可至绍兴等,渔浦成为可以南上、北下、西进、东出的交通枢纽。

第二,进一步挖掘渔浦的地域文化特色及作用。以前研究唐诗,比较注重研究诗人,现在开始关注唐诗里所蕴含的地域文化,比如浙东唐诗之路重要源头——义桥渔浦的地域文化,这是一个新的研究领域。义桥镇应在大力挖掘区域文化、在开发渔浦上做文章。围绕一个地域开展唐代文学研究确是一个新开拓的学术领域,义桥可以邀约专家继续深入研究,将关于渔浦是浙东唐诗之路源头的论文收集起来,整合成义桥地域文化通论方面的著作出版。

第三,申报世界文化遗产。从渔浦出发的浙东唐诗之路可以申报为世界文化遗产。萧山义桥渔浦作为浙东唐诗之路的重要源头,今后可与新昌等地联合申报"浙东唐诗之路"世界文化遗产。建议在义桥建一个浙东唐诗之路博物馆,把浙东唐诗之路上的主要景观建成微型景观,还可以建渔浦诗碑公园。

第四,将浙东唐诗之路作为旅游线路,积极发展与浙东唐诗之路有关的旅游经济。义桥渔浦可以联合新昌、绍兴、上虞等地,与浙江在线、浙江旅游等网络媒体进行联合策划,将从萧山区义桥镇渔浦出发,经绍兴、上虞、嵊州、新昌等地的浙东唐诗之路作为一条旅游线路,并逐渐打造成一条黄金旅游线路,使之真正成为可与丝绸之路相媲美的旅游线路。同时,也可以通过举办渔浦文化节,举办唐诗大赛、唐诗书画摄影比赛等形式,进一步弘扬渔浦传统地域文化。

萧山是浙东唐诗之路的起点，而位于湘湖之东的义桥镇古渡口渔浦，则是浙东唐诗之路的重要起点。渔浦景色奇美，人文绝胜，让历代文人墨客流连忘返，留下了大量讴歌渔浦的诗篇。渔浦唐诗，是唐诗中的精华部分。从南北朝的谢灵运、沈约，到唐朝的孟浩然、崔国辅；从宋朝的苏轼、陆游，到元明清时期的钱惟善、唐寅，诗颂渔浦延绵不绝。义桥在整理当地古诗词时发现有100多首关于渔浦风光的诗歌。另外，《全唐诗》中关于义桥渔浦等的诗歌也有80多首，李白、杜甫、白居易等唐代大诗人与渔浦结缘，让渔浦开启了一条生生不息的渔浦诗路。而今地方政府慧眼卓识，对地方文化极其重视，我相信渔浦研究必将翻开新的一页，渔浦文化在浙东文化史上也会书写新的篇章！我希望，在不久的将来能看到一条文化的、休闲的、娱乐的、山水的“浙东唐诗之路”旅游热线。

在这里我还想补述一点，即萧山历史悠久，据当代研究，萧山具有8000年文明史，2000年建县史。且萧山和义桥当地政府领导又十分重视地域文化研究，挖掘文化内蕴。如由萧山区义桥镇人民政府选编的《渔浦诗词》（中华书局2010年版），选录南朝至清代有关渔浦的佳作；由义桥镇志编纂委员会编的《义桥镇志》（方志出版社2005年版），又选录历朝诗作；另外还有《萧山古诗五百首》（方志出版社2004年版），更可见萧山特色鲜明的地域风貌。又，萧山区政协文史委筹划，从《四库全书》及《四库全书总目提要》中编纂《毛奇龄全集》（杭州出版社2002年版），当时邀约我撰写序言。据我统计，毛奇龄之书正式收入《四库全书》的有28种，列入存目的有35种。个人著作，著录于《四库全书总目》中，萧山籍的毛奇龄是第一位。由此可见毛奇龄的学术地位，也显示出萧山传统文化的历史成就和独特成果。由此我特建议，萧山区义桥镇等可更广泛挖掘本地的丰富文化资源，并进一步编撰文化通史，这必当促进社会、经济、文化的全面发展。

是为序。

2013年7月18日

（《浙东唐诗之路重要源头学术研讨会论文集》，浙江人民出版社2013年8月出版）

《诗词论鉴》序

中国的诗学、词学研究有着悠久的历史，早在中国第一部文献典籍《尚书》中，就提出“诗言志”的观点，孔子整理《诗三百》，提出了自己独特的诗观，即“乐而不淫，哀而不伤”，并说“诗亡隐志，乐亡隐情，文亡隐言”。曹丕的《典论·论文》，陆机的《文赋》，钟嵘的《诗品》，以及王国维的《人间词话》等，使诗学理论陆续深入、系统。随着唐诗的繁荣，宋词的兴盛，各种《诗论》《诗话》《词话》真是名家蜂起，异彩纷呈。

张步云先生的《诗词论鉴》，真实承袭我国诗词理论的宝贵传统，既博采众长，又独辟蹊径。首先从论述古典诗词的美学特征入手，分析论述诗词的语言美、意境美、含蓄美、用典美等美的内蕴，把握美的真正灵魂。然后运用美学理论对古典诗词的各种题材上的特色进行研究和鉴赏，而且对同一题材不同作家加以比较，使读者领略到不同的特色。接着从诗词的风格流派进行论述和鉴赏，使读者进一步开阔视野，拓宽眼界。作者既吸收了唐司空图《二十四诗品》的观点，又有自己独特的看法。他把诗词的风格分为豪放旷达、沉郁顿挫、雄浑苍凉、慷慨悲怆、直抒胸臆、缜密缠绵、语畅意深等九种，先论述其基本特征，再对历代名家有代表性的诗词按九种风格归类，进行分析品鉴，这就能使读者深入领略诗词的艺术魅力。

特别是第四章“诗词的传承关系”，以类系联的方式，从浩如烟海的古典诗词作品中精心搜剔出一系列与其类相适应的精美作品，并有机地将其串联起来，勾画出诗词发展中的传承关系的脉络，反映了诗词的嬗变轨迹。这也使读者领略到历代诗词作家对前人创作优秀成果的继承和发展，进而看出古典诗词对现代诗歌创作的影响。

《诗词论鉴》还有不少值得称道的特色，诗词合论，先诗后词，互相比较，互为印证;每一章节,先总体论述,后个别鉴赏,以古为主,联系现代,分析特色,找出异同,线索明晰,脉络清楚。四章各为一体,又互相关联,不乏真知灼见,令人耳目一新。

还可值得一提的是,张步云先生现为沧州市国学研究会会长,书香门第,教育世家,有极深的国学素养。沧州市国学研究会,当是现代以城市为单位设立国学研究机构的首例,张步云先生在进行国学研究中,重视对传统文化的传播,弘扬传统文化,参悟先哲心性,开展道德教育,启迪成功智慧。他一方面任当地《新国学》杂志主编,并自著出版《走进〈论语〉》《国学讲坛》等书,另一方面又编著出版《语文新课标·中小学必背古诗文》(四部)、《经典古诗词译释》,还有自作的诗词佳作《霜晨晚照》、散文集《心在天山》等。真可谓文史结合,古今融通。我值此通读了《诗词论鉴》,更深感此书出版,确为广大诗词爱好者奉献一桌丰盛的文化大餐,实在是可喜可贺的。

是为序。

2013 年 7 月

(《诗词论鉴》,张步云著,华文出版社 2013 年 9 月出版)

《湘湖古韵》序

要了解一个地方的历史人文、山川风物,阅读历代诗词题咏是一条饶有兴味的捷径。这是因为诗词作品篇幅不大,宜诵易记,而且不论是本籍还是流寓,抑或游历,诗人总是首先撷取印象最深的亮点裁入诗篇。一人一题之咏,或仅得其一隅;但汇集历代多人的佳作,则如千珠跳溅于玉盘,琳琅在目,可以纵情饱览矣。

杭州湘湖是浙江文明的发祥地之一。跨湖桥文化遗址的发掘,把浙江文明史上推到八千年前。湘湖地区历史文化积淀深厚,其中诗词文化尤为绚丽多姿。早在春秋时期,越国大夫文种、越王勾践夫人分别留下《固陵祝词》和《乌鸢歌》,成为浙江乃至中国诗歌史上的重要文献。于越时期文学作品大多亡佚,而这些仅有的遗存便如吉光片羽,弥足珍贵。

与浙江其他地区同步,湘湖地区融入全国诗坛的创作初兴于南北朝时期。谢灵运的《富春渚》、丘迟的《旦发渔浦潭》,都咏及渔浦。这个渔浦,有学者考证即在今萧山义桥,位于钱塘江、富春江、浦阳江的三江交汇处,引起学者的注意,提出这是"浙东唐诗之路"的起点。2012 年 11 月,还在萧山区召开"从义桥渔浦出发——浙东唐诗之路重要源头"学术研讨会。"卧闻渔浦口,桡声暗相拨"(孟浩然《早发渔浦潭》),"早晚重过渔浦宿,遥怜佳句箧中新"(韩翃《送王少府归杭州》),"渔浦浪花摇素壁,西陵树色入秋窗"(钱起《九日宴浙江西亭》),"渔浦"在唐诗中频频出现,标志着湘湖地区的诗歌创作到了唐代已经大放异彩。唐代大诗人贺知章的故里即在湘湖,他的诗虽传世无多,但一首《回乡偶书》传唱至今,成为唐诗中知名度最高的作品之一。李白、皎然、戴叔伦、施肩吾、方干、温庭筠等唐代诗人也都写过与湘湖有关的诗歌,足为此间山水增色。唐以后,苏轼、陆游、文天祥、萨都剌、朱彝尊、查慎行等名家均有吟咏,代有佳作。至于乡贤魏骥、毛奇龄等名士名宦,情系桑梓,篇咏尤多。大量歌颂湘湖的诗歌,形成了本地区历史上不可多得的精神财富和文化遗产。

近年来,湘湖历代文献的整理,日益受到当地政府和社会贤达的重视。有关湘湖诗词的整理推介,也有多种图书印行问世,颇为可喜。当然,这方面仍存在不少空间,比如文本的整理、考证以及研究,普及推广的形式等等,还可进一步探索,不断努力。杭州出版社主办这本《湘湖古韵》,在前人研究的基础上,做了进一步考证,精选出历代歌咏湘湖的优秀诗词作品三百多首,所涉范围上自春秋时期,下至清末。所选每首诗词均请专业人员撰写注释和白话译文,并插配反映诗词内容的精美手绘图,以宣纸线装印制。这是一部从内容到装帧形式都有审美特色,图文并茂、雅俗共赏的地方诗词选本。

《湘湖古韵》应是颇具地域文化特色的佳作。通阅全书,当使读者深感让历史文化融入现代文明,承前启后,推陈出新,多角度、全方位、深层次来发掘和弘扬优秀的湘湖文化,完善地方文化结构,使诗词所表现的文化力量转化成为物质力量,成为社会经济发展的硬实力。我期望本书的出版必是一件扶轮风雅的大好事。

2013年12月

(《湘湖古韵》,杭州出版社编纂,2014年1月出版)

《绿窗唐韵》序

《绿窗唐韵:一个生态文学批评者的英译唐诗一百一十五首》是一位美籍华裔学者的译作,它有三个特点,值得向大家介绍一下。第一,它在选材方面还是下了功夫的。译者把《全唐诗》通读了两遍,从中选出了大约五百首以自然环境为中心主题的诗。其中的四百多首符合21世纪生态文学批评标准,被翻译成英文。译者又从其中挑出一百一十五首,写了详细而又较有特色的译者注,由上海古籍出版社介绍给广大的中国读者。其余的三百一十一首,在美国另行出版。我们知道,歌咏自然的唐诗多如牛毛,但是译者根据当代生态文学理论,精选了能够给21世纪关心环境的读者们带来惊喜和启发的四百首。虽说不上排沙拣金,但确实是从《全唐诗》里四万多首中百里挑一得来的。

它的第二个特点是为包括唐代文学专业研究人员在内的广大读者提供了一个新的视角。译者俞宁是美国西华盛顿大学英文系的美国文学教授,专攻生态文学批评理论和环境文学作品的研究。他对西方以自然环境为主旨的文学作品和相应的批评理论有较深、较广的研究。同时他三十岁以前生长于北京的一个研究中国语言文学的世家,对于唐诗情有独钟。他能把西方较新的文艺理论运用在唐诗的研究上,又从西方文学里找出了一些与唐诗相通的例证,是难能可贵的。他解读唐诗的角度和方法值得我们参考。

第三是译者为我们提供的《引论》《分类诗引》和《译者注》里面详细地介绍了西方生态文学批评理论的一些概念、重点和分析举例。这是他多年研究后的提炼,深入浅出,比较明快,很方便我们借鉴。从他的理论概括和分析实例来看,译者的治学态度还是比较平实的。生态批评又叫绿色批评。译者的本意大概就是为我们介绍一副绿色的"眼镜",帮助我们透过绿色的窗纱,来欣赏、学习唐代敏感的诗人们对自然环境的认知和感受。

2013 年 12 月

（此书将于 2014 年由上海古籍出版社出版）

《鄞州区志》序

我是一个地道的鄞州人，生于斯，长于斯。中学毕业后，考到北京上大学，学成后留在了北京，先后在北京大学、中华书局、清华大学工作，从事出版、文学研究、古籍整理研究工作，与文化典籍结下了不解之缘。由于工作的关系，我一直关注家乡编史修志，也期望能做点绵薄的工作。我曾审读《宁波市志》《鄞县志》等一大批地方文化作品。前些年，我还担任《宁波通史》主编。所有这些，都是我想为家乡尽一点心，贡献一点力量。适逢《鄞州区志》行将成书之际，鄞州区地方志办公室的领导希望我能为之作序，我欣然领命。这既是了却自身心愿，也让我有机会重新认知我的故乡。

鄞州（鄞县）是历史悠久的文献之邦，历代学者著述丰硕，文化世族的涌现累世不衰，各种文献典籍相继问世。民国《鄞县通志·艺文编》辑录典籍4400余种。根据记载统计，自唐宋至清末，有学术专著并由县志著录的有1550人，其中唐代4人，宋代61人，元代55人，明代660人，清代则有770人。作为宁波"书藏古今、港通天下"名片之一的天一阁，在全国藏书楼中享有盛名。藏书家、目录学家冯贞群曾于1935年登阁编目，历时6个月，编成《鄞范氏天一阁书目内编》，著录了当时天一阁的全部藏书，较为完备可靠，颇受重视。据其统计，天一阁总计藏书18358卷，其中明代及明以前旧本10038卷、清初以来书本及《古今图书集成》8320卷。在这些藏书中犹以明代以来的旧方志最为齐全，由此使天一阁成为现存以地方志为特色的古籍收藏单位。

作为地方文化典籍重要组成部分之一的地方志，在鄞州（鄞县）的地方文献中占有特别重要的地位。根据光绪《鄞县志》、民国《鄞县通志》及洪焕春先生《浙江方志考》等书，整理出鄞县历史上较为有名的有关县志著作，共计19种。《鄞县志》(1996 年版)还辑录乾道《四明图经》、宝庆《四明志》、开庆《四明续志》、延祐《四明志》、至正《四明续志》、康熙《鄞县志》、乾隆《鄞县志》、咸丰《鄞县志》、光绪《鄞县志》、民国《鄞县通志》等志序言 10 篇。可见,历代公私撰著的地方志众多。在这些志书中,唐朝徐浩所著的《古迹记》是现存鄞县志目中最早的志书。历经宋元明三代的发展,到清朝进入鼎盛时期。以鄞县冠名的志书有宋朝编纂的《鄞县记》、明朝永乐年间编纂的《鄞县志》、清朝康熙十一年(1672)修《鄞县志》、康熙二十四年(1685)修成的《鄞县志》、乾隆《鄞县志》、乾隆《鄞志稿》、咸丰《鄞县志》、同治《鄞县志》、民国《鄞县通志》。社会主义时期一轮修志期间于 1996 年出版《鄞县志》。其中,乾隆《鄞县志》、同治《鄞县志》、民国《鄞县通志》《鄞县志》(1996 年版)都是上乘之作。

《鄞州区志》修编在继承前人修志的优良传统上,大胆创新、创优,全面系统记述 1978—2008 年间鄞州行政区域内自然、政治、经济、文化、社会等各方面的发展变化,修成一部鄞州的改革开放志。全书以改革开放为主线,突出揭示撤县设区以来的历史轨迹,是一部凸现时代特色、彰显鄞州个性的志书。从内容上来看,勾画了鄞州改革开放以来的发展轨迹:完整记述改革开放的历史轨迹,深入记述地方特色的发展路子,突出鄞州从农业大县向都市新区的跨越,凸显传统社会向现代社会转型。这些历史资料,就有助于我们在享受现在发展成果的同时,回望走过的路程,无疑是一种成功的修志路径。从出版质量上来看,全志篇目科学,结构严谨;重点突出,特色鲜明;图文并茂,排印精美。在编印质量和装帧形式上大大超于往日,必将吸引更多的读者来阅读,让更多的人来了解我们的家乡,从而激发建设家乡的热情。

唐诗有名句云:“欲穷千里目,更上一层楼。”我想,现在可略修饰,以舒畅想:“欲历千里程,更读此志书。”

是以为序。

2013 年 11 月

(此书现已完成初审稿,将于 2015 年年底或 2016 年年初出版)

《西湖通史》序

王国平同志在担任浙江省委常委、杭州市委书记期间主持编纂《西湖通史》，这部书是我国，也是世界湖泊史上的首创之作。西湖本是一个天然海岬潟湖，两千多年来经一代代地方长官和广大人民的努力建设，西湖成为世界名湖，其自然风光之旖旎和人文景观之深厚，使世人为之瞩目神往。

纵观西湖的发展史，是人类保护自然，与大自然和谐相处的历史。历史上许多先贤为西湖的发展做出了杰出的贡献，人所共知，中唐时白居易任杭州刺史期间，疏浚西湖，建闸蓄水，造福杭人。北宋时苏轼两任杭州地方长官，尤其在元祐年间任杭州知府期间，到任之初适逢杭城水旱灾交加，除救灾设病坊等外，还主持治理城内运河支流茅山、盐桥河，使江潮不入市，又修中唐李泌所浚六井，政绩斐然。更值得称道的是，其时西湖淤塞已久，葑田如云，遂动员兵民除葑田建长堤，又于湖中置三塔植菱，获利以备修湖。自南宋起"西湖十景"盛传于世，溯其本源，"苏堤春晓""三潭印月"二景实为苏轼所创。尔后明清以往杨孟瑛、阮元等复浚西湖建堤（后人称杨公堤），筑六桥，成阮公墩，使西湖更添佳景，秀色可餐。中华人民共和国成立以来，西湖建设虽屡受干扰，然在其时省市领导努力下，总体是不断地建设中。尤其在国家实行改革开放政策以后，西湖建设又逢大好机遇。新世纪以来，杭州市委、市政府大力实施西湖综合保护工程，全面推行"综合保护""还湖与民"等措施，建设力度更大，其最突出者应是西湖水域之扩大，达到清代盛时光景，此尤为不易。西湖申遗的成功则是最好的证明。

王国平同志在任时除致力于西湖建设外，还亲自擘画西湖人文史料的挖掘和研究，成立"西湖丛书"指导委员会，计划编纂《西湖文献集成》《西湖全书》《西湖通史》三部大书。经过几年努力，《西湖文献集成》今大体完成，已出数十册，字数达到二千三百余万字，据杭州友人相告，在西湖申报世界文化遗产中，《西湖文献集成》的丰富史料为申遗成功起了重要作用；而数十册《西湖全书》又以通俗见长，图文并茂，抒写西湖的方方面面，深受广大市民与国内外旅游者欢迎；而今《西湖通史》经多年努力，杀青付梓在即，国平同志托我在杭友人致意，问序于我，敢不应乎？为编纂《西湖文献集成》《西湖全书》《西湖通史》这三套大型西湖文化丛书，杭州市委、市政府曾专门成立以全国人大常委会前委员长乔石为总顾问的顾问班子，我亦忝列其中，自应担负一定责任，故而愉快地应承了。

我国素有修史的优秀传统，皇皇二十四史即是证明。二十四史的开创之作——司马迁的《史记》曾被鲁迅先生誉为“史家之绝唱，无韵之离骚”，为编纂通史树立了典范。这部通史的撰写与《汉书》以下断代史不同，上起传说中的三皇五帝，下迄司马迁所生活的汉武帝年间，前后约达三千余年史事。《西湖通史》可以说继其传统，上限从西湖的成因写起，至西湖申遗成功为下限，前后达两千多年历史。一书在手，西湖的前生今世，纵览无遗。我很欣赏《西湖通史》这种写法，这确是一部通史，而不是一部断代史。我于20世纪90年代曾主持编纂过一部《中国藏书通史》，也是这样处理的，起自中国有官私藏书活动起，迄于中华人民共和国时期。我以为，当代人亲历之事将之入史，较之后人翻检档案更为可信。关键当是需持有马克思主义的历史唯物史观。《西湖通史》的作者正是坚持了正确的唯物史观，搜集了大量的文献和档案史料，而后编纂成书，故而观点正确、史料有据，撰成这样一部价值甚高的通史。

西湖从一个海岬潟湖，成为今日之世界名湖、旅游胜地、世界文化景观遗产，是经过一代代人的筹划和胼手胝足的操劳而来。我很欣赏在书中写了多人的活动，白、苏、杨浓墨重彩；五代钱镠置撩湖兵保护西湖；南宋建都临安，高宗朝起一百余年间形成西湖繁华；清代康乾二帝十二次南巡，有十一次游西湖，都对西湖文化景观的形成起了重要作用；中华人民共和国成立以来，上至中央领导以及省市委领导直至基层干部，凡对西湖做出贡献者本书以事系人作了充分反映。对于新中国成立以来由于“左”的思想干扰，诸如大跃进、人民公社以及“文化大革命”等政治运动对西湖所造成的损害亦秉笔直书，不作回避和掩饰，这亦是本书所值得称道的。

《西湖通史》应该是浙江地域文化研究的重要部分。党中央总书记习近平同志在任浙江省委书记时，就极为重视浙江文化的研究。他于2006年所撰写的《浙江文化研究工程成果文库总序》中，就特为提出：“我们希望通过实施浙江文化研究工程，努力用浙江历史教育浙江人民，用浙江文化熏陶浙江人民，用浙江精神鼓舞浙江人民，用浙江经验引领浙江人民，进一步激发浙江人民无穷智慧和伟大创造力，推动浙江实现又快又好发展。”这确使我们很受启示。让历史文化融入现代文明，从西湖古今的历史、文化、经济、社会生活等不同的角度和层面，对西湖历史文化进行全面系统的研究、阐述和展示，承前启后，推陈出新，多角度、全方位、深层次来发掘和弘扬优秀的西湖传统文化，完善地方文化结构，塑造地方文化品牌和人文精神，让历史文化融入现代文明。我深信，确如习近平同志在此篇总序中所说，文化的力量最终可以转化为物质的力量，文化的软实力最终可以转化为经济的硬实力。通读《西湖通史》确使我感受这部文化专著，从地域文化研究出发必能进一步丰富整个中华民族文化研究的内容，并在当代文明建设中起到硬实力的作用。

我对西湖历史缺乏研究，今翻阅具备三百余万言的五卷本《西湖通史》，确深有所感，故特为作序，并致祝贺。

2013 年 12 月

（《西湖通史》，将于 2014 年由杭州出版社出版）

《桐溪书声》序

浙江桐乡的几位读书人于去年五月自发组织成立了一个民间读书社团，其社员遍及各个行业，名为梧桐阅社，又于两个月后自筹经费创办了社刊《梧桐影》，至今已编印五期。他们以“以书会友，以友辅仁；分享悦读，传播书香”为宗旨，不仅编印读书刊物，还开展各类读书活动，如读书分享会、品读会、国学讲会等，对地方上读书氛围的营造产生了良好的影响。如此的读书活动和刊物均受到广泛的好评，各地师友纷纷撰文评论，媒体亦勤于报道。现在得到当地文联的支持，拟从五期杂志中选编出一本名为《桐溪书声》的文选，以嘉惠书林同好。

此文选共分七辑：“江南拾遗”“书人书事”“前序后跋”“芸窗书谈”“智者木心”“书人访谈”及“读者关注”。现就结合各期杂志及此次文选，从我个人的观感出发，来谈一谈它们的特色：

一是地方特色比较鲜明。首先是作者队伍，每期杂志基本上都能维持本地作者，并联系外地作者，这样一方面对外展示了桐乡读书人的基本风貌，另一方面又加强了与外地读书人的交流。本文选的作者队伍基本上也保持着这样一个构成，而且从桐乡作者所做文章可以看出，他们阅读面广，内容博雅，在藏、读、写方面均有不俗的表现。据说嘉兴市十大藏书家中桐乡就有三位，藏书量都在两万册以上，这三位都先后给《梧桐影》贡献过多篇文章。其次是从文章内容上看，第一期至第四期与本地有关的文章在数量上能够得到保证，其中专设“江南拾遗”栏目，文章与地方文史密切相关。“梧桐新书快递”则是定期发布桐乡籍作者的著作信息。第五期“木心纪念专辑”更是以整本的规模向木心这位乡先贤致敬，被称为是开启了地方研究木心的先声。再次是从装帧设计上看，各期刊名分别由桐乡籍著名书画家丰一吟和吴蓬题签，一、二两期封面图片用的是桐乡的读书古迹崇福镇上的孔庙和乌镇的"梁昭明太子同沈尚书读书处"石坊，三至五期则是吴蓬的墨兰、墨菊和墨竹，既丰富了杂志的文化艺术气息，又提高了观赏度，难怪很多读者以雅气、文气、书卷气来称誉它。

二是编者、作者都很年轻。编辑部成员都是三十岁上下的读书人，力求秉持民间立场，关注读书现状，且富有人文情怀。作者包括老中青少四代，其中不乏朝气蓬勃的大学生。颇值得一说的是"书人访谈"栏目，由"本地读书老人访谈""国内读书民刊主编访谈"和"'80后'读书人访谈"组成。编者在第二期的《编后记》中说："读书老人是前辈，是读书这种生活方式的先行者、践行者和受益者，他们无疑是一个社会、一座城市中的精神贵族和人格高地，他们的道德文章历经岁月的历练和书香的洗礼，衡量着一个社会和一座城市的精神高度。"读书民刊主编是构建书香社会的一支生力军，他们多数不计名利得失，在各自所在的区域联络同好，播撒书香，培育了数量可观的一批读书种子。"80后"的一代在背负着前辈偏见和社会压力中成长，随着他们逐渐进入而立之年，也正成为社会文化建设的中坚力量，编者似乎是想通过这个栏目向长辈们宣告：我们也是有担当有作为的一代。

三是所刊载的文章多数能言而有物，可读性较强，其中有不少新发现，虽是小问题却可补官刊、大刊之遗漏。夏春锦先生曾给我函中提及我于1980年组织编印的《学林漫录》初集中《编者的话》："《学林漫录》的编辑，拟着重于'学'和'漫'。所谓'学'，就是说，要有一定的学术性，要有一得之见，言之有物，不是人云亦云，泛泛而谈，如顾炎武所说的'废铜'。所谓'漫'，就是上面说过的不拘一格的风格与笔调。"夏先生说《梧桐影》及其文选在选稿时也在有意识地以此为标准。这些作者中虽也有一部分学有专长的专家学者，但更多地还是普通的草根读书人，文章虽不像学术大家们那样的高屋建瓴，充满真知灼见，表达出的却是他们最真诚的阅读体验。他们不以读书写作为业，但每有所得，便欣然忘食，这种无功利的读书生活当受人钦慕。

已刊行的五期《梧桐影》及这本《桐溪书声》，最使人感受的是地域文化甚为突出，且情谊深挚。习近平同志在担任浙江省委书记时，就已甚重视浙江文化研究，他于2006年所撰的《浙江文化研究工程成果文库总序》中，就特为提出，可以用浙江文化熏陶浙江人民，用浙江精神鼓舞浙江人民。我确深感，培植民众对土地、对乡梓、对文化的挚爱，是爱国主义的血脉和鲜活体现。我们确应学习和执行党的十八大报告中提出的"开展全民阅读活动"。我们可以通过编印《桐溪书声》，倡导家庭阅读，建设书香地域。我想，由此也应感谢夏春锦先生，并可从他已出版的著作《悦读散记》《山城卧治》，领会到开展全民阅读的意义。

2013 年 12 月

（《桐溪书声——〈梧桐影〉文选》，夏春锦主编，海豚出版社 2014 年 4 月版）

《中国当代名家学术精品——刘继才卷》序

这是一部自选论文集。刘继才先生从他100余篇论文中选出具有代表性的作品,共33篇。这些文章无论是新撰写的还是已发表的,都出以己意,不乏创见,当会受到学术界的关注。

刘继才先生是唐宋文学专家,长期担任辽宁唐代文学会会长。此前,曾出版过《唐宋诗词论稿》,受到学术界的重视,《唐诗分科大辞典》《宋词大辞典》设专条作简介,由海峡两岸学者共同编辑的《唐代文学研究论著集成》设专节作提要。这次辑入本书的除从《唐宋诗词论稿》中精选的部分论文外,大多是有关研究先秦至近代文学的新作。

研究唐宋文学,必须从源头开始,并应适当了解唐宋以降各朝的学术沿革。为此,刘继才先生的学术研究领域颇为宽泛,上自《诗经》下至近代词曲都有所涉猎。他的研究不是人云亦云,也不是浅尝辄止,而是新见迭出,并有许多填补空白之力作。以一个人之精力在专注一两个朝代的文学研究的同时,还能上溯下展,几乎对每个朝代的文学研究都有新发现,实属不易。我初读文集书稿,最突出的感受是它的"新",具体而言,体现在以下几方面:

一、开阔新领域。文集中的有些论文所探讨的多是前人和今人不曾涉及或很少涉及的课题,作者在占有大量资料的基础上进行了新的开拓,如唐代是否存在六言近体诗,何谓六言近体诗,一直是学术界有争议的问题。一种意见认为,唐代根本就没有近体诗,所以也就没有讨论的必要;另一种意见则认为,唐代确有"很罕见"的六言律诗,王力先生还举出卢纶的《送万臣》为例,证明六言近体诗的存在,可惜语焉不详,并没有展开论述。刘继才先生在《论唐代六言近体诗的形成及其影响》(原载《文学遗产》1988年第2期)一文中,不仅求证了唐代六言近体诗的存在,而且第一次全面论述了六言近体诗形成过程及其格律特点等,填补了这项研究的空白。又如题画诗,虽然前人有所研究,但题画词却很少有人过问,而题画散曲更是无人问津。文集中的《论明清题画词、曲》一文,不仅论述了题画词、曲的产生与发展,而且阐释了明清题画词、曲繁荣的原因以及题画词、曲之特点与区别,颇具开创意义。

二、提出新观点。刘继才先生做学问的另一个特点是好“标新立异”,敢于反驳前人之成说。这虽然不免引起争议,但也确有不少观点论据确凿,以理服人,并从此确定一种新说,为学者所采用。关于对《孔雀东南飞》中焦仲卿的评价,新中国成立以来公开出版的《中国文学史》几乎全是扬刘贬焦,或说他“委曲求全”“犹豫动摇”,或说他受“封建礼教影响较深”“性格比较软弱”。刘继才先生的《究竟应当怎样评价焦仲卿——评几部〈中国文学史〉对焦仲卿形象的论述》(原载《文学遗产》增刊十七辑)一文指出,这是很不公平的结论。刘先生通过详解此诗,并联系当时的社会背景,提出完全不同的观点:是焦仲卿最先发出以死殉情的誓言,他的“性格不是软弱,而是寓刚于柔;他临死前流露的愁苦不表明他所受到的封建礼教影响较深,而是因为他死后背负的罪名较多;他不是一个动摇者,而是一位反封建礼教的勇士”,“是我国古代诗歌中第一个反封建礼教的伟丈夫”。此文发表后,一些文学史家在编写或修改《中国文学史》时,基本上采用了这一说法,从此焦仲卿被摘掉了其头上“性格软弱”的帽子。此外,著者在“文革”后所发表的一些论文,还批判了学术界某些“左”的观点,为正本清源做出了积极努力。

三、改换新视角。所谓“新视角”,是指换一个角度来看待某些文学现象。有些学术观点虽然前人提出过,但却不能较为准确地阐释相关问题,而刘继才先生以新的视角或新的方法加以分析,则会使一篇作品得到合理的诠释,如《诗·卫·氓》中对“氓之蚩蚩,抱布贸丝”“乘彼垝垣,以望复关”等诗句的解释,前人与今人一向分歧很大。而《说“氓”——〈诗·卫·氓〉别解》(原载《社会科学战线》增刊第三辑)一文,先避开某些争论,从释“氓”入手,阐明“氓”的特殊身份,于是许多问题便迎刃而解。特别是文中对“氓”致富的原因的解释更令人信服。他不是靠“积极生产,勤俭持家”,而是通过“贸丝”,即经商而快速发家。但他又不是一个纯商人,其职业应是从事农业生产、手工业兼经商,即自己种田,自家纺绩,然后“以布贸丝”,从中营利。这样才会很快致富。

刘继才先生在运用方法论方面也做出过新的尝试。他的《论杜审言在唐诗发展史上的地位》一文以系统论的方法,分别从唐代、中国诗歌史和整个人类文化史三个层面来看待杜审言在近体诗定型化、规范化上的贡献,便得出了颇有见地的结论。

四、辑入新论文。这部论文集同常见的论文选集还有一点不同是，它不是只从作者已发表的论文中选取作品，而是既有已发表的较为重要的论文，也有新撰写的论著。这些新论文占论文集的30%以上。其中《论戴叔伦》《柳宗元与陶渊明比较论》《〈四溟诗话〉初探》等，虽然撰写的时间较早，但定稿的时间却较晚。而《论两汉的画赞》《论袁枚的题画诗》等，都是最近完成的新作。

五、进行新修改。按惯例，作者对已发表的论文在结集出版时，为了保留原貌，一般不做修改，即使有所改动，也只是文字上的订正。但是刘继才先生却不然，他对已发表的论文，不仅做了文字上的认真修改，而且还改变了某些观点，增加了许多新的内容。这是因为随着时间的推移，随着自己研究的深入，对原来的观点进行修正是很自然的事。如《中国古代题画诗论略》一文，经过修改，不仅更新了观点，而且补充了许多新材料。文字量从最初在杂志上发表时的不足9000字，增至20000余字，是原文的一倍以上。作者这种永不满足现状、不断探索的精神是可贵的。

此外，选入本书的部分书评、序言和前言等，也饶有新意。

2009年，我曾应邀为刘继才先生之《中国题画诗发展史》专著撰一序言，序中特为提出“他治学的一个特点是善于从边缘、交叉学科入手，研究学术界未加重视或较少有人涉猎的选题”。我这次再读本书论文，更有同感。我认为，从总体看，这是一部很有价值的学术著作。我相信，以其丰厚的内涵、流畅的文字，此书当会赢得同行专家的好评和读者的欢迎！

2013年冬

（《中国当代名家学术精品——刘继才卷》，于2014年7月由东北大学出版社出版）

论证严密　新见叠出

——《新编元稹集》序

吴伟斌同志是南京师范大学前辈学者唐圭璋先生和孙望先生20世纪70年代的第一届研究生,在两位先生的教诲下,严师出高徒,辛勤耕耘的吴伟斌同志成绩斐然。在诸多的学术期刊上,年年都能看到他一篇又一篇的新作问世。出版于2008年的《元稹评传》《元稹考论》,更是颇得学界好评的两部杰作,我曾应邀为此两书作序。近日,吴伟斌同志的又一部大规模著作《新编元稹集》已经完成,即将问世。这是一部唐代文学领域元稹研究方面非常重要的学术新成果,是值得学界今哲时贤关注的学术新著。本人欣喜之余,提笔作序,表述吴伟斌同志元稹研究的特点,阐发《新编元稹集》的特色。

《旧唐书·文苑传》将元稹与被后世称为"诗圣"的杜甫,与被誉为"诗中有画,画中有诗"的王维,与被称为"燕许大手笔"的张说、苏颋,以及与汉代晁错、董仲舒"无以过之"的刘蕡等人相提并论,足见史学家对元稹文学才华的充分肯定。而据《新唐书·文艺传》的描述,在唐代文苑里元稹与张说、苏颋、权德舆、李德裕等人并列其中,成为"一世冠"。而从诗歌方面而言,元稹又列名唐代八大诗人之中,与杜甫、李白、白居易、刘禹锡、李贺、杜牧、李商隐等人的诗歌并列。本人以为,这些评价无疑真实地反映了历史的公正认同。在唐代文坛的横向权衡与历史长河的纵向比较之中,《旧唐书·元稹白居易传》的评价则更为清晰:"元和主盟,微之、乐天而已。"但回过头来大家再读读近一百年来出版的许多"中国文学史"著作,又有哪一部文学史能够像两《唐书》的《文苑传》《文艺传》那样高度评价元稹的文学贡献,又有哪一部文学史能够像《旧唐书·元稹白居易传》那样充分肯定元稹作为"元和主盟"者而引领中唐文风的巨大作用?

而吴伟斌同志，正是在研究生学习伊始，就已注视到近百年以来一直被忽视、长期被歪曲的元稹评价问题，于是他将元稹研究课题作为自己的毕业论文内容，置身于中唐文学大发展大繁荣的大环境之中。研究生学习期间，就着手从最基础的诗文笺注做起，踏踏实实逐字逐句研读，认认真真逐篇逐首研判，一心扑在研究元稹的工作中。就在研究生毕业前夕，他就发表《元微之诗中“李十一”非“李六”舛误辨》一文，向名家的权威结论提出严正的商榷；此后商榷名家的论文不断，提出了一个又一个新观点。他前后耗时35年，先后撰写《元稹评传》《元稹考论》《元稹年谱》等著作，同时又完成了对元稹诗文的辑佚、校勘、注释、笺证、编年、辨伪等工作，编撰篇幅甚巨的《新编元稹集》，与《元稹评传》《元稹考论》一起，为含冤千年的元稹翻案，向读者交出了令人满意的答卷，向学界奉献了引人深思的新著，这或许是吴伟斌同志坚持35年研究元稹方方面面的意义所在吧！

我与吴伟斌同志相识于30年前，缘由是元稹研究。30年来，或见面交谈，或通信叙情，或电话沟通，话题从来没有离开过元稹研究。尽管如此，当吴伟斌同志近著《新编元稹集》的初校样放在我面前的时候，多多少少还是有点意外：校样总字数在760万上下，累高竟有50公分左右。内容之丰富，自然不难想象；新见之迭出，更是可以想见。作者由此而付出的艰辛劳动，我作为也是古代文学研究者，确深有同感。这部书稿，在严密论证之下，不时纠正旧缪，考论新见。综观全书，吴伟斌同志尽心尽力，既遵循古籍整理之原有优良传统，又在这样的基础上有所创新有所拓展。具体来说，我有如下观感。

选本得当。元稹长庆四年所编《元氏长庆集》流传至今，有两种版本较为完整：其一是明代弘治元年（1488）杨循吉据宋本传抄的《元氏长庆集》，通称“杨本”；其二是明代万历三十二年（1604），马元调覆刊本，通称“马本”。“杨本”面世较早，但阙漏不少。“马本”虽然晚于“杨本”一百多年，但经马元调多方搜索，增加了六卷补遗；六卷补遗虽然也杂有他人的少量诗文，但瑕不掩瑜，无疑比以前各本有较大的进步。故清代乾隆年间编行《四库全书》，“马本”即被作为《元氏长庆集》的最佳刊本选入。吴伟斌同志此次选择“马本”作为底本，我个人认为是合适的、明智的。冀勤在中华书局出版的《元稹集》则以“杨本”为底本，各取所长，当也无可非议。但杨军近年问世的《元稹集编年笺注》“诗歌卷”以“杨本”为底本，其“文章卷”又以“马本”为底本，我以为考虑欠周，做法似可商榷。

辑佚全面。北宋末年刘麟父子所编《元氏长庆集》原有元稹诗文978.5篇，吴伟斌同志《新编元稹集》现辑有诗文2566篇。其中经《才调集》《全唐诗》、日本花房英树以及吴伟斌同志自己的收集，共计辑佚篇目1587.5篇，其中的1283篇，已出版的《元稹集》《元稹年谱》《元稹集编年笺注》《元稹年谱新编》等均没有采录，也没有编年，现为吴伟斌同志独家所辑佚，占全书稿的50%，占所有辑佚篇目的80.82%。《新编元稹集》辑佚之全面，收集之详尽，篇目之众多，为近年元稹研究中所仅见。尤其是长庆四年元稹亲手编集《元氏长庆集》之后至元稹暴病身亡的大和五年的七年间，吴伟斌同志辑佚元稹散佚诗文371篇，占七年全部诗文的95.37%，填补了元稹后期诗文创作的大段空白，非常宝贵。不仅如此，吴伟斌同志对散佚在诸多古代文献中的元稹作品，没有盲目跟进而不加辨别地收集，而是根据他自己掌握的元稹资料进行认真的甄别，去伪存真。如留存在《新编元稹集》附录中的66篇作品，一直被前哲或今贤，如《元稹集》《元稹年谱》《元稹集编年笺注》《元稹年谱新编》等认定为是元稹的作品，则是经过吴伟斌同志认真辨别之后排除在《新编元稹集》之外的诗文，避免了鱼龙混杂、真假莫辨的误失，更应该予以肯定。

校勘精细。校勘是一项烦琐而又必须小心翼翼进行的工作，因为它是古籍整理必不可少的基础，是古籍整理的第一步。《新编元稹集》的校勘，不仅顾及《元氏长庆集》各种不同版本的异文，同时还兼及目前能够见到的有关元稹诗文的多种文献资料。这样，某一篇诗篇或文章，参与校勘的文献往往多达十多种，除《元氏长庆集》的不同版本外，常见的《文苑英华》《全唐诗》《全唐文》《唐大诏令集》《册府元龟》当然要参与校勘，不常见的文献如《增注唐策》《文章辨体汇选》《历代名臣奏议》《登科纪考》《容斋随笔》《唐人万首绝句选》《何氏语林》《清波别志》等也参与校勘，工作量当然成倍增加，而精确度也相应得到提高。且传统意义上的校勘，只是出示某一作家在不同版本的诗文集间的异文，大多不表明自己的主张，由读者根据提供的情况自行确定；《新编元稹集》的校勘不仅客观上表示异同，而且以不同的方式表明自己的观点，不避难就易，不把难题留给读者。这样认真的校勘，大大方便了不同层次读者的不同需求，受到读者广泛欢迎应该是在意料之中。

笺注科学。笺注分"注"与"笺"两个部分，《新编元稹集》的注释不是简单抄抄词典，而是结合元稹的生平加以考察，深入浅出，给出恰当解释。如果吴伟斌同志没有数十年研究元稹的功力，则难以做到这一点。每个解释之后，又附有书证加以证明。所取书证，既为解释词义服务，同时又尽量以内容通俗、辞藻美丽的标准入选，以便与元稹的诗文互为补充互为映衬，充分展示我国古代文学花苑中的艳丽景象。这不仅有利于一般读者对古籍的正确理解，也有利于我国传统文化走出国门走向世界之国策的推行。作者结合三十多年的研究心得，在认真解释词义的同时，又时见吴伟斌同志得心应手之笺文。如《论教本书》笺文："综观《论教本书》全文,中心突出,结构严谨,脉络清楚,层次井然,并无一节一句一字涉及王叔文王伾等人。既然如此,所谓元稹《论教本书》抨击王叔文王伾反对永贞革新又从何说起?”可谓一语而中的。又如《上门下裴相公书》之笺文:“元稹前期曾经支持裴度弹劾权臣的斗争,并因此招致元稹与裴度一起出贬洛阳,元稹出贬为河南县尉,裴度出贬为河南府功曹,即所谓‘昔者相公之掾洛也,稹获陪侍道涂’。中期元稹贬放外任十年,而裴度已经登上宰相的高位,本文即是元稹委婉恳请裴度尽快结束自己的贬谪生涯,并将自己调回京城任职,但裴度不予理睬。在挚友崔群的帮助下,元稹最终于元和十四年近移虢州,这年年底回到京城,任职膳部员外郎。此后元稹仕途顺利,最终拜职中书舍人、翰林承旨学士。这时裴度因自己儿子长庆元年科举复试被榜落,裴度因此怨恨元稹,并因他人亦即王播的挑拨而与元稹交恶,无中生有三次弹劾元稹勾结宦官,最后导致元稹被罢免中书舍人、翰林承旨学士之职,贬任工部侍郎。”将元稹与裴度之间错综复杂的人际关系一一指明,也将元稹于元和、长庆间仕途起起伏伏的原因明白标示,从而引导读者顺利阅读《上门下裴相公书》,揭示了中唐历史上一直被掩盖、被歪曲、被误解的谜团。

引用广博。《新编元稹集》书后附有《主要引用书目》,计有一千四百多种,它们包括《全唐诗》《全唐文》《文苑英华》等典籍,涉及文学、史学、小学、地理、医学、农学等学科。这在一般的学术著作中也不多见。作者自述:主要引用书目“虽然不能说是挂一漏万,但遗漏在所难免”,这是作者的谦虚之辞,如果《新编元稹集》没有如许广博的涉猎面,相信作者难以辑佚元稹诗文一千多篇,也难以破解历史典籍存留的诸多谜团,此真是不言而喻。可以说,如果作者没有倾注三十多年的心血,要想如此广泛地涉猎如许众多书目确是不可能的。

正误严谨。《新编元稹集》的正误较多,大到元稹“勾结宦官”“谋刺裴度”“以张生自寓”“玩弄薛涛”诸多历史冤案的正名,小到一字一句的辨伪,如白居易《感旧序》“元相公微之,太和六年秋薨”中的“太和六年”,应该是“大和五年”之误。又如陶宗仪《辍耕录》将李贺“试问酒旗歌板地,今朝谁是拗花人”两句误认为元稹诗句,《全唐诗续补》《元稹集编年笺注》《元稹年谱新编》均误从;又如被《元稹集》《元稹年谱新编》误认的王安石《桃源行》“渔郎放舟迷远近”为元稹佚句……这样的正误在《新编元稹集》中随处可见,多不胜举,而一一举正无疑需要花费作者不少的精力,但这样的付出无疑有利于读者的阅读,这种严谨的学风是值得注意并应该提倡。

编年翔实。吴伟斌同志的诗文编年,认真而严格,每一篇诗文的编年,都列出可信从的根据,而且还与现代出版的同类著作的诗文编年加以对照评析,求真求实。如元和五年的《夜坐》、元和十年的《感梦》、长庆元年的《郭钊等转勋制》、大和五年的《遣风二十韵》等就是其中的一些例子。碰到复杂难辨的问题,《新编元稹集》则不惜花费较多的笔墨,加以考证,辨明真相,如《莺莺传》的作年考证、《有唐武威段夫人墓志铭》与《唐左千牛韦佩母段氏墓志铭》的作者辨别、作年考实就是明显的例子。而随手翻阅已经出版的几部元稹研究专著,编年的情况就不像《新编元稹集》这样认真。如元和四年,元稹《除夜》诗之后,《元稹年谱》又编年诗4首,《元稹集编年笺注》编年诗篇14篇,《元稹年谱新编》编年诗歌9首,而这显然是有悖常理的编年。《新编元稹集》另一个着力点在元稹诗文的混合编年。传统的编年一般是诗歌编年与文章编年分别进行,如果两者混合编年,自然增加了编年的难度。《新编元稹集》的编年,从元稹第一篇的面世到元稹谢世前最后一篇存留,不论是诗歌,还是文章,不论是集内诗文,还是散佚诗文,一律都是按元稹写作时间之先后编排,形成一目了然的元稹39年诗文创作的"路线图"。不仅如此,《新编元稹集》在编年栏目内,首先陈述《元稹年谱》《元稹集编年笺注》与《元稹年谱新编》的编年意见及编年理由,这既是对原著者的尊重,也是正规学术研究必须具备的挚实态度。然后逐条提出三书陈述理由之不当,接着陈述自己的编年理由与编年意见,让读者客观听取双方的不同意见而判定史实的是非,决定自己的取舍,这是传统学术研究的科学规范。抽查数十处《新编元稹集》诗文之编年,篇篇如此,无一例外,给人客观公正之感。《新编元稹集》还在书后附录《〈新编元稹集〉与〈年谱〉〈编年笺注〉〈年谱新编〉编年对比表》,罗列四书对元稹诗文不同的编年意见,《对比表》显示,《新编元稹集》与其余三书的编年异同竟然在90%以上。又随手抽查数十处四书诗文编年之异同,果然如此。

至此,我又想起2007年为其《元稹考论》《元稹评传》作序时引用的清代学术名家章学诚于《文史通义》中所说的话:"高明者多独断之学,沉潜者尚考索之功,天下之学术不能不具此二途。"现在通读《新编元稹集》,更感到亲切。吴伟斌同志将独创之见与专心沉潜的考索之功密切结合,这对文献研究与文学理论阐述结合的研究当甚有意义。如即以校勘而论,据其"前言"所述,仅就元稹《才识兼茂明于体用策》一文,校勘时除各种版本外,还参校有关典籍,如《唐大诏令集》《登科记考》《册府元龟》等,竟有十二种之多,这实为罕见,确如章学诚所说的"沉潜者尚考索之功"。书中还注意对元稹诗文写作时间的考索,作诗文编年,谓其成果有"自成体系的二千五百六十六篇元稹诗文创作的'路线图'"。这对于探索元稹生平事迹及创作行程极有意义。故我用"论证严密,新见迭出"作为序题,当得到学界的共识。

"书山有路勤为径,学海无涯苦作舟。"热诚希望吴伟斌同志在今后研究元稹的岁月中,继续跋涉攀登学术的新高峰,努力破浪到达成功的新彼岸。

2014年3月

(《新编元稹集》,将由三秦出版社出版)

《唐人编选诗文总集研究》序

2005年,我应邀受聘为中国人民大学国学院特聘教授、博士生导师。次年,卢燕新同志考入国学院。他是人大国学院第一届学生,也是我从事教学工作指导的第一位博士生。在开学后不久的师生见面会上,他对我谈起读博期间打算研究唐人编选总集的想法。这一领域,我曾作过一些研究。1992年,我和美国密支根州立大学李珍华先生合撰《河岳英灵集研究》;1996年,我编撰《唐人选唐诗新编》;此外,我还撰写了几篇论文,相继发表在《文学遗产》等刊物上。虽然这几年学界对唐人选唐诗研究渐有升温的趋势,但据我的观察与体会,这一领域,有诸多问题尚有进一步研究的必要。听了他的想法,我很高兴,便建议他从搜集材料入手,多积累、勤思考,力争能够深入研究这一题目。

卢燕新同志极为勤奋。2006年10月中旬,也就是在确定研究方向一个多月稍后,我在南京开会,他打电话告诉我,说他怀疑《翰林学士集》所收录诗人的部分职官题名与史实不完全相符。《翰林学士集》所录诗人均题有职官,长期以来,学界将这些职官作为研究这些诗人的资料。其是否有误,这是一个值得深入研究的学术问题。我希望他详查资料,最好撰写一篇小文章。稍后,他撰写了《〈翰林学士集〉题名职官考辨》。2007年,这篇文章发表在《中国典籍与文化》上,并在"人民大学复印资料"全文转载。此后两三年,卢燕新同志在唐人编选诗文总集这一领域渐渐步入正轨,相继在《文学遗产》《文史》等期刊上发表近10篇文章。在此基础上,他逐步完成了他的博士论文总体构思。

他的博士论文定名《唐人编选诗文总集研究》,共设三个部分:第一编总论部分,重点探讨前唐编纂诗文总集对唐人的影响、唐人编选诗文总集的社会文化背景、唐代编纂者的心态、编撰人员类型特点、选本批评及其特征、唐人编选诗文总集的传播规律。这一部分,他没有局限于对传世十三部诗歌选本的考察,而是把唐人编选的诗歌总集与文总集同时纳入研究范畴,上溯其源,中论其变,下述其流;既研究编者群体,又研究编选收录的文士及其作品,也研究传播过程中的错讹舛误。如第3章第3节,据李康成《玉台后集》、高仲武《中兴间气集》、蔡省风《瑶池新咏》等五部传世诗总集,考察唐总集编纂家选录女性诗作及其心态。又如,第5章第4节以《新唐书·艺文志》《玉海》为重点,考察唐人编纂诗文总集在传播过程中的重出与误收等。这些研究,将唐人编选诗文总集作为一种文化现象整体考察,其研究视野是值得肯定的。

论文第二编分论部分,以个案研究为主。他重点选取初、盛、中、晚四个时段几种选本,或探讨编撰人,或研究编选内容,或考辨收录文士及其作品,或论述编选家选本批评的得失。唐人编撰的有些集子,虽然学界成果甚丰,但是,卢燕新同志仍能提出一些新的观点。如《河岳英灵集》,他以(宋)洪迈《万首唐人绝句》、(元)杨士弘《唐音》、(明)陆时雍《古诗镜》、(明)高棅《唐诗品汇》以及王琦注《李太白全集》、赵殿成《王右丞集笺注》等前人成果为参照,统计殷璠选古体诗174首,占全集选诗数的75.6%;选近体诗56首,占全集选诗数的24.4%。这样,他用数据分析的方法,使今人能够看出殷璠对古、今体诗的不同态度。有些集子,学界关注较少,他的论文则做了较为全面深入的研究。如《西汉文类》,这是唐人编辑的为数不多的仅选唐前文章的集子。该集久佚,宋人做过一些整理,但后来,整理本也散佚残存。因此,关于该集的编撰人、编选特点等,都有研究的必要。卢燕新同志论文指出,柳宗直生于唐德宗建中三年(782),卒于元和十年七月十七日,享年三十三岁;《西汉文类》乃柳宗直"配合柳宗元所倡导的古文运动,为'学古者'提供借鉴之蓝本";"《西汉文类》追求高古壮丽、比兴风雅、简野质朴,而反对靡荡华丽文风";等等。其他,如《续诗苑英华》《群书丽藻》等,这些集子,多已散佚,加上相关典籍资料较少,今人往往很难明察唐人编选的诗文总集的详切体制特征。因此,这些研究,就有着特殊的意义。

文章第三编为文献整理辑佚。这一部分,他在前人研究的基础上,辑补杨恭仁、赵方等编选《宴乐》五卷、吴兢纂《古乐府》十卷、姚合《诗例》一卷等,总15种。同时,他又辑考温彦博《古今诏集》、王方庆《王氏神道铭》、李吉甫《类表》、马总《奏议集》、李太华《新掌记略》、林逢《续掌记略》、五代前蜀刘赞《蜀国碑文集》等唐人编纂的文总集,总75种。这些考证,澄清了《旧唐书·经籍志》《崇文总目》《新唐书·艺文志》等典籍的阙漏错讹,对唐人编撰的诗文总集,做了一次很好的文献整理工作。

《唐人编选诗文总集研究》在总体研究结构上很有特色。全文三个部分，既各自独立，又互相照应。第一部分为总论，乃宏观研究，是论文的主体。第二编分论部分，采用学术界传统四唐分期，虽以个案研究为主，但论文兼及唐人选编诗文总集在不同历史时期的面貌特点。第三编辑考部分，旨在照应宏观理论研究与微观个案研究。这样，全文将理论研究、个案探微、材料考述较好地结合在一起。

光阴似箭，转眼，燕新同志已离开我到南开大学工作了五年。这期间，我常常思忆和他在一起的日子。每次我到人民大学与他讨论问题，他总是提前到公交车站接我。好几次，我到他宿舍看他，为了迎接我，他前一天晚上就开始打扫卫生。他读博期间，我和他平均每礼拜至少见面一次。为了更好地交流，我们选择的地点往往不拘一格：有时，我俩在人民大学国学院办公室讨论；有时，我俩在国学院资料室共同检阅典籍；有时，我俩在人民大学校园散步交流；有时，我俩坐在人民大学校园内草地上畅谈。我和他谈学术、谈生活、谈他的理想……有一次，因冬天寒冷，我俩便坐在人民大学贤进楼会客大厅讨论他的稿件。另有一次，我应邀参加北京大学中文系博士生论文答辩，为了有更多的交流机会，我特意约他提前到北大，我俩绕着未名湖走了一圈。他是陕西人，每学期开学，我都要约他到人民大学西门外陕西餐馆小聚，我们一方面品尝陕西菜肴，一方面交流他一学期的打算。每次放假，他离校前夕，我也会约他到陕西餐馆餐叙，话别之余，我们一方面交谈他一学期的收获，一方面也会谈谈各自假期的工作安排。往事历历在目，每一次，我俩总是那么愉快。

毕业后，他经常用电话或书信和我联系，我也经常关注着他的学术发展。2010 年，南开大学举办唐代文学会，我希望他多做接待工作、谦虚学习。他没有辜负我的期望。2012 年新疆唐代文学会，他就被推选为理事。他的工作取得新的成绩，我很高兴。

为了给他提供更多的学术交流的机会，2011 年，我推荐他与卢盛江教授合作承担智品图书出版公司唐诗选注工作，又推荐他二人为该公司中国历代诗歌选主编。2012 年，台湾三民书局请我推荐几位学者撰写唐代文学史，我便推荐了他。2013 年 7 月，泰山出版社邀请我主编《中国传统文化基础教材》，我又推荐他为编委成员。同年 8 月中旬，我介绍他参加浙江宁波鄞州区宣传部举办的浙东文化学术研讨会。孔子《论语·季氏》曾云“益者三友”：“友直，友谅，友多闻，益矣。”我想，只要能有益于燕新同志的学术发展，我愿足矣。

而今，他的博士论文即将出版，我为之感到高兴。同时，我相信，虽然他的论文获评 2011 年全国优秀博士论文，他会戒骄戒躁、不止步于现状。据我的观察，他所感兴趣的领域尚有广阔的空间，我预祝他做得更好。

2014年春于北京六里桥寓居

（《唐人编选诗文总集研究》，将由中国人民大学出版社出版）

中辑

欲穷千年目　通览此套书

2005年下半年，商务印书馆于影印文津阁《四库全书》的同时，又出版一部大书，即林夕先生主编的《中国著名藏书家书目汇刊》。此书收集自宋至20世纪前期有代表性的藏书目158种，将近半数系第一次公之于众，有80来种为名家抄本、校本和稿本。全书皆按原书尺寸拍摄影印，16开本，共70册。这应当说是新世纪古籍研究与传统文献整理的又一部力作。

近几年来，我受全国古籍整理出版规划领导小组邀约，参与主编《中国古籍总目》，这部《中国著名藏书家书目汇刊》出版，必将为现正从事于此项工作的几家主要图书馆提供极有价值的信息资料，而对于我们当代不少正从事于古文献整理与古代文史研究的专家学者来说，这套《书目汇刊》也是必读之书。

"书籍是人类进步的阶梯"，作为世界文明古国中书籍数量最多、流传时间最久的中国来说，其悠久的历史文化，是与书籍的收集、保管、流传及开发利用等密不可分的。中国藏书文化应该是中国传统文化极为重要的组成部分。清代一位著名藏书家张金吾就特意指出，"欲致力于学者，必先读书，欲读书者，必先藏书；藏书者，诵读之资，而学问之本也"（《爱日精庐藏书志序》）。这就是说，要做学问，必先读书，要读书，则先要藏书，藏书是"学问之本"。故中国自先秦起至明清，直至近现代，藏书家与学问家总是合为一体的，而藏书家对其所藏之书编目，实为一种特殊性的学术著作。可以说这部《中国著名藏书家书目汇刊》实在可以给我们了解我国古代历史悠久、内容丰富的藏书，"开索书之门径"，"标研书之脉络"。

这部书的一大特点，即所汇辑的书目有80多种系第一次收辑、印行。如明代会稽纽氏世学楼、清代允祥怡王府、四明卢氏抱经楼以及清季近世的徐世昌晚晴簃、李盛铎木犀轩等，藏书蜚声中外，却无书目刊行，读者渴望一窥珍秘而不可得。

现林夕先生与北京煮雨山房文化艺术公司合作，根据已有的书面文献，精心细研，求之公私藏书，觅得抄本甚至稿本，公之于此。

该书不仅广搜各种版本，且对版本进行认真比勘、研究。如吴氏《拜经楼书目》，有两种抄本，一为清抄本，吴骞藏并编，藏于国家图书馆，另一为民国抄本，吴之澄藏并编，藏天津图书馆；经调查，二本内容有所不同，后者尤不为人知，值得研究，就都收入。又如晚清民初藏书家李盛铎，曾为出使日本大臣，在日期间，收购有许多日本、朝鲜古刻本及在中土已佚的宋元珍本，在国内则广泛从湖南、山东等地选购，自编有好几种书目，如《木犀轩收藏旧本书目》《木犀轩藏宋本书目》《元版书目》等初稿，其特点是详记各书外部形态，如装订方式、行格、牌记、藏章、刻工等。现本书《汇刊》则从十几种抄本中择优选辑，即藏于国家图书馆之抄本及民国铅印本，应当说是精选珍贵之作。

即使以往曾经出版过的书目，林夕先生等也经研究，择优而从。如南宋尤袤《遂初堂书目》，过去已有好几种印本，现在则选用民国24年(1935)锡山尤氏排印本，此本吸收以往各本之长，并附有校记。赵用贤《赵定宇书目》，20世纪50年代曾影印清初抄本，现本书则用影写清初抄本，影摹工致，字迹清晰，细微处竟较影印本为胜。又如清初钱谦益《绛云楼书目》，著名版本目录学家、陕西师大黄永年教授藏有清初抄本，可谓孤本，黄永年先生跋语鉴定为钱氏原抄本，较世行各本独有胜处。这次就特与黄先生联系，收入《汇刊》，将多年秘藏之本公之于世。

又如清初江南藏书大家钱曾，几十年如一日孜孜以求收藏古书，曾自称"二十年食不重味，衣不完采，摒当家资，悉藏典籍中"(《述古堂藏书自述》)。其平生所嗜，以宋刊本为最，一生所收，多宋元旧刊。其所编《也是园藏书目》，著录各类图书三千八百余种，《述古堂藏书目》著录二千二百余种。这两种书目也已有刊行，这次收于《汇刊》的，其《也是园藏书目》为清归安姚氏咫进斋抄本，《钱遵王述古堂藏书目录》则用民国七略盦抄本，此本即出自钱氏述古堂抄本，确经过细研精选。

我们如通读、遍检全书，定会深感这部70册的大书确实保存许多珍贵的文献资料。这可分为两类记述：

第一类是记载当时还收存、流传的古书，但有很大一部分后世已无法见到。如清初以来著名藏书家徐乾学、钱曾、季振宜、黄丕烈、汪士钟等收藏有大批宋刊本，递相传存，珍为拱璧。黄丕烈(号荛圃)购藏宋版书达百种，故把藏书室称为"百宋一廛"。同时的王芑孙在《黄荛圃陶陶室记》里就特赞曰："今天下好宋版书，未有如荛圃者也。"但他们所录的书，今天有很多已不见著录，只能在书目中见其名目。这当然是一大遗憾,但我们能在其书目中得见中华民族的文化宝藏,更可显示历代藏书家书目无可代替、不可或缺的历史价值。

第二类是所记的大量古书,仍留传到今天,这更有助于我们梳理这些珍品的身世,追踪收藏的脉络。我们现在要考索古代著作的流传,撰写古书提要,作目录版本研究,就可以借助这部《汇刊》所提供的讯息。当今拍卖会上经常出现往日名家藏书,这就需要翻检、核对他们的书目。如现在拍卖会上经常遇到近代名家徐乃昌旧藏之物,大家就渴望检阅徐氏藏书目,可是徐氏藏书目未刊,仅有个别抄本,知者很少,借阅不便。现在这部《汇刊》影印出国家图书馆所藏的徐乃昌手编之《积学斋书目》稿本,徐氏亲笔书写批注,真是十分难得,可以满足大家的需要。

还有一点值得提出的,是本书在体例上既注意规范化,又着意开创性。如按规定,所收为藏书家书目,而非书志或提要。中国历代藏书目录,体例多样,有些只录书名、卷数、著者、版本,有些则有题解,辨章学术,考证版本,类似随笔札记。这是各有特色、优点的。这部《汇刊》所收主要为前者,当更便于版本核查,自有其特色和价值。如南宋时有三家藏书目,《群斋读书志》《直斋书录解题》各有提要,而尤袤的《遂初堂书目》则仅录书名、版本,但此书录有家藏之书三千二百余种,所录版本有成都石刻本、杭本、京本、江西本等,还有高丽本,有二十来种,这应当是开创后世版本目录学的先河。本书按编例,分明清卷和近代卷,现在则仍将《遂初堂书目》列于明清卷之前。又如近代卷,除一般藏书目外,还着意于辑录包括词曲、小说、闺秀作品的专藏目录,如清末以来词集收藏大家缪荃孙、林葆恒的藏词目录,怀宁曹氏、长白志氏、马廉、吴梅等所藏戏曲、小说目录,昆山徐氏、胡氏所藏闺秀著作目录,皆系第一次刊印。郑振铎的《西谛所藏善本戏曲目录》虽已有民国26年刻本,但仍收入,其《西谛所藏弹词目录》,则为民国时打字本,藏国家图书馆,也特为列入。这些专藏书目,对当今词曲、小说及妇女作品研究,可拓展视野,使人耳目一新。

(《中华读书报》,2006年3月1日)

《子藏》:一座宏大的子学经典库

——有感于《子藏·道家部·庄子卷》的出版

2010年3月27日至28日,我应邀参加并主持了华东师范大学举行的《子藏》论证会,与陈鼓应、卿希泰、陆永品、许抗生、王水照、萧汉明、赵逵夫等先生共同为超大型文献整理项目《子藏》工程的启动献言献策。论证会开得很成功,主办方准备得充分、认真,各位专家畅所欲言。会上,形成了《子藏》论证决议书,一致认为《子藏》编纂,"不仅是对现有古籍的再生性保护,而且有助于全面、深入地研究中华传统文化","《子藏》编纂工程可以成为国家重大学术文化项目,表明盛世修藏,功莫大焉"。时隔一年半,《子藏》的首批成果——"《庄子》卷"由国家图书馆出版社出版发行了。该卷共收历代《庄子》版本及相关研究性著作302种,精装16开162册,可谓皇皇巨著。惊喜之余,亦感佩《子藏》项目组前期资料准备之充分,日常工作之勤奋。我主要是研究唐宋文学和文献目录学,没有专门研究过"子"。当时在《子藏》论证会上听了华东师范大学方面的介绍,即觉得从文献的角度看,《子藏》亦足以传世。今得见其具体成果,更坚定了我的看法。总的说来,《子藏·道家部·庄子卷》具有以下特点:

一是前期准备充分,积累深厚。编纂者方勇教授是研究《庄子》的专家,20世纪80年代即沉心于《庄子》研究;1997年,进入北京大学中文系博士后流动站,全力研究《庄子》学术史,并取得阶段性成果;出站后,去华东师范大学中文系工作,又历经近十年,完成了200万字的《庄子学史》,于2008年由人民出版社出版。正是通过对历代《庄子》学深入细致的研究,才对其版本传承、价值和特点了然于心,故而编纂起来轻车熟路,得心应手。自2003年起,方教授等即有编纂《庄子》集成的想法,历经近七八年的资料搜集,方成《子藏·道家部·庄子卷》。古人云"十年磨一剑”，方先生历经近三十年，诠释《庄子》、撰写《庄子学史》、编辑《子藏·道家部·庄子卷》，三者相辅相成，文献思辨并备，堪称庄子学研究领域的重大成果。

二是明确的图书收录的体例和编纂原则。超大型图书纂集，这是最重要的。在论证会上，各位专家对此也多有建言。今《子藏·道家部·庄子卷》编成，为《子藏》的进一步编纂树立了很好的体例样本。首先确立了“全”和“精”相结合的选书原则。“全”即凡例合收录原则之书，务必竭泽而渔；“精”即版本必善，印本择善而从，手稿、抄本，搜罗殆尽。其次是针对具体文献具体处理，不搞“一刀切”。如《子藏·道家部·庄子卷》收书下限截至1949年，而对于新中国成立后整理的出土文献如敦煌《庄子》残卷、黑水城之吕惠卿《庄子义》则不受此限制，一并收入，这样既坚持了原则，又不致遗漏重要文献。再次是编纂时最大限度地保持了古籍原貌。在当前条件下，超大型丛书的整理不外乎影印和点校两种方法，有时只取其一，有时兼而用之。《子藏·道家部·庄子卷》版面，设为16开本，原书大小影印，有些善本甚至采用了彩色影印，如金大定十二年(1172)刊本《壬辰重改证吕太尉经进庄子全解》(现藏中国国家图书馆)。原书大小影印的好处是可以避免编纂者的“二次”错误，书籍的版本款式得以保存，原汁原味，书的整个精气神也就出来了。同时，名家批点多在天头地尾，如果缩印或拼接，势必割去，十分影响效果。《子藏·道家部·庄子卷》在这方面做得很好。

三是版本搜罗完备，善本丰富。以历代《庄子》版本汇为一编，最能嘉惠学林者，此前乃有台湾严灵峰纂辑的《庄子集成》初编、续编和《老列庄三子集成补编》。严氏“三编”共收中国《庄子》书172种，今《子藏·道家部·庄子卷》后出转全转精，共收书302部，不仅在收书数量上超过了严氏，在收书质量上也有大幅提升。如明邵弁撰《南华真经标解》六卷、张居正撰《少师张先生批评庄子义》十卷、张位撰《南华真经题评》十卷、李栻辑《南华真经义纂》十卷、顾起元撰《遯居士批庄子内篇》一卷、卢复辑《南华经晋注》、金兆清撰《庄子榷》、陈荣选辑《南华经要删注释评林》、吴伯敬撰《南华经台县》三卷、文德翼撰《读庄小言》一卷、庄元臣撰《南华雅言》一卷、曹宗璠撰《南华泚笔》二卷、陶崇道撰《拜环堂庄子印》八卷等，皆为珍稀之本，严氏未收，本卷一一收录。《子藏·道家部·庄子卷》特别注意对版本的遴选。如陈景元《南华真经章句音义》十四卷、王雱《南华真经新传》二十卷、褚伯秀《南华真经义海纂微》一百零六卷等，不用常见的涵芬楼影印《道藏》本，而直接以原北京白云观所藏梵夹本明正统《道藏》作为底本，因为编纂者发现涵芬楼影印时已将各书中众多扉画尽皆删去，版式也多有改动，已非原书之旧。《子藏·道家部·庄子卷》尤其注意搜集抄本、手稿和名家批注本。如上海图书馆所藏清郭庆藩手稿《读庄子札记》八卷，中国国家图书馆所藏闻一多手稿《庄子章句》《庄子校补》《庄子校拾》《庄子义疏》，均是庄子学研究的重要文献资料，此次均影印刊行。

总之，这部《子藏·道家部·庄子卷》远超严灵峰《庄子集成》等，该书的出版，必定在《庄子》研究领域产生重要的影响，并对新世纪的诸子学研究产生巨大的推动作用。而以“《庄子》卷”为代表的《子藏》工程将顺利完满地完成，并成为传世经典，也是可以预见的。

（《光明日报》2011 年 12 月 5 日，国学版）

唐诗有了排行榜之后

——读《唐诗排行榜》

新近读到武汉大学王兆鹏教授的《唐诗排行榜》，感到眼前一亮，异常兴奋。这是一部既有传统深厚理论依据，又处处洋溢着现代学术新意的著作。这部著作从传播和接受的角度，依诗作影响深度和广度的标准对有唐三百年间的诗歌第一次进行了令人信服的排行，这种研究方式和文本呈现，无论在理论拓展还是实践创新方面，都具有开创性意义。

众所周知，品第批评是中国传统文学艺术批评中的一个重要组成部分，体现出“中国式批评”注重直觉把握和直观呈现的特点。从汉魏到明清，品第批评的方式，在中国文艺批评史上承流接响，不绝如缕。在“品第批评”这一传统方式逐渐淡出现代批评家的视野的时候，兆鹏先生的《唐诗排行榜》以鲜活的样本让其走出历史的尘埃，又一次展现在人们的眼前。因而，对于“品第批评”这一古老的文艺批评方式在当代的“复活”，《唐诗排行榜》功莫大焉！

《唐诗排行榜》既有对传统品第批评方法的合理承继，更有开拓和创新。传统的品第批评虽然有着直观、显眼的优点，但其品第、分级在很大程度上取决于批评家一己之好恶，缺乏科学的依据和规范的操作流程。与之相比，《唐诗排行榜》在具体品第标准的择取和操作规程的设置方面比传统的品第批评模式有了突破性的进展。

以往的文学研究，特别是社会学角度的文学研究，虽然也可以经常见到数据的出现，但这些数据本身并不是作为文学研究的核心因子而存在。而《唐诗排行榜》却不同，它跳出传统人文社科观照的畛域，以数理解析的方式来观照和研究文学。这种研究，无论是角度还是方法，都是全新的，而且运用得相当成功。可以说,《唐诗排行榜》为传统的文学研究探索了一条新路径,开拓了一片新空间,对于当前文学研究界的创新研究,起到了引领和示范的作用。

以往一些文学研究新方法,往往被演绎得颇为复杂,给人以“高处不胜寒”的感觉,在让人感到高深的同时,也会让人产生宁可避之不用的想法。而《唐诗排行榜》却不同,其研究结论虽由一个看似复杂的数学公式计算得出,但经过作者深入浅出的介绍,这个数学公式的各个条项就清楚地展现出来,毫无烦琐或高深之感,易于掌握,便于操作,其他研究者完全可以依据此一方法、借鉴此一公式,做一些诸如“史学名作排行榜”“哲学经典排行榜”之类的研究。这就是《唐诗排行榜》“授人以渔”的地方,其理念与方法的创新并不是为了一己之研究,而是为了推动整个学术的拓新与发展,这是《唐诗排行榜》及其研究理念与方法的最为可贵之处。

当然,依据数据为基础的研究,其研究结果是否科学可信,在很大程度上取决于数据采样的全面与否和具体分析讨论的科学与否,《唐诗排行榜》从“古代选本”“现代选本”“历代评点”“当代研究”“文学史录入”“互联网链接”等多个维度来收集和审视数据,同时,又对所收集的各项数据指标进行了标准化处理和加权计算,应该说,其数据覆盖是有效度和信度的,其具体分析和计算的过程是科学合理的,因而,其研究结论是科学可信的。当然,该书也还有待完善之处,诸如选本的采样、评点资料的采集,还可以扩大范围,特别是古代的选本应该多采样一些。数据的权重,也可以做得更客观一些。

我们传统的文学研究者经常在思考一个问题,那就是:“传统的古典文学研究该如何走入大众,进而为人民群众所喜闻乐见、愿意接受?”在这方面,《唐诗排行榜》也为我们提供了一个很好的途径。从这一层面而言,《唐诗排行榜》不仅仅是严肃的学术著作,更是普及经典的功臣!

【附】唐诗排行榜前十名

第1名	《黄鹤楼》	崔　颢
第2名	《送元二使安西》	王　维
第3名	《凉州词》(黄河远上)	王之涣
第4名	《登鹳雀楼》	王之涣
第5名	《登岳阳楼》	杜　甫
第6名	《登柳州城楼寄漳汀封连四州刺史》	柳宗元
第7名	《临洞庭湖赠张丞相》	孟浩然
第8名	《题破山寺后禅院》	常　建

第 9 名 《送杜少府之任蜀川》 王 勃

第 10 名 《蜀道难》 李 白

(《光明日报》2012 年 2 月 5 日,《唐诗排行榜》,中华书局 2012 年出版)

关于木斋的探索

——从《曲词发生史》两序说起

近年来，木斋的几部学术著作源源不断问世：先是2008年中华书局的《宋词体演变史》，2009年人民版的《古诗十九首与建安诗歌研究》，随后，便是这本颇受学界关注并欲热切讨论的《曲词发生史》。《中国韵文学刊》为此开辟专栏，笔者被邀请为主持，允有一席之地，先发浅见，抛砖引玉，诚为幸事。很多年来的学术评论，大多流于形式，徒有书评，而不见思想的交锋，木斋的词体起源和五言诗起源两大研究，由于反思力度大，学术价值高，争论空间大，引发争论，是自然而然的事情。我希望，各种不同意见的学者，都能各抒己见，通过探讨、论辩，将文学史这两大疑案的研究，推向新的历史阶段。

木斋《曲词发生史》，纵横捭阖，规模宏大，一时之间难以做出全面的评价，因此，本文从该作的两序说起。此书稿初成的时候，作者曾经邀请我为之作序，我也曾认真阅读了书稿。阅读全书，颇有一气呵成，令人一经入手便有欲罢不能的阅读快感，因此，也确曾考虑再次为之写序。之所以未能动笔，首先的考虑是词的研究并非我的专门，作为局外人来评论不一定合适；其次，我考虑此前所作书序已经很多，特别是对木斋有关古诗十九首的研究刚刚发表过个人见解，因此，很想听听学术界，特别是词学界其他学者的评价。果然，木斋此作甫一问世，便读到马兴荣先生和刘崇德先生两大书序。两位学者分别主要从词的角度和曲的角度给予高度评价，特别是书中还刊印了两位学者的原稿影印，这都很有意义。

马先生书序中，首先谈到了自身早年师从刘尧民先生，并且接受到的正是词源于燕乐的教育："我早年从刘尧民先生学词，对刘先生主张的'词的起源不是突变，而是一个长期的进程，它是汉魏以来的诗歌长期进化的结果，是诗与音乐由冲突到接近，到融合的结果。使诗在形式和系统都达到融合的是燕乐。’印象很深。后来陆续对燕乐、对敦煌曲子词有所接触，感到谈词的起源，还必须注意民间词。这也就是说，我认为词起源于燕乐与民间词。这在拙著《词学综论》中已有论述。”

随后，马先生对此书的主要观点论述说：“木斋确认词起源于宫廷，而不是起源于民间，时间是盛唐天宝初年。正由于词起源于宫廷，整个唐五代曲词的本质属性都是宫廷文化的产物。李白词、花间词、南唐词正是盛唐宫廷、西蜀宫廷、南唐宫廷三大宫廷文化的产物。并以为影响词体发生的音乐因素不是以胡乐为主的燕乐，而是经过法曲变革之后所形成的清乐（吴声西曲）为主体，以声乐曲为本质属性，以内宴、家宴演唱为主要形式的音乐品类。认为曲词在发生史阶段，主要是一种江南文化的产物。江南文化中小巧艳丽等特点，构建成为曲词发生时代的基本特质。认为敦煌曲子词既非早于李白之作，也非主要是民间之作。同时认为唐五代词以后，以柳永为标志，才发生了曲词市井化的变革，随后发生了士大夫群体对曲词形式改造的运动，即张先、晏、欧、苏东坡对伶工之词、市井俗词的改造，从此，词这种形式才真正成为士大夫的词，诗人的词。”这一段论述，可以说是对木斋此作的一个极好概述。马先生随后评价说：“木斋先生在多年积累的基础上以超人的才识，力辟旧说，为词的起源、发展开辟了一个全新的境界，很值得词学界的朋友们（包括我）深思、探讨。”在这里，我读到了一位富有责任感、正义感的学者的博大襟怀，一方面，申明了自身所受到的师传正是木斋所颠覆的词体源于燕乐的传统认识；另外一方面，却并不妨碍对新观点的理解和接受，不妨碍对后辈学者的鼓励和支持。马先生年长我十岁左右，这种学术襟怀值得钦佩。学术，本来就是一个不断求索的过程，否则，停留在旧有陈说上，学术怎能前进？事物的发展规律，总是经历看山是山，看山不是山，看山还是山的过程，但第三个阶段的看山是山，已经不是第一次的直观看山是山。其中的哲理思辨意思，令人玩味不尽。其第二个阶段的否定，也就是看山不是山，看似是错误的，是没有价值的，其实不然，它是事物发展不可或缺的重要组成，没有这貌似远离真相的第二个阶段，就很难实践和完成向第三个阶段的飞跃和革命。木斋自云：他的研究恰恰是对古人说法的回归。想想也确实如此。譬如古人何曾有所谓的民间说？反而关于李白词为“百代词曲之祖”的说法不绝如缕，“民间说，燕乐胡乐说，李白词为传说伪作”之类的说法，基本上是胡适之后的说法，古人虽然有，譬如胡应麟曾经怀疑李白之作为伪作，但并没有引起古代学者的反响和认同，一直到胡适之后才蔚为大观。古人最早的说法，或是较早的说法，应会更为接近历史的真实，它们远比后来学者受到各种思想形态的影响之下形成的学说更为贴近历史。但远离历史的这些认识，实际上是从多维的视角,甚或是从相反的角度,来完成回归历史本相的使命。

刘崇德先生精通于音乐研究,这对于古代文学界,特别是词学界,尤为难得。本人对中国音乐史研究不多,一直以为憾事,所以,也只能就刘先生之所论,略抒自己的感受。刘先生首先说:“读其《古诗十九首与建安文学研究》一书,深深叹服其高屋建瓴之架构,摆落旧说、颠覆积习的胆识,亦为木斋先生完成汉魏六朝乐府史论的一次飞跃而备感鼓舞。于是,益加欲其一纵健笔,再申高论,在词学研究领域更辟一新境界。”这一评价极有概括力,首先是“高屋建瓴之架构,摆落旧说、颠覆积习的胆识”,这一点,我深有同感:以学术专著的形式专门来探讨论证曲词发生史这样的文学史公案,非大勇气大学识莫能办。

木斋的两大研究,采用的其实是同一个方法,或说是在同一个方法论之树上结出来的丰硕成果,且其方法论本身也非常值得研究。这种方法论自然有很多方面的因素,我看其中最为重要的一个方面,就是采用了多角度溯本追源的流变史方式进行内证。十九首研究,是从两汉,特别是从西汉逐一排查有无可疑的诗人,逐次排查到曹植,再进一步深入进去研究和论证,这就像破案,将全部嫌疑人一一排查,通过否定和排除的方法,找到作案嫌疑人,然后,深入研究其作案动机和作案过程,最后达到破案完成。木斋词的起源发生问题研究,衔接了十九首研究的成果,从建安曹魏的清商乐论起,依次论证江南清乐、北朝、隋代初唐燕乐,最后论证到盛唐法曲清乐回归,曲词之曲的发生就水到渠成了。这就是刘崇德先生所说的“完成汉魏六朝乐府史论的一次飞跃”。随后,刘先生进一步阐发说:

> 近百年来关于词体及其起源,可谓丛论脞说,界石林立。一涉词乐,又大多于误区盲点中摸象扪烛。拙著《燕乐新说》虽探词曲之源于燕乐声乐化、娱乐化的曲子,然仅止于就乐论乐。木斋先生此书则以穿透历史的眼力,过人之才识,综观词乐与词体。近辨法曲清乐于“消费”“功能”之间,远溯法曲乃魏晋宫廷清乐之流亚,继又深察“艳体”与齐梁南朝宫体之关系,以无可置疑的论据驱去笼罩在词体起源上所谓民间文学说这一“怪物”,明确提出“词体非源于民间,而起源于宫廷”,“词非源于燕乐胡乐,而是新兴声乐曲子的产物”,而这一新兴声乐则是由魏晋宫廷清乐发展而成的法曲,“宫廷”“女性”则是曲子的禀赋本貌。书中又将曲子的写作追溯到盛唐,论述了李白对曲子的写作对词体发生的奠基到中晚唐曲辞《花间集》的体格流衍,进一步申明词体与帝王宫廷的关系,探讨曲辞,即词体从宫廷向民间的转移,指出其本为唐宫廷文化的产物,随

后，才由帝王宫廷向外转移，渐次进入到一般士大夫阶层和青楼北里，成为一种市民文化。秦楼楚馆实为词曲播散之地，而非其源。此说一出，不仅词体起源发生这一千古之谜得以破解，而且，词体本质何以为“艳科”，“以清切浅丽为宗”“要眇宜修”自然明朗矣。

两位学者的序文，给予了木斋词体起源发生于宫廷说、词体音乐为曲子清乐说高度评价，我相信，随着时光的前行，会有越来越多的学者给予木斋之说以更为深入、更为精到准确的解读和评价。

木斋的曲词发生研究，连同以古诗十九首为中心的五言诗起源发生研究，这两大研究，被有的学者评价为“开天辟地”“石破天惊”，为“让文学史不得不重思重写”之举。当今有熙熙攘攘的功利主义学风，我们对炒作、对故作惊人的不正当学术风尚已经厌倦，因此，当真正有重大价值的学术发现出现的时候，还是有习惯性的对之不屑一顾。我建议那些对木斋这两大研究尚未深入了解的同仁，不妨花费一点时间，来认真看看他的论证过程，必更有学术性的评断。

在这里，我想做这样的一个假设，如果没有木斋的这两大探索，我们的学术史当下是什么样的状况？我们依然会认为十九首为东汉无名氏所作，认为曲词起源于民间，起源发生于胡乐入华的燕乐流行，因为还没有出现任何一种新的理论体系，来为我们展示另外的文学史演变历程。学术史与时俱进，产生了木斋这样探索型的学者，产生了木斋的这两大研究，从此，在十九首东汉无名氏之说之外，有了有关十九首产生在曹植时代的系统而详备的说法；在曲词民间说、燕乐说之外，则有了基本完备的由六朝宫廷清乐到盛唐宫廷清乐法曲的详尽描述。木斋的这两大研究，无疑开启了后来者的学术视野，为学术界提供了极为宝贵的方法论，学术史无疑是前进了。

对木斋学术探索的两大成果，需要一个漫长的学术史接受过程，这是合情合理的——越是颠覆力度大的学说，就越难以被接受，这是规律。有学者认为：木斋的这两项研究，是王国维、胡适以来文学史最为重要的两大突破。这个评价也许过高，或是过早，但想想这两大研究，为我们的学术界带来了如此之多迥然不同的说法，确实值得思考和关注，而对其给予更多的深入批评和商榷，也许是更为有益的思考和关注的形式。

清代著名学者章学诚，在其论学著作《文史通义》中曾谓：“高明者多独断之学，沉潜者尚考索之功，天下之学不能不具此二途。”通读木斋这些年来的学术专著，对章学诚所言，更感亲切，故特引用，谨供学者参考。

（《中国韵文学刊》2012 年第 3 期，中国诗体词体起源发生研究专栏，2012 年 7 月）

寻本溯源，撮要撷精

——评方勇教授《庄子纂要》

今年4月，我应邀到上海参加华东师范大学先秦诸子研究中心主办的“先秦诸子暨《子藏》学术研讨会”，看到了方勇教授所撰《庄子纂要》八册（共400万字，学苑出版社），洋洋大观，让我又吃了一惊。近几年来，方勇教授的专著《庄子学史》、主编的《子藏·道家部·庄子卷》先后面世，对庄学研究起到了积极的推动作用，而《庄子纂要》的出版，也必将嘉惠学林。

我们知道，自先秦以来，历朝历代注《庄子》者数百家，研究著述可以说是汗牛充栋。但是，有一个问题是，《庄子》这部书有一种特殊的魅力，“好文者资其辞，求道者意其妙，汩俗者遣其累，奸邪者济其欲”（叶适《庄子》），每一位学习者、研究者对《庄子》都有不同的解读。这些解读成果不只保存在历代的庄学著述中，也散见于其他各种典籍甚至诗文中，亟须有人来梳理、整理、评价。这是我们当前研究《庄子》的基础。为什么这么说呢？现在有些人搞的研究，有一种不好的现象，常常凭空臆断，根据自己的“成心”发挥，这个问题方勇教授在《庄子纂要·序》中也指了出来，说“时下治庄，或鱼兔未获而筌蹄已弃，尤多华辞臆说，高谈而不根”。所以，我们要寻“根”，要有一个立论的基础。

方勇教授受到游国恩先生《离骚纂义》的启发，集八年之功，在浩瀚的古代典籍中，搜辑、整理与庄子学有关的著述，纂成《庄子纂要》。全书八册，前六册为主体部分，后两册附录《庄子诗文序跋汇辑》。《庄子纂要》前六册所收《庄子》三十三篇原文，以清光绪中遵义黎庶昌辑“古逸丛书”所收覆宋本唐成玄英《南华真经注疏》为底本。从体例来看，《庄子》诸篇前有“解题”，后有“总论”，末附“论文辑目”。这三部分可以说是相互联系、相互发明，而又浑然一体。各篇原文分为若干节，各节原文后依次为“笺注”“点评”“分解”“校勘”；篇末所附“论文辑目”则汇辑了近百年间研究者针对本篇所撰的相关论文。附录《庄子诗文序跋汇辑》二册，以手工检索与计算机检索相结合，从浩如烟海的历代文献资料中，辑出有关庄子序跋及诗文，依不同内容及问世先后而次第之，让读者和研究者看到了大量的第一手庄学资料。据统计，该书主要征引书目达到 152 种，涉及书目更是多达数千种，实可谓广而且博，如果方勇教授没有前期《庄子学史》以及《子藏·道家部·庄子卷》的积累，这是很难做到的事情。

在两千余年的庄学史上，有很多的研究成果，不管是一种学说，还是一个概念，都有它产生的源头。这个源头在哪里？它的发展演变又如何？这需要做一番扎实的考证工作。从《庄子纂要》征引的文献资料情况看，方勇教授已做了很多这方面的工作。比如，对《庄子·逍遥游》这一标题的阐释，方勇在“解题”中，从魏晋至民国，列举了 50 余家不同的说法，让我们对逍遥义的产生、演变有了一个较为细致的把握。在征引诸家观点后，方勇教授并没有就此止笔，而是以“愚按”的形式说出了自己的见解：“首篇以‘逍遥游’三字名篇，陆德明认为是取其‘闲放不拘，怡适自得’（《经典释文》）之义。这一解说是正确的。按‘逍遥’一词，早在《诗经·郑风·清人》中就已经出现，与‘翱翔’同义。而《楚辞》中尤为多见……庄子深受南方文化影响，故文中亦常用此词。……总括上述，可知‘逍遥’二字与‘相羊’‘容与’‘仿佯’‘彷徨’等词，或同义并举，或互文见义，乃是闲适自得之貌。所以，庄子所谓‘逍遥游’者，即是《让王》篇所说‘逍遥于天地之间，而心意自得’之意。”当然，这里的解释，有的学者也未必同意即是“逍遥游”的本义，但至少表现出了方勇教授探寻“逍遥游”本义的努力。在《庄子纂要》诸篇中，方勇教授在这一方面的“努力”一直贯穿着，而这正凸显出《庄子纂要》的学术价值。

方勇教授编纂的《子藏·道家部·庄子卷》，共搜辑到从先秦到民国时期的庄子学著作 302 部。如何从这驳杂的资料中把恰切而精当的内容摘录出来，即入乎其内，又出乎其外，这是很见学术功力的。我仍以《庄子纂要·逍遥游第一》解题中所征引诸家解释为例。《逍遥游》是《庄子》首篇，涉及庄子学说的重大问题，历来注庄者都予以高度重视，如何从数家注释中去粗取精，把庄学发展的脉络呈现出来呢？我们现在来看《庄子纂要》，方勇教授一方面注重选取名家、大家的经典阐释，如郭象、陆德明、林希逸等；另一方面，也注重选取一些新颖的、独到的见解，如王树枬、李大防、秦毓鎏等，把庄学史上的诸种观点都呈现在我们面前。从庄子文本来看，三十三篇在流传过程中产生了一些讹误，有众多的版本。《庄子纂要》以黎庶昌辑“古逸丛书”本为底本，在“笺注”中又依据《经典释文》所出六朝本、敦煌残卷、日本高山寺古钞本、明正统《道藏》各本等进行了校勘,并且还参照《艺文类聚》《太平御览》等类书和历代学者注释古籍时所引《庄子》原文进行补校。另外,凡底本中属衍文而当删者,或因缺文而当补入者,《庄子纂要》除在“笺注”中用文字说明外,一律在正文中将衍文和缺文加上“[ ]”,以示醒目。底本中有讹误,但不属于衍文或缺文者,则仅在“笺注”中写上校勘说明文字。上述做法,无疑能够使我们全面掌握《庄子》文本的情况,对诸种版本情况也能够有一个基本的了解。

在《庄子纂要》中,方勇教授对《庄子》文本的理解还每有自己的真知灼见。如《天道》篇桓公与轮扁的对话,其中有“得之于心而应之于手”,世人每以“得心应手”解之,而方教授则认为“以心应手,说明自己的心智尚且不能预知双手的实践活动,更何况想用语言把这一系列实践活动的奥妙之理传授给人家呢?可见,这与后来的成语‘得心应手’,表现为以手从心、从心役手的境界是完全不同的”,这种解释较为独到,似更合乎庄文的原意。对文学《庄子》的阐释,方教授也每有新见,我这里就不一一详谈了。总之,方勇教授《庄子纂要》可以说与其《庄子学史》《子藏·道家部·庄子卷》是鼎足而三,都是庄学史上的鸿篇巨制,对庄学研究必将产生很大的推动作用。

(《光明日报》2012 年 9 月 3 日,国学版)

《文化之旅》读后感

——兼及饶宗颐先生的几封书信

近日,我阅读饶宗颐先生于中华书局出版的《文化之旅》,深受启发。这部蕴含文化之情的佳作,必将进一步促进文化建设研究中清雅鉴赏与深思探索相结合。

书中《玉泉山·关陵》篇明确标出“文化之旅”,云:“近时因湖北博物馆的邀请,与利荣森先生等由重庆沿长江而下同游三峡,经宜昌至荆州、武昌。饱览峡中各个不同的风景点和文物古迹,使我真正享受了一次‘文化之旅’。”

这使我联想到南宋的两位名人之作,即陆游《入蜀记》、范成大《吴船录》。陆游先居于家乡浙江绍兴,被任为夔州通判,即由杭州起行,沿长江乘船上游,逐日记行,撰成《入蜀记》六卷。《四库全书总目提要》特称其“于山川风土,叙述颇为雅洁,而于考订古迹,尤所留意”,且谓“其他搜寻金石,引领诗文以参证地理者,尤不可殚数”,因此“足广见闻”。范成大先在四川成都任职,后转徙还家(江苏苏州),于是自重庆沿长江东下,作《吴船录》二卷。《四库全书总目提要》亦极赞誉其文笔,称“于古迹形胜言之最悉,亦自有所考证”,且又载所见蜀中书画,“颇足以广异闻”。

由此可见,我国古代行记名作,除记山川形胜外,又将金石考古、书画辑录及诗文鉴赏蕴含其中,真是文化之旅,这是我国传统文化的一大特色。

饶先生一方面有机继承传统,一方面更大为拓展文化之旅领域,使人耳目一新。我们在书中可以看到他畅游欧亚非诸多胜地。早在1963年就去印度旅行,注意于“佛教圣地”。他特为提及“1963年我在印度从事研究”,却由佛学拓展道学,遂提及“庄子”,并介绍“庄子在讲庖丁解牛的一段故事”(页17)。又如1993

年冬11月在法国巴黎,除游凡尔赛宫外,还去距巴黎四十公里的密林,探索修道院屋。又曾去埃及,与友人近观金字塔,特为提及"代表埃及文化"的一部《死书》,另还引及一位波斯诗人的两句名诗。又如到布拉格、维也纳,特别去"参观维也纳大学",又登上附近"号称一百五十六米的高塔",自我表扬:"不需要一分钟便抵达绝顶。"又如到新加坡,特别注意"新加坡最吸引人的植物"。这又使人耳目一新。

本书关于国内行记,则学术性、知识性更强,真使人有"欲穷千里目,更上一层楼"之感。如《关圣与盐》篇,云"我于1981年参加太原古文字学讨论会,接着于山西各地作一个月的漫长旅行,跑了许多地方,给我印象特别深刻的是在解县瞻仰关帝庙"。接着就考述关公自汉季后的历代影响,具体介绍明人的几部有关杂剧。另一处记他于1991年11月在浙江温州参加"谢灵运与山水文学国际研讨会",述及谢灵运的山水佳作,但却着重指出谢灵运学识最特出的是他对梵典梵文的认识与学习精神,这是现代有关谢灵运研究中很少谈及的。又他另一篇记福建武夷山之游,提及宋代词人柳永三首诗,因柳永之故乡在武夷附近崇安,饶先生又从而考索柳永家世,文末云"故敢著文为作不平之鸣"(页46),令人深感其幽默胜笔。

特应一提的是,饶先生于1988年12月游陕西文物圣地法门寺。法门寺在西安市西,是极有文献价值的佛教佳地,前几年陕西省文史研究馆编纂一套大书"长安学丛书",共十卷,"法门寺"就是其中一个专卷。饶先生对佛学有专深的研究,就细述有关史事的好几件遗物,特别论述韩愈在唐宪宗时排佛奏议,详细分析韩愈的儒、释思想,这对韩愈研究有拓展新领地的意义。

文化之旅,应该说也是学术交往。我与饶宗颐先生甚有学术情谊。早在1982年,当时任国务院古籍整理出版计划小组组长的李一氓同志主持召开全国古籍整理出版规划会议,我参加此次会议,当时钱锺书先生也与会。之前饶宗颐先生曾将其诗词创作一书送给钱先生,钱先生则将此佳作转赠给我,题写几句话,约我阅读,我确得到一次极好的机缘。1993年2月,我应香港中文大学之邀,去该校中文系讲学一周,就与饶先生会晤,他还邀我到他家吃饭、聚谈。八九十年代,饶先生为中华书局编纂《全明词》,当时我在编辑部任职,就为此常与他商议。今将我所存的饶宗颐先生三封信具录如下:

璇琮先生左右:前得长途电话,述及四库全书工作,甚盛事也!未知近日进行情况如何?迩来检读来往旧信,得1983年沈锡麟先生转陈李一老对拙编《全明词》读后意见,兹影印一份备览。署名问题,实应遵照李老决定。该书何时可出首册,弟之序言,迟即寄上。年来曾将论清词笔记稍作整理，惜无暇专以及此。最近华东师大举行“清代词学讨论会”，弟有“清代地域性之词总集与酬唱词集”一长文，想必已见过。另托人附呈“论清词在词史之地位”与“谈柳永词”二篇，乞指正为感。

匆匆备颂纂祺

弟饶宗颐再拜

（一九九五年）六月一日

璇琮尊兄侍右：在京数日，值文驾赴天津，未获良晤为怅。《全明词》不收小说中倚声之作，可减去大量无谓之作，盼早日成书。四库续修史部，弟建议收入朱彝尊《五代史辑注》稿本，附上拙作跋文以供参考。此书虽未完稿，实开清人治五代史之先路，征得门人现任港大冯平山图书馆馆长简丽冰女士同意。简君函，附呈。如何，尚希卓裁。

匆颂撰祺

饶宗颐再拜

（一九九七年）四月十五日

璇琮先生雅鉴：大函奉悉。欣闻《全明词》可于明年元月中旬面世，此赖先生督促之力也，谨致谢忱。河南郑州大学《新文学》专刊，承蒙雅意，嘱撰稿刊载，惟余月前轻微中风，今已稍痊，但精力神思未若从前，故未能应命。倘需题刊名之类，则可效力。至撰稿事，俟今后痊可再寄上请教。耑此顺颂新年好！

弟饶宗颐再拜

二〇〇三年十二月十四日

这三封信中都提及《全明词》，乃因饶先生对明词早有研究，辑集不少材料，古籍小组组长李一氓同志乃于 1982 年 9 月正式约请饶先生主持《全明词》的编纂工作。饶先生因已有一定材料基础，乃于 1983 年即辑成《全明词》初稿，得词家 900 余人，交付中华书局。李一氓同志自己藏有《明词集》珍本，经了解，觉得饶先生限于客观条件，还须补辑，就约请古典文献专家张璋组建编纂组，在饶先生初稿的基础上，作进一步完善，中华书局编辑部又认真审稿，历经十余年，于 2003 年成稿，2004 年 1 月出版，共收词家 1390 余人，词作约 2 万首。90 年代中期饶先生有一次便中来北京，我曾约张璋先生与饶先生面谈，谈了近两个小时，学术合作很好。确可见饶先生的博大气度及对学术同行的合作情谊。

这里还应一提的是,20世纪90年代中期,我与学术前辈顾廷龙先生共同主编,编纂《续修四库全书》,饶先生获悉后十分关心,称其为“盛事”,并具体建议收辑清人朱彝尊的《五代史辑注》稿本,且与香港大学图书馆联系,提供稿本。可见他对学术事业的关心和支持。

他对我这样的后辈学人,也很关心,于1995年6月1日信中,特为提及拟将他所撰两篇论词学论文寄交给我;2003年12月4日一函又回复关于郑州大学《新文学》约稿事,这是我受郑州大学之托,向饶先生组稿的。

我想引用刘勰一段话:“知音其难哉!音实难知,知实难逢,逢其知音,千载其一乎!”(《文心雕龙·知音》)今读饶宗颐先生《文化之旅》,重温他的书信,真有学术知音的深切寄望与慰勉。

(《书品》2012年第5辑。《文化之旅》,饶宗颐著,中华书局2011年7月出版)

书法文献整理的意义

——谈《黄庭坚书法全集》

修水黄君是我近些年认识的年轻学者。2005年，应他之邀到修水参加“纪念黄庭坚诞辰960周年学术研讨会”，印象很深。由他策划并组织的这次会议，广泛邀请文学与书法领域黄庭坚研究的专家，来了八十多人，盛况空前。在这次会上，黄君一次性赠送与会学者七本书，其中包括他主编的四卷本《黄庭坚研究论文选》、一本明刻孤本《黄律卮言》整理点校本、一本《黄庭坚书论选注》，还有他自己的学术专著《山谷书法钩沉录》。会议结束之后，他又编辑出版了厚厚的一本《论文集》再次赠送。我们的学术研讨会很多，但能在一次会议中出版这么多学术成果的，好像还没有先例。黄庭坚会议之后，黄君又请我担任《黄庭坚书法全集》学术顾问，他说要编辑一部网罗天下黄庭坚书法，并作全面研究的大书，果然经过几年的努力，他的这部大书现在正式出版。

我认真看了这部大书，确实很精彩、很不容易。这本书有两个特点：一是材料非常广泛，非常多。收集这么多黄庭坚书法图片，其中有大半在国内未经公开出版，是黄君在故纸堆中发掘的新材料，真是功夫不负有心人。这部书是当今信息和科技条件下，有关黄庭坚研究的一个重要成果，具有很高的文献资料价值。二是此书对黄庭坚书法文献的收集与整理不仅很全面，而且编辑有序、科学，考证精深。将书法真迹与非真迹分开，又把非真迹分为临摹之作、托名书和伪作三类，分门别类，一一展示，这是前人没有的做法。开风气之先，很有学术价值。黄君对书法作品的研究很见功力，书中208件作品，写出近20万字的“作品考析”，每件作品从真伪辨析，到写作时间、背景，作品的风格特色，都有详尽的分析和说明。所以这本书也是文献整理与专题研究相结合的一个成果。这一点，在当代文史研究与探索上具有典型和典范的意义。从近代来说,20世纪以来,黄庭坚的材料也有不少。20世纪60年代,我编了一本书叫《黄庭坚和江西诗派资料汇编》,编完以后,“文化大革命”开始了,直到1978年才正式出版。另外有2001年四川大学出版社出版的《黄庭坚全集》,还有一本最近出版的江西人民出版社出版的《黄庭坚全集》。现在黄庭坚研究渐成风气,很有意义。这些书各有特点,但主要是文学方面的材料。现在黄君编书法全集,在书法方面还没有这样全面的本子。据黄君介绍,《黄庭坚书法全集》收集的书法真迹内,涉及黄庭坚的散佚文字多达近30篇,计3000多字,其中仅信札就多达18通。这些文字应该是可以补《全宋诗》《全宋文》的。

古代诗文名家资料,一般都依据前人整理、刊刻的书籍。但像黄庭坚这样同时又是大书法家的人,他的书法真迹无疑是很有价值的一手资料。前人刊刻书籍,难免会有缺失和遗漏,黄君从书法真迹中发现黄庭坚大量佚文,这正是书法文献的价值体现。近些年,唐宋诗文的辑佚时有收获,说明这方面工作还是可以大有所为的。此外,黄君还依据书法真迹材料,校勘了一些刊刻文献中的文字失误。黄君在《作品考析》中多处提到这方面问题。例如作品62号《草书李白秋浦歌并跋》的跋文中,有一段释文:“余少拟草书,人多好之,唯钱穆父以为俗。初闻之不能不嫌。已而自视之,诚如钱公语,遂改变,稍去俗气,既而人多不好。”这段文字的第一句“余少拟草书”,黄庭坚的各种诗文刊本皆作“秦少游学书”,文意蹊跷,与下文不能通顺。黄君根据原作草书笔迹,纠正了失误,使文意通顺,还原了这一则题跋的本来面目。

文学与书法对古代文士而言是不分家的,所以古人的书法遗迹,理应是诗文整理关注的范围。但很多情况下,这方面的工作我们关注得很不够,其中原因,首先是过去的书法文献,流布相当困难,一般学者识见难以兼顾。现代影印技术发达,古代书法遗迹陆续被整理影印出来。20世纪以来,甲骨文字、简牍帛书、敦煌石室经卷等文物的发现,既是重要的书法事件,同时也是社科文献的宝库。如近年出土战国时期的楚简,发现今文经学以前的《老子》文本,对研究古文经学意义重大。黄君所编《黄庭坚书法全集》资料翔实,印刷精美,考析论证翔实,在古代书法家文献整理上,具有典范性,这不仅对黄庭坚研究,也包括对宋代文史、艺术研究,都有实际的意义。江西美术出版社投资200多万元,高质量出版此书,也体现了一种眼光和魄力。黄君既是书法家,也是诗人和学者,他编辑此书,在关注书法的同时也关注到宗教、文学、历史以及饮食、茶酒、医药、风俗等诸多领域,所以此书是一部难得的好书。

(《文汇读书周报》2013年2月8日)

《商周逸诗辑考》的学术启示

20年前就计划着将“文学史研究打通关”的王辉斌教授，在先后出版了《先唐诗人考论》《唐宋词史论稿》《宋金元诗通论》《唐后乐府诗史》等著作后，最近又推出了他历经15年而完成的《商周逸诗辑考》（以下简称《辑考》）一书。《辑考》全书共从140多种子史文集中辑得各类逸诗600余篇（含附录），成为可与《诗经》《楚辞》鼎足而三的一部逸诗总集。此书的出版，为全面认识与了解先秦诗歌的创作活动、流变规律、发展概貌等，提供了一份极具文献学价值的“古逸”读本。

《史记·孔子世家》记载，由于孔子“去其重”的缘故，而使得“古者诗三千余篇”一变而为“诗三百”，汉人为了彰显这“诗三百”的经典性与重要性，即将其称之为人们所熟悉的《诗经》。于是，《诗经》与后来的《楚辞》，便成为了人们观照与研究先秦诗歌的两种主要参照系，现在的高校文学史教材，也无不如此。《诗经》与《楚辞》，虽然具有不可替代的文学史价值，但因其数量所限（二者总共约350首诗），而无以窥获先秦诗歌之全貌，所以，自南宋初期始，辑录逸诗即引起学者们的关注。其间，如冯唯讷《古诗纪》、杨慎《风雅逸篇》、钟惺《新刻逸诗》、沈德潜《古诗源》、朱彝尊《经义考》、郝懿行《诗经拾遗》、周应宾《九经逸语》、马国翰《目耕帖》等，就都曾辑录了数量不等的逸诗（多者过100篇，少者50余篇）。不过这些逸诗辑佚成果也存在不少问题，如陈陈相因，互为重迭，真伪混杂，时代不明，篇目张冠李戴等，所以，若除去重迭与伪作等，实际上只不过100篇左右（含“仅存篇目者”）。也正因此，少有文学史著作关注这些辑佚成果。

《辑考》一书，不仅着眼于“辑考”的角度，较为全面地解决了上述逸诗辑佚成果中所存在的种种问题，而且所辑录的600余篇逸诗之量，乃为自宋以降历代逸诗成果的数倍。从这一意义上讲，《辑考》对中国诗歌史、先秦文学史等之重新编写，对有关文学史现象的重新阐释等，都具有不可低估的参考价值与作用。为便于认识，这里略举孔子“删诗”以为例。长期以来，人们对孔子是否“删诗”多所争议，但从《辑考》所辑录之逸诗的角度审视，则孔子“删诗”应是极有可能的。这是因为，“删诗”者除精通音乐外，还必须深谙诗歌之道，也就是要擅长于诗歌创作，而《辑考》中所辑录之孔子 15 题 16 篇逸诗的事实表明，孔子在先秦文学史上是仅次于屈原可名列第二的一位重要诗人。孔子精通音乐，《论语》《史记》等均有记载。综合这两方面来看，孔子在当时是符合“删诗”条件的唯一人选。至于《左传》记载的“季札观乐”，所表明的只是周太师对“古者诗三千余篇”进行的一次大的音乐调整和次序排列，而与《史记・孔子世家》所载孔子着眼于篇目内容的角度“去其重”者，并非一事。所以，孔子“删诗”说，应该是可以相信的一件文学史事实。

《辑考》一书将所辑录的 600 多篇逸诗，按其时代之先后，分为《殷商逸诗》《西周逸诗》《东周逸诗》三编，每编又细分为“目辞俱存者”“有篇目逸句”“无篇目逸句”“仅存篇目者”等几类。除“仅存篇目者”一类外，其余各类所辑录的每一篇逸诗，均由“辑录”“校考”“斌案”三者组成。“辑录”重在对所辑的每一篇逸诗交待作者、书名、版本、卷次、篇名等，并原文引录该逸诗在某书中的文字，以备属意者复核与验按；“校考”是指对所辑录逸诗之异文进行校勘与考订，并于他人他书之校勘、注释择其要者全文引录，意在彰显其首创之功；“斌案”主要是对所辑录之逸诗进行编年与“伪诗”辨正。三者各司其职，合则为对一部商周逸诗总集的辑考。从辑佚学的角度言，《辑考》的这种分类编排的辑佚方法，既具纲目清晰之特点，又兼多元观照之优长，我以为是很值得肯定的。此外，《辑考》立足于广义逸诗的角度，将逸诗年代的下限由“去其重”之孔子生活的年代，扩展到东周灭亡的公元前 256 年，以及从王应麟《困学纪闻》之例，将具有韵语特点的“铭”“谣”“辞”“箴”“颂”“诵”“引”“语”等一并予以辑录的举措，也都是值得肯定的。而所有这一切，均是作者学术识见与学术视野的一种具体反映。

此次通阅全书，对作品的时代判断问题，略表个人的读后感，供作者参考。如书中对作者的时代判断，主要根据所引用的资料的说法，认为第一篇《商铭》是出自《国语》所引：“商之衰也，其铭有之曰……”但根据现在出土的大量商代青铜器铭来看，商代大概不会有这种格式、这种语言的铭文。即使在西周，偶尔有一两件接近“箴言”的铭文，也与此篇《商铭》不同。因此，这篇《商铭》是否为殷商逸诗原文，尚可考虑。

另，此书融合前人辑佚的标准，把铭、箴、谣、颂等皆算作诗（以具备韵文特点为准），这是可行的。但此书主要使用传世文献，尚忽略出土文献。因为甲骨卜辞和青铜器铭文中，有数量不少的带有韵文特点的篇目，按此标准，应该也能算作古诗。作者可以考虑进一步采用甲骨金文的材料，这样当能让此书增色不少。

总之，作者历经15年完成的这本《辑考》，无疑如一支林中的响箭，使人为之一震。所以，我期待着此书的出版能推动扎实求实的学风，使古代文史本身研究与文献考索进一步结合，愿更有这样的著作问世。

（本文原载《中国社会科学报》2013年3月15日版，又载全国哲学社会科学规划办公室网、中国社会科学网、中国社会科学战线网、中国文学网）

唐后乐府诗史的原创研究

——读王辉斌《唐后乐府诗史》所想到的

当我第一次看到王辉斌教授的《唐后乐府诗史》一书时，眼睛即为之一亮，因为以前我所见到、读到的乐府文学之类的著作，全部属于"汉唐篇"，即都是以郭茂倩《乐府诗集》为研究对象而撰写的，此书则是由宋而清，将其间950年乐府诗的发展轨迹、演变概况，以及有关乐府文学现象，重要的作家作品等，都首次进行了史的勾勒与描述。可以说，我们平常所强调的学术研究的原创性特色，在本书中已得到了较为充分之体现。所以，《唐后乐府诗史》的出版，对于长期以来的汉唐乐府诗的研究而言，既意味着是一种乐府诗史的衔接，更昭示的是一种研究视野的突破，因而既是可喜的，也是值得肯定的。

就目前的文献资料来说，由于迄今为止，还没有一部专门收录宋、辽、金、元、明、清六朝乐府诗的总集，因此，在这种情况下撰写唐后乐府诗史，显然是具有相当大的难度的。而且，对于唐后乐府诗的具体认识，也还存在着一些带有关键性的问题，如对唐后乐府诗的认定，即在唐后什么样的诗才可称之为乐府诗，以及唐后乐府诗与音乐的关系，唐后乐府诗的分类，等等，但《唐后乐府诗史》对此都进行了很好的解决，这从全书七章二十三节的安排中，即略可知其端倪。例如，第一章第三节专门针对唐后乐府诗与音乐的关系，进行了多角度、多方位的讨论，认为在"乐府音节，于唐已失传"的情况下，唐后诗人对于乐府诗的创作，并没有依据音乐，即使如唐代白居易可入乐的《新乐府五十首》，也没有被官方或者乐工配乐以唱，因为"可入乐"与"已入乐"是两个不相同的乐府学概念。为了使这一认识更具坚实性与准确性，王辉斌教授又在第四章第一节中，以一些新的诗例为依据，对这一问题进行了再次讨论，认为在元代可入乐而唱的乐曲、乐调，或为民间俚曲，或为诗人自创的新曲，从而使唐后乐府诗与音乐关系的历史真实，得以更为清晰之呈现。

在现有的条件下研撰唐后乐府诗史，随之而来的，其实就是一个规模很大的“读书工程”，因为研究者必须静下心来，认真研读各种相关的文学总集与别集，才有可能从中把握与认识各个朝代乐府诗的基本风貌。而在由宋至清的950年间，各种文学总集与别集之多，是远非一年半载可以读完的，这就要求研究者既要持之以恒，一以贯之，又要终年在面壁中讨生活。王辉斌教授不仅做到了这一点，而且做得很到位，这部40多万字的《唐后乐府诗史》的出版，就是一个很好的见证。所以，从这一意义上讲，《唐后乐府诗史》带给读者的启示，我以为不仅是一个如何搞科研、做学问的问题，更是一个在市场经济条件下如何潜心读书的问题。这其实也是一种扎实学风的自我培养。古今中外，大凡具备了这种扎实学风的学者，其所作出的种种研究，所获得的种种成果，也就自然是扎扎实实的、一步一个脚印的，而《唐后乐府诗史》一书，就是这样的一份成果。

本书第一章为综论，其余各章为分论。第一章将唐后乐府诗分为旧题乐府与新题乐府两大类，在新题乐府中，又立足于制题、内容，唐后诗人对乐府诗自我认定的实况等方面，将其具体分为即事类乐府、歌行类乐府、宫词类乐府、竹枝类乐府等，而且对于每一类乐府诗的发生发展、规律特点、名篇佳构等，书中都有较为细致的论述与阐释。这种分类不仅打破了前人以音乐分类的藩篱，而且也是极符合唐后乐府诗的发展规律的，因为唐后诗人对乐府诗的创作，并不是围绕着音乐而进行的。更何况，以音乐分类的乐府诗著作，曾为后人多所非议，如梁启超在《中国之美文及其历史》一书中，就曾对郭茂倩《乐府诗集》进行了有关音乐分类方面的批评。由于有了这种迥异前人的乐府诗分类，所以，在以后对各朝乐府诗现状的论述中，本书不是以诗人齿序为依据进行章节安排的，而是以每类乐府诗在各个朝代的创作实况为主线，并使之贯穿全书。这是一种全新的文学史书写方法。这种以类为叙述单元的撰写，既有利于对唐后历代乐府诗发展的脉络进行准确勾勒，又可收到以点带面、点面结合的文学史效果，并能对每一种类别的乐府诗进行集中而深入的剖析。因之，读者极容易从中把握和认识每一类乐府诗的源与流，以及不同朝代之间的差异性与个性特征等。如对竹枝类乐府的描述，本书第一章第三节、第五章第三节、第六章第三节、第七章第三、四节，就分别对包括唐朝在内的历朝竹枝词的发展概貌，进行了较为翔实之梳理，并以一些具体数据进行了比较，轮廓清晰，源流双显，综之则可视之为一部“竹枝乐府史”，因而极具特点。

早在2009年8月召开于首都师范大学的“乐府与歌诗”研讨会上，我曾经说过，乐府诗研究是一个跨越千年历史王朝的研究，因为它不仅涉及汉、魏、六朝，更关涉唐、宋、明、清等朝代。比如，宋朝的周紫芝《太仓稊米集》，金代的元好问《遗山集》，元代的李孝光《五峰集》，明代的李东阳《怀麓堂集》等，就都收有专门卷次的乐府诗，而钱谦益曾为他的一位朋友佟怀东写过一篇《佟怀东拟古乐府序》，表明清代也有人热衷于拟古乐府诗的创作。而实际上，清代的乐府诗创作是非常繁荣发达的，单就咏史乐府这一方面而言，就有吴炎、陈梓、郑世元、胡介祉、万斯同、洪亮吉、王士禛等诗人参与了创作，且多为大型连章体组诗，如尤侗《明史拟乐府百首》、王士禛《小乐府三十首》等，即皆为其例。而宗泽元所编《四家咏史乐府》，则更是将这种创作推向了一个新的高度。所有这一切，都是唐后诗人对乐府诗创作从不曾停止过的最好反映，因此，如何将唐后乐府诗纳入研究的范畴，便成为了摆在当代研究者面前的一道学术难题，而《唐后乐府诗史》则在这方面开了一个具有表率性作用的好头。正因此，《唐后乐府诗史》所具有的拓荒特点，我以为是很值得称道的。

从《唐后乐府诗史》所提供的各类信息来看，可知在乐府诗的发展史上，唐以后历朝历代的乐府诗，才是乐府诗史上的一方真正重镇，因为在这一时期，诗人们创作乐府诗的热情、规模、数量，以及所获得的成就与特点等，都是宋以前的诗人所不及的。如元末以杨维桢、李孝光为代表的“古乐府运动”，其参与的诗人之多，持续的时间之长，对当时与后世的影响之大，就都超过了中唐时期的“新乐府运动”，而由宋而清的宫词类乐府创作，其数量之多，所获成就之众，亦是远非汉唐乐府可以相比的。此外，宋代诗人之于旧题乐府、即事类乐府、歌行类乐府的创作，其规模、其数量，也都是相当可观的。凡此种种，均为王辉斌教授于若干总集与别集中细心爬梳之所获。所以，我们有理由相信，随着《唐后乐府诗史》的出版，对唐后乐府诗的研究，必将会成为古代文学研究界的一个新的学术增长点。

（《文汇读书周报》2013 年 11 月 29 日）

《黄震全集》评介

黄震(1213—1281),字东发,一字汝震,号于越先生,南宋庆元府慈溪县(今宁波慈溪市)人。他不仅是南宋后期一位能吏,而且也是一位著名的经学家、理学家和史学家。黄震为学善于博采众说,务求其是,注重致用,在中国学术史上占有十分重要的地位。近年来,学术界对他的研究虽说有一定成绩,但对其遗留于世的著作,长期以来缺乏必要的整理。宁波大学张伟教授与浙江大学何忠礼教授合作,经过艰苦的努力,悉心整理,点校完成《黄震全集》(以下简称《全集》),2013 年 9 月由浙江大学出版社精装出版。全书共分 10 册,计 270 余万字,前有说明,后有附录,内容全面,资料丰富。总而观之,具有以下三个突出的特点:

一、遗著汇纂,厥功居伟。黄震一生著作甚富,虽流传下来的只有《黄氏日抄》《古今纪要》《戊辰修史传》《古今纪要逸编》四种,但黄震一生的活动及思想,基本体现在其中。黄震的著作散见各处,学者在研究黄震时,大都只利用其中的一种本子,鲜有顾及版本间的不同差异者。《黄震全集》的整理者第一次将黄震的四部遗著汇为一集,搜罗到各种版本,爬梳比较,择善而从,实非易事。其中《黄氏日抄》,有人认为国家图书馆藏南宋积德堂本为绍定二年刊本,现在全集的整理者否定了这一说法。《全宋文》收录了《黄氏日抄》第六十九卷以后的黄氏自作之文,是以文渊阁《四库全书》为底本,校以光绪刻本。《黄震全集》中亦以文渊阁《四库全书》为工作本,但参校多种本子,较《全宋文》相关点校更为精审。经此努力,黄震遗著终于第一次拥有了"全集"本,树起了一块黄震著述整理的里程碑。

二、校勘精审,尤重他校。古籍校勘向有对校、本校、他校、理校四法,当今学界的古籍整理虽然成果累累,但重点轻校是一个不容忽视的倾向,整理者大多只作对校,而忽视他校,或在他校上所下功夫有限,这就限制了古籍整理应达到的高度。《黄震全集》的整理则不然，对校勘四法有较为娴熟的运用。全集校记，不仅采用对校之法，且更多采用他校之法，此点尤可称道。黄震学识渊博，著作中或明引或暗引前人的文字很多，尤其是他的研经述史部分，大量采录前代文献，这就为他校提供了用武之地。全集的点校者不嫌烦琐，不辞辛苦，查核引文的出处，并直接据以校订原刻的一些错误。如《黄氏日抄》前六十八卷为黄氏读经、史、子、集笔记，张伟教授用《十三经》《续资治通鉴长编》《宋史》《宋史全文》《道命录》《伊洛渊源录》及周敦颐、二程、朱熹、张栻、吕祖谦、陆九渊等有关理学家的文集进行参校，在这方面下了很大的功夫。以卷五十六中的《读诸子二·吕氏春秋》为例，共出校记32条，其中有27条参校了《吕氏春秋》原文。黄震《古今纪要》十九卷是一部以人物纪传为主体而贯通古今的通史著作，其详今略古、提纲挈领的写法，使一般的读者难以窥其端倪。何忠礼教授考其史料来源，发现除宋代部分外，基本上来自《二十四史》中的前十九史，于是在整理点校时，以文渊阁《四库全书》为工作底本，校以十九史所载的相关纪传，并适当参校耕余楼刊本。宋代部分，则参校《宋史》《续资治通鉴长编》《名臣言行录》等有关宋代典籍，经此一番大工作量的校勘工作，得以对原著中一些由于文字过简而造成不易理解的地方，进行适当的疏通，使文义更为明确。以其中的卷十六《五代》为例，校勘记多达244条，大多注明是据《新五代史》改或正。有的校勘记，不是机械地罗列文字的异同，而是深入到学术的层面予以剖析。如第二条关于张汉鼎的校勘记云："考之新旧《五代史》，并无张汉鼎其人，故此处'张汉鼎'三字疑为衍文。"第一二七条校勘记云："考之《新五代史》卷四七《杂传·张廷蕴传》载：'李继叛于潞州，庄宗遣明宗为招讨使，元行钦为都部署，廷蕴为马步军都指挥使，将兵为前锋。廷蕴至潞……明旦，明宗与元钦后至。'此处谓'元行钦、廷蕴先一日登程破之'。明显有误。"再如卷十九《本朝三·神宗》第二条校勘记云："'四年'原作'元年'，按《宋史》卷一四《神宗一》载，治平四年正月，英宗去世，神宗继位，'（九月）癸卯，以权御史中丞司马光为翰林学士'，据此可知，司马光为御史的时间，决不在熙宁元年，而是在治平四年。"第三条校勘记云："按《长编》卷一九一，嘉祐五年五月癸丑条载，赵抃早在该日即以侍御史为右司谏，谏院供职。又据《宋史》卷二一一《宰辅二》载，赵抃于治平四年九月由知谏院除参知政事，知杭州。由此可知，此处言赵抃于[熙宁]二年入谏院误，耕本同误。"第四条校勘记云："按《宋史》卷二一一《宰辅二》载，韩琦罢相在英宗治平四年，富弼为相在神宗熙宁二年，此处言'富弼继韩琦为相'，并不很正确。"这样的校勘记，不但显示了点校者精湛的考证功力，而且指出黄震原著的错误，更有助于读者进一步评估黄震史学的得失，极具学术意义。经此一番校勘，原刊本中的许多鲁鱼亥豕、不知所云之处，得到了改正，文意也得到进一步理顺，从而使黄震遗著的面貌焕然一新。此举不仅大大便利了读者，节省了读者的翻检之劳，也为深入研讨黄震的历史观提供了最佳的范本。

三、订误纠谬，后来居上。黄震的著述，向无点校本，唯《全宋文》中收录了黄震的散文，其点校的得失，可资后来者借鉴。《全集》充分吸收了《全宋文》点校黄震散文的优点，也尽可能改正了其点校的错失。如《全宋文》卷八〇四五所收黄震《回陈总领书》文云："据实平说参之，愚夫愚妇亦无有不合者。"《全集》将"参之"后的逗号移之"平说"下，甚当。《全宋文》又点云："虽伊洛说出天地之性、气质之性，亦不过为孟子解性善之说人生而有性，已是气质之性，天地之性已自付与在其中。"如此标点，其义费解，《全集》本在"解性善之说"后加一句号，则文意豁然贯通。又如《回楼新恩书》，《全宋文》标点云："因此一番前辈出一番议论，改孔夫子，遂变成堂前放世老说古老梩话，名虽尊之，实则违之，检点起来，全不相似。"照此标点，文意难通，《全集》本则改为："因此一番前辈出，一番议论改，孔夫子遂变成堂前放世老说古老梩话，名虽尊之，实则违之，检点起来，全不相似。"经此小小的改点，不仅遵循了语法，更主要的是使黄震的观点豁然呈露。再看《全宋文》卷八〇五〇《修吴县尉衙纪事》云："距震之官五十有五年间，无与葺一椽瓦者，而屋颓矣。"这里将"距"与"间"配合，不大符合汉语表达的习惯，《全集》将"间"字下属，表"期间"之义，读来更顺。《重修转般仓记》云："至有张大籴事者，尝倚转般为子母相私之地。"《全集》本将"籴"改正为"粜"，一字之差，意义完全相反。凡此，皆为《全集》点校者胜过前人之处。

何忠礼先生为宋史研究的著名学者，张伟曾先后师从何忠礼、徐规两先生，长期以来研究黄震，成果丰硕，著有《黄震与东发学派》，两人联袂，堪称点校黄震著作的最佳人选。他们精心校勘，订误纠谬，保证了《黄震全集》的点校质量，足以使其成为信实可靠的传世精品。《黄震全集》的整理起点不凡，成绩斐然，堪称古籍整理出版工作的最新成果。《黄震全集》的出版，也可视为黄震研究的新起点，为进一步推进对南宋学术史的研究奠定了坚实的基础。

（刊载于《古籍整理出版情况简报》2014 年第 1 期）

家族文化、地域文化与中华文化

——《山东文化世家研究书系》读后感

中国传统社会是一个宗法社会，家族是基础。山东地区是孔、孟之乡，儒家思想的发源地。一些文化世家往往既是国家政治的中坚，也是文化传承的主体。齐鲁文化的丰厚底蕴和特殊历史贡献，使山东文化世家具有一种特殊的历史承担、文化面貌和家族文化内涵。

山东师范大学齐鲁文化研究院王志民教授主编的《山东文化世家研究书系》（以下简称《书系》），选取了山东历史上在政治、经济、社会领域或文学、艺术、教育、思想、科仕等方面具有代表性的28个文化家族，每家写成一书，每一书对所写家族从源流盛衰、婚姻交游、代表人物和家风家学等几个方面作了详细考察。这种系统研究一省内文化世家的大型丛书，在全国还是第一次。这套丛书以历代山东文化世家作为研究对象，并进而展开对齐鲁地域文化乃至中华传统文化的研究，是非常有价值和有意义的。

总览《书系》，可以概括出以下几个特点：

其一，在选题上，侧重学术世家，尤其是文学世家。司马迁在《史记·儒林列传》中说："夫齐鲁之间于文学，自古以来，其天性也。"这里的文学，泛指对各种文献典籍的学习，包括学术研究和文学创作，不限于当今"文学"之"语言艺术形式"的意义。从《书系》选定的这28个家族中，可以看出山东世家文化以学术尤其是以文学留名后世的较多。先秦时期儒学创立，汉代儒学独尊，孔、孟、颜、曾四大家族因儒学兴家，也以儒学传家。魏晋南北朝时期山东文化世家灿若星辰，文化成就也蔚为大观，如高平王氏家族中王粲的文学、王弼的玄学与易学，兰陵萧氏家族中萧统的《文选》，东海徐氏家族中徐陵的《玉台新咏》。兰陵萧氏是因军功由寒门上升的世家大族，因萧道成屡立军功，代宋而立，为萧齐开国皇帝，成为皇族后的萧齐家族并未忽视对文学的发展。唐宋时期，政治文化重心西移，山东文化世家的发展进入低谷，但仍有可称道者，如临淄段氏家族中段成式的小说《酉阳杂俎》、宋代巨野晁氏家族中晁公武的目录学著作《郡斋读书志》、晁补之的散文、晁端礼的词，章丘李氏家族中婉约派词人李清照的词。明清时期以科举取仕，山东自古崇文重教，一时涌现出众多科举世家，典型的如清代聊城傅氏家族，傅以渐从一介寒士到清朝开国状元。济宁孙氏家族中孙毓溎为道光甲辰状元，这些家族大多以学入仕，以仕养学，以学传家，养成了重教好学的家风，在学术上取得了前所未有的成就。在文学方面，山左诗人表现突出，以至形成了“本朝诗人，山左为盛”的局面。如临朐冯氏、新城王氏、安丘曹氏、莱阳宋氏、博山赵氏、德州田氏皆是以文学显名者。冯惟敏是明代著名散曲家。清初诗坛有“六大家”，即“南施北宋”（施闰章、宋琬）、“南朱北王”（朱彝尊、王士禛）、查慎行、赵执信，其中三家出自山东，三家中，王士禛是康熙诗坛领袖，影响诗坛数十年。“德州先生”田雯也是康熙朝赫赫有名的诗人，曹贞吉则是“二安”即易安、幼安之后山东另一位出色词人。其他一些与政治密切的家族，如两晋泰山羊祜家族、魏晋南北朝琅邪诸葛亮家族、魏晋南北朝琅邪王导家族、唐代齐州房玄龄家族、清代诸城刘墉家族，在宦海沉浮中也不忘对学术的追求，每个家族无一例外都有文集传世。另外还有以藏书闻名的家族，如清代聊城杨氏藏书世家，杨绍和所撰目录学著作《楹书隅录》有丰富的目录、校刊、版本、辑佚、辨伪知识，非一般书贩商业家庭可比，是齐鲁好学重教之风的体现。

其二，《书系》注重通过对文化世家家风学风的总结，来揭示代表人物成长的规律，为后世家族治理、家庭教育提供借鉴。人才成长与家族文化关系密切，有什么样的家学门风就会造就什么样的人才。除重教、崇德、尊老、尚义等这些齐鲁文化共性外，每一个世家在漫长的家族发展中逐渐积累形成了自己各具特色的家族文化，有着自己的家训族规。如琅邪王氏和颜氏都是南北朝南迁的世家大族，颜氏世代保持儒学传统，南迁始祖颜含年轻时因孝亲闻名，从政后，不阿附权贵，一生言行一依儒学为旨归，对其后裔影响很大。颜含曾孙颜延之继承家学，精通儒经，刘宋初被推举为博士，立身处世清廉节俭，淡泊名利。颜之推为延之玄孙，虽历种种磨难，始终坚守“儒雅为业”的家族传统，所著《颜氏家训》是对颜延之的《庭诰》家教的继承。而琅邪王氏家族的奠基人王祥也是以孝闻名，然而在易代之际，则顺时应变，不拘臣节，专注维护家族利益。这样的处世态度，对其家族有深远的影响。其后，王氏家族的子孙与时推迁，屡“为新朝佐命，以自包其家世”（清赵翼《廿二史札记》卷一二“江左世家无功臣”条)。琅邪王氏在两晋南北朝历代贵显,簪缨蝉联,人才辈出,应与家风传统有关。

其三,注重对文化世家婚姻、交游等社会关系的论述,把家族放在更大的区域文化和时代背景中,以探索家族文化形成的时代特征和地域特色。在世家之间,靠婚姻、交游等结成的错综复杂的社会关系网,不仅能扩大家族影响,而且对地域文化和时代风气都有一定影响。如新城王氏家族与淄川赵氏家族、临朐冯氏家族都有联姻,王士祯交友范围遍布北京、扬州、山东,包括京师同僚、诗坛宗匠、乡党等,知名的有赵执信、田雯、蒲松龄。王士祯在顺治十四年(1657)作《秋柳》组诗,“和者不减数百家”(王士祯《自撰年谱》);又于康熙十七年(1678)应皇帝之诏在懋勤殿试诗,“倡天下以‘不著一字,尽得风流’之说,天下遂翕然应之”(清永瑢《四库全书总目提要》集部卷一七三)。这数百家“和者”和“天下翕然应之”者中,有姻亲,有师友,有同僚,有同仁,形成了以王士祯为首的山左诗坛。王士祯于康熙诗坛具有极大的号召力,可以说,在他的旗下,积聚了当时几乎大部分青年才俊,他们彼此之间互相唱和,影响和促成了清代诗坛的繁荣。

习总书记在任浙江省委书记时,于2006年撰写的《浙江文化研究工程成果文库》总序中特别指出,可以通过实施浙江文化研究工程,用浙江历史教育浙江人民,用浙江文化熏陶浙江人民。这确使我们深受启示。让历史文化融入现代文明,对地域文化古今的历史、文化、经济、社会生活等不同角度和层面,加以重点阐述和展示。这就更如习近平同志在此篇总序中所说,文化的力量最终可以转化为物质的力量,文化的软实力最终可以转化为经济的硬实力。山东师范大学这套书必有历史价值与现实意义。

2013年12月

(《山东文化世家研究书系》,山东师范大学齐鲁文化研究院王志民教授主编,中华书局2013年12月出版)

下辑

《中国古代诗文名著提要》总序

数年前,我受学界友人的委托,筹划一个项目,名为“中国古代诗文名著提要”,即组约多位学者,从当前学术发展的高度,充分吸收前人和现代的研究成果,选择古代有价值、有代表性的诗文别集和诗文评著作,以提要体裁,一一加以介绍和评议。经过几年辛苦编撰,已大体就绪,正值清华大学于2008年春建立“中国古典文献研究中心”,我正就职于此中心,即与合作的学者商议,将《中国古代诗文名著提要》(以下简称《名著提要》)列入“清华古典文献研究丛刊”,由河北教育出版社出版。

提要是我国传统目录学的一个组成部分,目录著作则一直受到古今学者的重视。清代著名学者王鸣盛在其《十七史商榷》中就强调:“目录之学,学中第一紧要事,必从此问途,方能得其门而入。”(卷一《史记集解分八十卷》)并引当时学者金榜的话说:“不通《汉艺文志》,不可以读天下书。艺文志者,学问之眉目,著述之门户也。”(卷二《汉书艺文志考证录》)而目录著作,一般分书目和提要,提要即自西汉刘向《别录》开始,当时称为“叙录”。“叙录”的内容,除著录书名、篇目及雠校原委外,主要是记述著者生平,说明书名含义及书之性质,考辨书之真伪,论述其价值与学术源流。这可以说是我国目录学中“辨章学术,考镜源流”优良传统的开端。也正因为此,20世纪著名史学家范文澜在其《中国通史简编》第二编中,就将刘向《别录》与司马迁《史记》并提,认为“在史学史上是辉煌的成就”。

但此后很长时期,官修的正史《经籍志》《艺文志》,有时仅有一两句小注,并未有《别录》体例的提要。自南宋晁公武撰《郡斋读书志》起,至明代一些私人藏书目录,则连续出现提要,但大致也较简略,并只偏重于版本著录。真正从学术角度为经、史、子、集四部传统典籍作提要的,是清乾隆时由纪昀主持的《四库全书总目提要》。当时参加《四库全书》提要初稿撰写的，多为第一流名家。他们发挥各自的专长，以义理与考据相结合，对各书考订其异同，辨别其得失。故清季张之洞给予极高的评价，认为："将《四库全书总目提要》读一过，即略知学术门径矣。"（见其所著《辅轩语》）即使如近现代学者余嘉锡对《四库提要》中的缺失多加指正，但他在所著《四库提要辨证》一书的序录中，仍明确自承："余之略知学问门径，实受《提要》之赐。"近二十余年来，我们古典文学界则又从学术史的角度，探讨《四库提要》的文学观念流变与理论批评原则。如有认为《四库全书》对杜甫诗集的选录及评论，是清中叶对杜诗学的一次总结和检讨；也有从历朝词籍提要中探索当时学者对词的发展规律及词学思想、词学风格的认识；更有一些论著，就文体学对《四库提要》作系统的评述。因此我认为，我们这次将古代有代表性的诗文集与诗文评著作，以提要的形式予以系统的记述与评议，这一方面可以体现当前古典文学研究者思路的开拓，另一方面也可如实反映提要这种体裁已超越目录学的传统框架，成为文学研究、史学研究、哲学研究等既扎实而又充分表达理论观念的一种方式。

我们这套《名著提要》所著录的，起自两汉，至清代后期，近两千种，这确远远超越《四库全书》这一门类所收。《四库全书》收别集九百六十一种，诗文评六十四种。再就具体而言，《四库全书》于两汉部分仅著录三种，魏晋南北朝部分十三种，而我们这次收录者，两汉十三种，魏晋南北朝五十种，应当说更能反映两汉魏晋南北朝诗文制作的实际情况。又如古代诗文别集，历朝有不少校注、评议本，我们这次所谓"诗文名著"，既选取在文学史上具有一定地位与影响的作家本身著作，还著录价值较高、有历史意义的评注本。这方面也可补《四库全书》之不足。如《四库全书》收陶渊明集，仅一种，且非注本，我们即收录陶集注本七种。唐代更为突出，《四库全书》所收名家注本，李白集两种，杜甫集五种，韩愈集六种，李商隐集三种；我们这次所收，李白集七种，杜甫集二十二种，韩愈集十一种，李商隐集十八种。提要对这些注本都有具体考述、评议。应当说，这也为学术史研究提供了重要史料。

类似情况者其他朝代也有，可以注意的还有诗文评部分。《四库全书》于诗文评类，收六十四种，而这次的诗文评卷，则收有六百七十种，竟为《四库全书》所收之十倍，充分反映了我们当代诗文评研究的成果。其中如金元时，《四库全书》仅收四种，且皆为文话，无诗话，这次就收有三十五种，其中有中国本土已无传本，自日本所藏补辑的。明代，《四库全书》也仅六种，这次收有一百四十二种，清代更多。且现在著录的明清诗话提要，颇有一种特色，即选辑相当数量记述地方诗歌创作的诗话，现即举数例，如明时有《豫章诗话》《蜀中诗话》，清时有《西江诗话》《全闽诗话》《全浙诗话》；有些还记述县镇地区的，如明熊逵《清江诗话》记江西樟树镇，清吴文晖《澉浦诗话》记浙江海盐县。这当有助于地域文化的研究。明清诗话，还有记女性诗作诗风的，这也很有社会特色。如明田艺蘅《诗女史》，清沈善宝《名媛诗话》，各记有先秦至明清女性诗人数百人。有些记女性诗人，还与地区、种族结合，如清梁章钜《闽川闺秀诗话》、法式善《八旗诗话》等。

再以清代部分而论，清时修《四库全书》，据其编纂凡例，不收乾隆时著作，故所收清初文人别集，仅三十七种，而我们这次列于清代的，为二百多种，可以说是有利于具体了解有清一代诗文制作的全程。且所收也有特色，类似于前所述诗文评，现著录于提要的，有好几位女性诗人诗作，如明末清初名妓柳如是所著《柳东君集》，当代国学大师陈寅恪即有《柳如是别传》记其一生事迹。又如李因，与柳如是同时并齐名，清初顺治二年(1645)其夫抗清殉难后，独处四十年。清初学术名家黄宗羲特著有《李因传》，金燕《香奁诗话》称誉其诗"有中唐余韵"。这次就著录其诗作《竹笑轩吟草》。也同为康熙时有商景徽《咏雏堂诗钞》，时称其"诗逼盛唐，讲究格律，居然名家"。又如乾隆时女诗人陈端生，曾作弹词《再生缘》，陈寅恪即有专著《论再生缘》，郭沫若并有《陈端生年谱》，称"为弹词中最杰出作品，堪与希腊、罗马之有名史诗相比"，这次就将其《绘影阁诗》撰写提要。另外还有柴静仪、席佩兰、顾春等几位。提要除记其事迹、著作外，还引用时人及后世评论，可以看出清代诗文创作的时代社会特色，为清代女诗人研究提供极有意义的史料。

明清卷选录的著作，还并不仅着眼于其诗文长处，还着意于其小说、戏曲成就。如明李昌祺《运甓漫稿》，提要除引用朱彝尊《静志居诗话》评议其诗外，还记其有著名文言小说《剪灯余话》《月夜弹琴记》等。又如《四库全书》未收的《敬修堂诗集》著者清初查继佐，著有《续西厢记》杂剧，及《三报恩》《非非想》等五种传奇。金人瑞《沉吟楼诗选》，虽仅一卷，却收有诗三百八十四首，他还曾批点《西厢记》《水浒传》，并将《水浒传》一百二十回删编为七十回，为人所称。李渔有诗文集《笠翁一家言》五十二卷，实则他还有戏曲、小说创作及戏曲理论，20世纪学者名家孙楷第曾为其《十二楼》作序，称其该篇小说为清代第一。又董说有《丰草堂诗集》十一卷，他另有小说《西游补》，鲁迅《中国小说史略》对其评价甚高，称"殊非同时作手所敢望也"。明清卷能将戏曲、小说著者的诗文集也予著录，确能体现明清文学多样式发展的特色。

本书每一篇提要，大致包括著者(或编纂者、校注者)简历、内容要旨，以及学术价值和版本情况。这几部分视各书情况，可有所侧重。著者事迹，凡正史有传或知名度较高的，可简写；不知名者可适当多写。内容要旨与学术评议，一方面对著者与作品本身作概括的评价，同时又着重从文献学的角度，对书的编纂、流传作较为全面的叙述与辨析，以与文学史著作有所区别。版本情况，主要概述著作的流传与编刻过程，其中较复杂的则作较多的说明，以提供切实有用的史料。

关于著者事迹，各卷提要撰写者，都极注意充分引用确切的资料；有些著者，正史无传者，更搜辑有关史书的记载。如宋《浮沚集》著者周行己，《宋史》无传，提要中就详引《伊洛渊源录》《直斋书录解题》《宋元学案》《宋史翼》，及明弘治《温州府志》等书。又如《小亨集》著者金杨弘道，史书无传，提要则谓其事迹散见元好问《遗山集》卷三六《杨叔能小亨集引》，魏初《青崖集》卷三《素庵先生事言补序》，王恽《儒士杨弘道赐号事状》等。又如《高青丘集》著者明高启，虽《明史》已有传，本书提要则又引录他书予以补充，如引录《吴中人物志》卷七、《曝书亭集》卷六二《高启传》、《殿阁词林记》卷八、《国朝徵献录》卷二一李志光所撰传及清金檀所撰年谱。这可见文献辑集对作家研究极为有利。有些还注意补正著者名字的缺误，如宋时有《诗评》一书，首见于南宋陈振孙《直斋书录解题》卷二二，著录为："《诗评》一卷，桂林僧淳撰。"于"淳"字前缺一字，空格，自注谓"原缺"。明胡震亨《唐音癸签》著录为"德淳"。现在诗文评卷该书提要，即详引宋惠洪《冷斋夜话》及此书所引诗句，考定应作"景淳"，为北宋仁宗至神宗时桂林僧人。这可以说是《诗评》著者之唯一确考。

关于文学成就与学术价值的评议，提要的体裁与论文、文学史著作不同，不能详加阐发，但注意引用时人及后世评议，并概要提出撰写者的研究己见。如宋邹浩《道乡先生邹忠公文集》，提要谓"邹浩信佛教，不以文学著称，但其诗既多且佳，颇有影响"，即先录其诗作及论诗主张，又历引时人及后世评议，有释惠洪、李刚、车若水、方回、王士禛等。又如记叙宋朱熹文集时，既对朱熹的文学修养、文学观念予以肯定，但也有批评，认为"他站在卫道立场，对韩、柳、欧皆有贬词"，又记朱熹讥苏轼"文害正道，甚于老佛"，评为："这种文学观，不仅限制了他的文学成就，对南宋后期乃至元、明两代文坛产生了巨大的消极影响。"我想，这也是提要可以将文献考述与理论阐释结合之一例，对当代文学史研究也有利。

关于著作编集、版本传刻，提要纠正前人及当代之误者不少，各卷都有，这当也是我们这套书的学术特色。限于篇幅，这里只略举数例，供读者参阅。如唐人殷尧藩集，明胡震亨《唐音癸签》卷一一三著录为一卷，诗八十七首，为胡之友人所编。现提要则详加考索，指出此集中有其他唐人所作的（如韦应物、姚合），非殷尧藩诗，另又为宋元人所作，见于宋王柏，元虞集、萨都剌，明史谨、吴伯宗等文集。

又如南宋后期曹彦约《昌谷集》，后佚，清修《四库全书》时据《永乐大典》辑成二十二卷，本书提要则考《四库全书》本辑录之《偶成》七言绝句二十一首，实为另一宋人杨简所作（见其《慈湖先生遗书》卷六）。

本书提要，从文献考证角度纠正《四库全书》编集及版本著录之误者不少。如金元时文集，清修《四库全书》时，多据当时传存的《永乐大典》辑集，有史料价值，但也有讹误。如元姚燧《牧庵集》，原五十卷，后佚，四库馆臣乃据《永乐大典》辑得三十六卷。现在撰写的《牧庵集》提要，指出"此集误收颇多"，即举例提出所辑有唐白居易文、宋姚勉文。另金人杨弘道《小亨集》六卷，亦从《永乐大典》辑集，提要谓经查核，竟收有元代杨载诗十七首。又《四库全书总目》所著录的卷数有与原书不合的，如明郑真《荥阳外史集》，《四库全书总目》著录为七十卷，而《四库全书》所收者实为六十五卷；明宋濂《宋学士集》，《四库全书总目》著录为三十六卷，而原书实为三十二卷，提要撰写者均经核对，指出其误。

本书考订并纠正《四库全书》及《四库全书总目》关于编集及版本著录之误者不少，这里仅略举数例，读者在研究历代《四库全书》本时均请参阅。

本书提要撰写，确也充分吸收现代研究成果，特别关于版本流传，凡有当代校注、整理本的，均加著录，以便于读者检阅。但也有纠误，现举两例：一为明胡震亨批注《杜诗通》三十卷，20 世纪前半期洪业所编《杜诗引得》（哈佛燕京学社），其序谓此书为明万历或天启、崇祯间刻，后当代马同俨、姜炳炘《杜诗版本目录》也以为明末刊本。现本书汉唐五代卷该书提要，即据此书所载胡夏客（胡震亨子）识语，考述胡震亨于崇祯九年（1636）始作此书，崇祯十五年成书，时值鼎革，生前未及刻印，至清顺治七年（1650）始由朱茂时予以刊行，是为初刻。现代学者当未查阅此书版刻序跋，乃误定为明末所刊。二为前几年出版有《清人诗文集总目提要》（柯愈春著）一书，书中有谓袁枚诗集刻本最先有《随园诗草》八卷、附录八卷，为边连宝辑，乾隆四十年（1775）刻。现本书明清卷著录袁枚《小仓山房文集》，提要对边连宝事迹有考，记其字赵珍，亦号随园，直隶任丘（今属河北）人。《随园诗草》乃边连宝自己的诗集，与袁枚了无干涉。《清人诗文集总目提要》当因未核原书及边氏行迹，仅据"随园"二字，即误以为是袁枚诗集之最早刊本。

以上就本书在文献史料上可资参考者，概举一二十例，但还未能充分表达这套《名著提要》的学术长处和内容，我想，广大读者、研究者在阅读、使用时当会更有实际收获。我这里再作一补述，即这套《名著提要》共分五卷，即《汉唐五代卷》《宋代卷》《金元卷》《明清卷》《诗文评卷》，各卷分别由南京师范大学郁贤皓教授、四川大学祝尚书教授、南开大学查洪德教授、苏州大学马亚中教授、上海大学刘德重教授主编。他们都是该学术领域深有研究的著名专家。祝尚书先生曾参与《全宋文》编纂,并著有《宋人总集叙录》《宋人别集叙录》(几年前在中华书局出版),他对宋人诗文集有全面研究,故这次宋代卷即由他个人撰写。其他四卷,各卷主编除自己撰写外,还邀请多位学者,撰写者有些可以说是声高望重的老一辈专家,如诗文评卷,有王运熙先生撰《文心雕龙》提要,陈伯海先生撰《沧浪诗话》提要;汉唐五代卷,有刘学锴先生撰李商隐诸集提要,陈铁民先生撰王维、岑参等集提要,吴企明先生撰李贺、王建等集提要,陶敏先生撰宋之问、沈佺期、韦应物等集提要,王学泰、张忠纲先生撰杜甫诸集提要。中青年学者,更有不少卓有成就、备有声望者,如陈尚君、张伯伟、蒋寅、吴在庆、胡可先、张寅彭、邓安生、罗时进、王青、詹杭伦、王树林、李军、章锡良、陈国安、贺国强、杨年丰等,恕不列举。各位学者根据全书统一体例,广辑资料,细加考索,又发挥各自的长处。本书可以说是我们古代文学研究与文献研究相结合的集体成果。

我作为总主编,有一个通读全稿的习惯,即各卷书稿都加细阅,并提出一些意见与各卷主编商议修订。这之中,我自己也确深有所得,前面所举的例子,也正是我阅后所获。我与学界友人的诚挚合作,是深有所感的。

同时我还应向河北教育出版社特致谢忱。这一项目向河北教育出版社领导提出,他们即毅然接受,实则此书学术涵义虽高,但出版社经济压力恐是很重的。各卷陆续交稿,邓子平先生与张静莉女士都加细阅,近年来还特邀河北省社会科学院语言文学研究所原所长、研究员张圣洁先生审稿。张先生真是十分负责,他不仅逐字逐句地通读了全部清样,而且还提出了不少中肯的修改意见。在作好语言文字规范使用的同时,还对书中引文、纪年等多加核对,补正缺误文字,确使本书质量得以保证。这也是当前出版社与学术界和谐合作极难得一例,我与各卷主编也都深有所感的。

2008 年 8 月

(《中国古代诗文名著提要》,河北教育出版社 2009 年 7 月出版)

《中国古典散文精选注译》总序

在中国古代文学中，散文与诗歌、戏曲、小说为四个重要门类。散文应尤有特色，一是起源早，其发轫之作《尚书》，即早于《诗经》近千年，先秦时代的历史散文与诸子散文，同以《诗经》、楚辞为代表的诗骚文体创作，共同开启中国文学的历史走向；二是范围广，不但包括世传习称的诸子、史传、碑文、墓志，还包括笔记、序跋、书信、日记，及各种赋体、骈文之作。因此，中国传统的古文被认为是最具民族文化特色的文字载体，曾有"中国古代散文美学"的学术构想。

20世纪以来，特别是近30年间，中国古代文学研究有很大进展，有丰富成果。但学术界也有指出，在当前古代文学研究的整体格局中，"散文研究却是最薄弱的一环"（见王水照先生为杨庆存《宋代散文研究》所作序，人民文学出版社，2002年9月）。这确值得注意。除了研究专著不多外，散文作品本身的整理、选注面向学术界和广大读者，也并不充分，故未能引人注目。中国古典散文浩如烟海，佳作如林。今人各种选本则多仅按时代撷取名篇，所选篇目往往集中在一些读者熟悉的名家名作上，入选作品数量有限，常令爱好古典散文的读者有不足之憾。又因绝大多数选本没有今译，仅靠注释读通原文，对于普通读者来说仍然存在着相当大的困难。

故我与学界友人合作，由我筹备，编纂这套《中国古典散文精选注译》，期望为广大读者全面、系统、深入地了解、欣赏古典散文提供一套较为完备的读本。

我们拟在规模、体例、选目等方面弥补以往散文选本的一些缺憾，并力求有自己的特色。此套书根据体式和内容，将古典散文细分为哲理、记叙、史传、抒情小赋、游记、书信、笔记、序跋八类，按类分为各自独立成册的八卷，每卷以时代先后为序选录此类散文各历史阶段的代表作。这种以时间为经、以类别为纬的编选体例，克服了仅按时代罗列作品的不足，使读者对散文各个类别有清楚的认识，并由此而把握古典散文历史发展的全貌。八类的划分在继承散文传统划分方法的基础上，参考了现代散文分类法，如哲理散文就是古典散文传统分类中没有出现过的概念。既然对于散文的界定和分类符合中国古典散文的客观事实，又与现代散文观念相通，这就使读者对古代散文的理解和欣赏，能古今贯通，中西融合。

本套八卷，每卷之首均有前言，力求讨源溯流，系统介绍此类散文的发展历史，勾勒各时期特色，深入浅出，简明扼要，相当于一篇文类史，读者可由此了解各类散文的起源、流变及概貌。又因前言为古典散文研究专家所撰，其中既体现作者的学术观点及研究心得，亦可供专业研究者参考。正文包括选文及其注、译、评四部分，兼顾普及性与学术性，使这套书也为普及与专题研究相结合之作。对于典章名物及一些不常见的字词均有清楚、详细的注释。除抒情小赋因其多丽靡之辞不宜今译外，其他七类每篇均有今译。译文力求信、达、雅，并尽量保持原作风格。重要作品和有争议、有特色的作品篇后有选者简评或点评，介绍其写作背景、思想价值、艺术成就及历史地位。普通读者可借助注、译、评，更为深入地理解和欣赏历代的名篇佳作，专业研究者亦可便中查阅有关资料。

在选目方面，我们既注意收录名作，又广采各历史阶段的代表性作品，以求全面展现中国古典散文的风貌。“哲理”卷选文主要出自子书及唐宋以后文集中以“说”名篇的作品，“史传”卷除收录历史传记外，还收录唐宋以后的传记散文，均抓住了各自的特点，并考虑到文体的历史演变。抒情小赋和笔记在以往的散文选本中较少收录，本套书却使之各占一册。“抒情小赋”卷的选编宗旨，一是偏重历史的认识，二是偏重特色的把握，因此其选目颇有新意。选者采取一家一赋的选录方针，选取各历史阶段的名家名作和代表性作品，共 71 家 71 篇，唐宋以后赋家占全编半数，读者可从中窥见抒情小赋的历史全貌。“笔记”卷选录了自《西京杂记》至《阅微草堂笔记》中的精彩片段。选者对每部笔记的内容与特色及其著者的生平均有详细介绍，有助于读者了解笔记这一内容庞杂的散文类别。游记为不少读者所喜爱，鉴于游记大盛于明清的历史事实，“游记”卷在选目上对这一时期的作品作了适当倾斜，选录的明清作品占了一半以上的篇幅。读者从中既可欣赏到早已脍炙人口的名篇，如《与宋元思书》《小石潭记》《石钟山记》等，又可见到一般选本中难得一见的明清名作，如有清一代最著名的骈文游记——洪亮吉《游天台山记》，还可一睹名气稍逊而颇具特色的明清作品，如乔宇《恒山游记》、郁永河《采硫日记》等。记叙文是散文大宗，范围很广，所含体类甚多，其中的史传、游记、笔记等类均自成一册，而我们又将其单列一卷，则如何选目就是读者关心的问题。本卷避免重复，选录的作品乃上述几种之外的记叙文，相当于古人所谓的杂记，大致分为园亭楼台记、书画器物记及人事杂记三类，读者从中可一览历代杂记名篇佳构。书信和序跋是古典散文中较常见且重要的两种体式，但作为专门选集，则并不多见。“书信”卷选文侧重魏晋与唐宋，“序跋”卷亦以唐宋作品为主，但均未忽略其他时代特别是明清两代的重要作品，选目颇为全面。

我们期望，此套书能以其明晰的体例，新颖的分类，全面的选目，详细的注释，准确的今译，精当的评介，满足学术界和广大读者的需求。当然，就中国古代散文多方位文体来说，还可以增编，如日记、制诰、科举试文（如策试、八股）、碑传墓志等，当可拭目以待，谨此互勉。

2008年秋

（《中国古典散文精选注译》，清华大学出版社2008年出版）

《王应麟著作集成》总序

王应麟博学多才，著作宏富，其学术文化是博大精深的中华优秀传统文化的有机组成部分。清《四库全书总目》卷一一八于《困学纪闻》提要，称“应麟博洽多闻，在宋代罕其伦比”，实际则不仅仅是宋代，在我国学术发展史上，王应麟堪称第一流学者。如梁启超于《中国近三百年学术史》，即称“宋王应麟《困学纪闻》，为清代考证学先导”。

《宋史》卷四三八《王应麟本传》，详细著录其著作之书名、卷数，共二十三种，六百九十五卷；后清人张大昌为其所作之年谱，又补录八种，四十九卷，则共为三十一种，七百四十四卷。个人著作如此丰多，在中国古代文献学史上，当亦为首列。不过元明时期，其著作甚多佚失。清乾隆间修《四库全书》，则较为完整辑集其所存之著，今据该书所辑，列为：《周易郑康成注》一卷，《诗考》一卷，《诗地理考》六卷，《通鉴地理通释》十四卷，《汉制考》四卷，《汉艺文志考证》十卷，《通鉴答问》五卷，《六经天文编》二卷，《困学纪闻》二十卷，《玉海》二百卷，《词学指南》四卷，《小学绀珠》十卷，《姓氏急就篇》二卷，《四明文献集》五卷，共十四种，二百八十四卷。这十四种，涵括经史子集四部，又涉及天文地理、典章制度、文献目录等，王应麟视野开阔，博学多识，确可称为通儒。

应当说，博大精深，构成了王应麟学术体系的鲜明特色。其最著名的两书，《玉海》二百卷，大型类书，囊括天文、律历等二十一门，元人李桓称其“网罗天下之见闻，包括古今之故实”（元刻《玉海》序）；清《四库全书总目提要》更赞誉“其贯串奥博，唐宋诸大类书未有能过之者”。《困学纪闻》，于经史子集各类皆有所考订、评论，对后世极有影响，如前所引梁启超所云“为清代考证学先导”。而当代学者对王氏其余著作也已有研究，极有学术意义的评价。如《周易郑康成注》《诗考》，是现在存世最早的辑佚著作，清人奉为辑佚学的鼻祖。王应麟搜寻诸书，辑录郑玄之《周易注》，为《易》学研究提供重要线索。《四库全书》即列于经部《易》类之首位，也是整个《四库全书》的第一部书，《四库全书总目提要》称其“能于散佚之余，搜罗放失，以存汉《易》之一线”。《诗考》辑录《韩》《鲁》《齐》三家诗之异字异义，及“三百篇”外逸诗，体例完善，是第一部“三家诗”的辑本，是我国第一部较为完整的辑佚本文献。也可以说辑佚工作正式起始于王应麟。

其他如《汉艺文志考证》，可以说是第一次对《汉书》《艺文志》这首部古代目录学著作进行系统的梳理，体现辨章学术、考镜源流的传统目录学的意旨，也可以说是开全面疏证史志目录之先河。又如《六经天文编》可以说是仰观天象，《诗地理考》奠定了《诗经》地理学的基础，《通鉴地理通释》是流传至今的第一部系统论述历代疆域政区沿革的著作。王应麟又是一位儿童教育读物的编纂专家，他自宋入元，晚年归居故里鄞县不仕，即着力于编著启蒙读物，如《小学绀珠》《姓氏急就篇》，及已亡佚的《小学讽咏》《蒙训》。又历代相传其所著之《三字经》，可以说是我国传统启蒙读物的代表作，具有世界影响，1990 年联合国曾决定将此书列为典范性道德读物，推荐给世界儿童。

王应麟学术著作，多着力于注疏、考辨、辑佚，善于熔文献学、考据学、目录学于一炉，但他仍大力提倡经世致用。他能将考释与义理相互融合，如《诗地理考》不仅做材料爬梳工作，而且关乎政教风俗，在此书序中特为提出：“因诗以求其地之所在，稽风俗之薄厚，见政化之盛衰。”《通鉴答问》卷四《置盐铁官》乃提出重民观念：“富在民，则国亦蒙其利。”这是有关《资治通鉴》的历史评论之代表作。清代学术也有经世致用的特点，应当说与王应麟有共同的学术追求。

王应麟为南宋庆元府鄞县人，其居籍即今浙江省宁波市鄞州区。他应当是浙东学派的先驱。鄞州区政府为推进文化强区建设，颇着力于弘扬浙东优秀传统文化，大力开掘名贤文化，并力求将悠久绵长、底蕴深厚的鄞州历史文化与新时代的鄞州文化大发展大繁荣前景融会贯通。2007、2008 年之际，鄞州区与北京《光明日报》编辑部合作，组建《三字经》重修工程，后修订本《三字经》即于 2008 年上半年由人民教育出版社出版，社会影响颇大。又因我原籍也是鄞县，2008 年春，中共鄞州区委宣传部、区文联即与我联系，和清华大学商议，由清华大学中国古典文献研究中心与鄞州区合作，在鄞州建立“王应麟学术研究基地”，以进一步开展王应麟学术研究，更有利于挖掘、继承优秀地域文化。2008 年 5 月，特聘清华大学副校长谢维和教授为学术顾问，与中文系主任刘石教授共至鄞州区参与基地的揭牌仪式，并参加首届王应麟学术研讨会。这确也为我们现当代高等教育与地域文化建设之合作、沟通,提供值得研究之显例。

20世纪60年代以来,我国海峡两岸学者逐渐开展王应麟生平、思想及学术著作研究,学者研究范围不断扩大,研究成果不断增加。但对王应麟著作的整理,却甚不足。近年来曾出版《困学纪闻》《通鉴地理通释》两种,但仅是一般性的点校工作。"王应麟学术研究基地"即与学术界商议,一致认为:王应麟传存于世的著作极多,提供了很多宝贵的治学方法,现在通过对其学术著作进行系统、深入的整理,当可以更加了解其考据、辑佚及史学经世致用等方面的成就,这当能更有利于切实保护和弘扬王应麟学术文化。于是就从2008年起,与中华书局合作,建立"王应麟著作集成"项目,组约有关专家学者,对现存王应麟著作,做全面、系统的点校整理。参与点校整理的学者,确有明确共识,即系统整理王应麟著作,当更有利于探讨其丰富的学术内涵。

此次参与点校整理的专家学者,于王应麟有关著作确有研究,其点校体例也甚符合古籍整理规范。对有关著作,先探索版本源流,底本选择不一定求最早刻本。如《通鉴地理通释》整理者复旦大学中国历史地理研究所傅林祥教授,就认为此书有几种元刻本,但多有缺字、误字,于是即选取《津逮秘书》本为底本,此为明崇祯间毛晋校刊本,校勘较精,故作为底本,而以元本作为通校本,同时参用《通释》所引各书原文进行他校,以订正原著文字讹误。又如《周易郑康成注》,整理者河北师范大学文学院院长郑振峰教授,以清光绪九年浙江书局刻《玉海》附刊本作为底本,通校元刻本,同时又据唐李鼎祚《周易集解》、孔颖达《左传正义》等进行必要的订补。其他如《诗考》等也有类似情况。另如《四明文献集》,此次整理时,采用当代成果如《全宋诗》《全宋文》加以补辑,且整理者又加搜辑,有补《全宋文》所未收者。我们希望这次对王应麟现存著作进行全面、确切的整理,为古籍整理研究提供高质量高要求的样本。

此次除整理著作外,还计划组约关于王应麟的当代研究专著,已有者如《王应麟学术评传》《王应麟年谱》等,当可于近年内成稿,另拟筹划对王应麟各书的专题研究。我们运用多种研究方法对现有材料进行多层次而又深入的分析和概括,就更能丰富和扩展现在已有的研究领域和成果。

2010年2月

(《王应麟著作集成》,中华书局2010年开始陆续出版)

《宋才子传笺证》总序

20世纪80年代,我曾邀约二十几位学者,共同进行《唐才子传》的校勘和笺证工作。从笺证的内容说,要求做到这样三点:(一)探索材料出处;(二)纠正原书所记史实错误;(三)补考原书未备的重要事迹。《唐才子传》所列专传者为278人,按照上述要求,无异是对唐五代著名诗人作全面的生平考证。我在该书"前言"中就特为提及,想通过现代学术规范的笺证方式,科学地集中和概括作家生平事迹研究的成果,"希望这本书能作为有唐一代诗人事迹的材料库"。

《唐才子传校笺》,在笺证方面,我除了自己所作外,邀约二十几位学者参与,这种以个人专长与集体协作有效配合的方式,确实收到明显的效果。第一册于1987年夏出版,前辈学者、北京大学中文系王瑶先生写信给我,称赞此书"罗致各方力量,合力完成,确系功德无量之举",并说这种组织方式与体例安排,"富时代特色"。复旦大学王运熙先生来信说,这样做"为唐诗研究提供了扎实的基础"。也正因此,我长期以来就想继此作一部宋代文学作家生平事迹考证的汇集之作。我于1986年冬,曾在《关于唐代文学研究的一些想法》中,提出"可以组织一套中国古典作家传记丛书,凡在中国文学史上有过贡献、有其特色的作家,从屈原开始,到清末,分别写出传记";并云,这套传记丛书,要立足于信实,从材料辑集、考证出发,体现撰写者的独立研究,"则将是中国文学史研究的一项基本工程,在世界上也会产生影响"(《文史知识》中华书局,1986年第12期)。

我想,这当是这次我与学者合作,共同撰写《宋才子传笺证》的学术心愿。

我于2008年2月就职于清华大学中文系,自3月起,任中国古典文献研究中心主任,即与中文系主任刘石教授商议,正式启动《宋才子传笺证》工程。自2008年上半年开始进行编纂工作,确定五个分卷,即北宋前期卷、北宋后期卷、南宋前期卷、南宋后期卷、词人卷，并约定五位著名学者担任此五个分卷主编，即四川大学祝尚书教授、中国社科院文学所张剑研究员、黑龙江大学辛更儒教授、南京大学程章灿教授、武汉大学王兆鹏教授。工作顺利进行，至2010年下半年全部成稿，交辽海出版社，并议定于2011年出版，则前后为四年。而《唐才子传校笺》，编纂启动于20世纪80年代前期，至1987年夏始出版第一册，至1990年年底，才出版最后一册（第四册），至少历经八年，全部字数为140万字。而现在这部《宋才子传笺证》，总字数恐有270万字，为《唐才子传校笺》之一倍，确可引人深思。

于此再略作比较，当亦可见出《宋才子传笺证》的特色。

第一，前已记述，《唐才子传校笺》列为专传者为278人，而我们现在这部《宋才子传笺证》，《北宋前期卷》为73人，《北宋后期卷》为81人，《南宋前期卷》为64人，《南宋后期卷》为87人，《词人卷》为80人，总数为385人，极多于《唐才子传校笺》。这应当说更能体现宋代文学作家的生活经历与创作情况。张剑先生在《北宋后期卷》"前言"中就提及，此卷"基本上囊括这一时期重要的作家，对于全面了解北宋后期文学生态和士人精神面貌具有重要的学术意义"。这么多人，现代各类文学史著作是不能比拟的。《词人卷》为80人，实则在其他四个分卷，还有突出成就的词人，如欧阳修、苏轼、陆游、杨万里等等，这可以说是当前宋代词人事迹的材料库。又如宋代诗话，是古代诗歌理论的突出文体，甚有特色，过去郭绍虞先生已有《宋诗话考》《宋诗话辑佚》等书，但对诗话著者未有详考。我们这次请上海大学刘德重先生筹备，约请相关学者如四川大学陈应鸾、兰州大学魏宏远，及林建福、颜庆馀等名家，对有事迹材料可辑者的诗话著者，约20余位，详作考证。这也是当前宋诗话研究的新进展。另还可以一提的是，当代不少文学史著作及有关论著，确有"重北宋，轻南宋"的现状，王水照先生近年所作的《南宋文学的时代特点与历史定位》（《文学遗产》2010年第1期），明确提出，南宋文学史当是一个特定时段的文学史，在文学现象、文学形态、文学性质上具有鲜明时代特点和重要历史地位。我们这次五个分卷的人数安排也可显示南宋文学的重要历史地位：如前所述，北宋前后卷共154人，南宋前后卷共151人，而《词人卷》80人，其三分之二当为南宋时期，则南宋诗文词作家，当有200人，即大大超过北宋。同时在具体笺证中，读者当可观察到南宋作家甚有特色的政治表现、文学活动与创作风采。这应当说也是体现当代宋代文学研究的特色。

第二，前曾提及，《唐才子传校笺》参与笺证者有二十余位学者，经核实，为22人。而我们这次参与《宋才子传笺证》的撰写者，仅《北宋前期卷》就有26人（见《北宋前期卷》"前言"），再加上其他分卷，则撰写者人数当为《唐才子传校笺》的好几倍，这也可体现我们这部书集体协作的一大特色。经谨慎邀约，有好几位极有声誉的前辈学者，如王水照、刘德重、陶文鹏、刘扬忠、莫砺锋、沈松勤等，但绝大部分为中青年学人，“学界后起之秀”（程章灿先生之《南宋后期卷》“前言”）。又正如《词人卷》主编王兆鹏先生在“前言”中所说：“《词人卷》的作者团队，不乏词界的老成精英，尤多后起之秀。”我又非常欣赏辛更儒先生在《南宋前期卷》“前言”中所说，此卷著者“既有老一辈名望甚高的学者，也有近年来新起的优秀学术人才，他们所撰写的稿件都为本卷增添了光彩”。这应当是《宋才子传笺证》的当代学术进展特色。

第三，《唐才子传校笺》以元人辛文房作传，当代学者作笺，《宋才子传笺证》则因前人并无作传，故每篇传、笺皆为当代学者同一人所作。我们这次所作，似乎有“自我作古”之嫌，实则为文献整理与文学研究结合的体例创新探索。也就是说，传文对传主之生平、政治行迹、文学交友、创作特色、才情气质、著作流传等，提供基本线索，同时辑集有关文献材料，加以梳理、考证，希望对宋代作家的个人行迹与宋代文学、文化的整体风貌，作出信实、生动并多元的探索。尤可注意者，这次笺证，一方面充分吸收当代研究成果，另一方面又尽量纠正过去史书及现代文献整理的疏失：如有不少处纠正《宋史》之误，又如《南宋前期卷》之刘学箕传笺证，考出《全宋诗》所辑刘学箕诗，其第二卷五十四首诗，皆非刘之所作。这确如辛更儒先生在《南宋前期卷》“前言”中所说，《宋才子传笺证》这次体例创新之作，“不仅对既往宋代文学文献研究作了总结，也必将为开展后续的相关研究提供新的研究基础和文献依据”。在撰写过程中，不少青年学者也都深有所感，西华师大马强才同志（现为清华大学国学院博士后）于2009年1月寄来所作王直方、韩驹、李彭三传，并致信于我，说前所收到的样稿，“让我对宋代文学有了更深一层的认识，也使我对学界的最新研究情况有了更加直观的体认”。

在编辑过程中，我又有学术合作、团结之深感。2008年上半年启动初，我即顺利邀约了五位分卷主编。这五位主编，我都有学谊：王兆鹏、程章灿、张剑三位的博士论文答辩，我都曾前后参与，1991年还为程章灿所著《魏晋南北朝赋史》作序。2004年，又应邀为祝尚书先生专著《宋代科举与文学考论》撰序。辛更儒先生几部有关宋代作家文集的整理、研究与出版，也曾与我联系。他们担任主编后，参据我提供的各卷名单初稿，细加核补，又好几次与有关分卷主编商议，调整名单，工作量很大。这应当是这部《宋才子传笺证》取得成功的主要因素。

启动开始时，我约请清华大学中文系谢思炜教授撰写吕本中传笺证，我自己撰范成大、陆游两传笺证，作为样稿分寄有关学者，以供参考。后陆续收到学者所撰稿件,我一方面自己审阅,交换意见,一方面又选择作为样稿分寄各卷。有些学者接到样稿,也经细阅,提出修改意见,如四川大学陈应鸾教授所作《张戒传笺证》,我分寄后,就收到辛更儒先生及浙江大学陶然先生酌商意见,既确切又细致。张剑先生在《北宋后期卷》"前言"中说,"撰写者总是不厌其烦地修改。这种对学术一丝不苟、精益求精的精神令我们十分感动"。

我曾长期在出版社工作,确有审稿及与学者作学术交流的习惯。如四川大学陈应鸾教授作有《胡仔传笺证》,他于 2009 年 2 月致我信,谓《(道光)徽州府志》有记胡仔材料,但他在成都未能见到此书,我就应嘱到有关图书馆查阅,补寄给他。又《文学遗产》2009 年第 4 期刊有《西清诗案考》一文,我就转告陈应鸾先生,谓此与蔡绦之《西清诗话》有关,请其参阅。而更望读者关心的是,各分卷主编,不仅商议、确定各卷名单,约集众多学者撰稿,还更细心审阅。辛更儒先生在"前言"中说,他审稿时注意于"统一体例,以求学术规范"。尤其是王兆鹏先生,他对收到的每一篇稿子,"都认真修、改、补、校——修润行文,改正疏误,补增史料,校核文献"。他在台湾一所大学教课时,审阅《朱淑真传笺证》,发现所引田艺蘅《诗女史》未注明卷数,怀疑未引原文,仅录自第二手材料,于是就两次到学校图书馆核查。他在《词人卷》"前言"中有详细记述,请读者参阅。我觉得,我们这部《宋才子传笺证》,不仅撰稿人多,且互相认真合作,这为当代学术团结提供既堪深思又含深谊的切例。我对参与此书编撰的学者深为感谢,也是我作古代文学、文献研究整理的再次自勉。

2011 年 2 月

(《宋才子传笺证》,辽海出版社 2011 年 12 月出版)

“中国华北文献丛书”概述

“中国华北文献丛书”是中国文献丛书工作指导委员会的重大整理项目，由甘肃省古籍文献整理编译中心具体策划，与好几所高等院校专家学者及国家图书馆等合作，并委任我为总主编，经过好几年共同努力，已可于2011年、2012年间陆续编成、印出（学苑出版社出版）。

这套丛书共收录历代稀有文献450余种，共印为16开本201册。其中首次公布的发掘性文献90余种，约占全书选题量20%；明清珍善刻本300余种，约占全书选题量67%；其他稀见重要文献约占全书选题量13%。同时，全书在汉文献以外，还收有相当数量极为珍贵的首次面世的蒙古族及满族文献等少数民族文字文献。

因此可以说，它全面、系统地反映了中国华北地区历史文献的遗存状况和主体内容，可以评为有史以来第一部华北地区的文献总汇。

经筹划、研究，这套书的“华北地区”，为现行界定的北京、天津、河北、山西、内蒙古等五个地区。中国华北是一个以汉文化为主的多民族地区，是华夏民族文化的发祥地之一，历史上经济繁荣，文化昌盛，民族文明积淀深厚，构成了多民族相互融合的灿烂多姿的文化特质。但受历史和自然条件的制约和影响，华北与其他地区一样，许多早期珍贵文献随历史发展已有散佚、湮没。甘肃省古籍文献整理编译中心即从发掘和保护祖国文化遗产的角度出发，建构编辑委员会和学术顾问委员会，拟对现有华北珍贵文献进行梳理整理，为研究领域与典藏领域提供一座丰富而珍稀的华北地方历史文库，时限上溯先秦下至新中国成立，涵盖人文社会科学和部分自然科学领域，无疑为弘扬和发展祖国民族文化做出了积极的努力。

“中国华北文献丛书”注意文化价值、历史价值和学术价值，重视对当代的启迪和借鉴意义,突出华北地区历史文化和文献资料特色。为此,全书共分8项学术专辑,即第一辑《华北稀见方志文献》,第二辑《华北稀见丛书文献》,第三辑《华北史地文献》,第四辑《华北民俗文献》,第五辑《华北少数民族文字文献》,第六辑《华北文学文献》,第七辑《华北考古文献》,第八辑《晋商文献》。全书由文字资料、拓片资料和图片资料组成,以影印为主。选录文献以宋、辽、金、元、明、清、民国之稿本、木刻本、泥铜活字本、石印本、铅印本、传抄本为版本筛选顺序;对不同版本的同一文献,若内容有异,版本孤善,同时进行了收录;对原稿中出现的明显错误进行了简明的标注;对部分严重漫漶不清的重要文献予以重新整理和排版,并将原稿本和新排本同时选录。

为方便读者了解这套丛书的内容与特色,这里就将八个专辑作一简要介绍:

第一辑《华北稀见方志文献》,由著名史志专家、河北大学吕志毅教授主编。据中科院北京天文台主编的《中国地方志联合目录》(中华书局1985年出版)所录旧志,北京55种,天津26种,河北567种,山西427种,内蒙古50种,共计1127种。这次我们这套书共影印110种,占华北地区总志书的十分之一左右,其中北京13种,天津14种,河北41种,山西31种,内蒙古11种。所录之书,数量虽少,却甚求精。如北京地区的明人谢杰等所编《(万历)顺天府志》六卷,为万历二十一年(1593)初刻本,不仅为最早版本,且分类细致,内容充实,是研究明代北京地情较为系统、完整的一部重要资料。又如河北地区之《乐亭邑志》(明潘敦复纂修),明万历二十一年(1593)刻,天启二年(1622)增刊本。此为孤本,仅存国家图书馆。其他抄本、稿本亦有,可见这次辑录时,甚注意版本价值意义。又可注意者,此辑所收,除辑录通志、府州县志外,还选有村镇志、乡土志、山川志、庙宇志、盐漕志、舆图志等,反映出我们传统方志的特色,又体现现代方志学的成就。

第二辑《华北稀见丛书文献》,由北京市地方志办公室、史志学者谭烈飞主编。此辑所收,不限于一般目录学上安排的丛书,收录域内较有影响和版本稀少的丛刻、汇刊,共计19种,其内容涉及的范围相当广泛,其中既有历史典籍的考证,风土民情演变的记述,社会形态特征及文化视野的考察,也有特定环境的点滴随笔,文人墨客的感情抒怀。特别是近现代人张次溪编辑的五种:《中国史迹风土丛书》《北平史迹丛书》《京津风土丛书》《燕都风土丛书》《清代燕都梨园史料》,为我们研究北京乃至中国北方民俗文化提供了丰富的资料。如其中收录的明嘉靖间张爵所著《京师五城坊巷胡同集》,书中记内城有九百多条胡同,外城有三百多条胡同,也确是目前研究元代及明清北京城市情况的真切史料。又《清代燕都梨园史料》,辑录清代有关戏曲的著述,对当时的戏曲演出活动、班舍沿革、名优传略,以及梨园的逸闻掌故，搜罗备细，对研究和编撰戏曲剧种史的工作，意义十分重大。又如山西地区虽仅一种《山右丛书初编》，但收录自唐迄清历代28位晋籍学者、作家的重要著作38种，史料丰富，学术价值颇高，在一定程度上反映了山西学人唐宋以降的学术成果。

第三辑《华北史地文献》，由河北大学宋史研究专家姜锡东教授主编。此辑收录97种，为了学者研究和查阅的方便，按照内容分为地理文献和历史文献两大类。地理文献，又分为六个系列，即：关隘系列（如明詹荣《山海关志》、明张绍魁《重修居庸关记》等），山水系列（如明顾炎武《昌平山水记》、清陈琮《永定河志》等），寺观系列（如明何出光《北岳庙集》、清天孚和尚《弘慈广济寺新志》等），水利工程系列（如明袁黄《皇都水利》、清林则徐《畿辅水利议》等），帝陵系列（如民国刘仁甫《前明十三陵始末图说》等），纪游系列（如宋范成大《揽辔录》、民国石璋如《晋绥纪行》等）。历史类文献又分为八个系列，即：战事系列（以下不举例）、地方政治系列、京师掌故系列、宫廷历史系列、民族历史系列、乡贤系列、调查系列、革新系列。这样分类，既符合规范，又有创新之意。

第四辑《华北民俗文献》，由著名民俗史专家、北京师范大学萧放教授主编。我们在清理与探讨中国文化史的过程中，如果充分利用民俗文献，就可以具体了解历史上普通大众的日常生活状态，对前人走过的道路有更感性的认识，确有学术意义与社会文化意义。华北地区的民俗文献，从写作内容与形式看，可分为三类，即庙会文献、岁时文献、地方风土文献。如晚清民国时期北京城西的妙峰山香火兴盛，妙峰山庙会组织有数百之多，此次收录的即有奉宽的《妙峰山琐记》、金勋的《妙峰山志》、顾颉刚的《妙峰山》。又如岁时文献，北京地区辑录了好几种（如明时《帝京景物略》、清时《帝京岁时纪胜》《燕京岁时记》等），可以对北京明清时期的岁时生活史有深切、广泛的了解。风土文献，较突出的有内蒙古地区，辑集好多种，如元人杨允孚《滦京杂咏》、明人岷峨山人《译语》、清人阮葵生《蒙古吉林风土记》等，为我们了解内蒙古地区的风土人情，提供翔实的文献资料。

第五辑《华北少数民族文字文献》，由西北民族大学蒙古语言文化学院的玛·乌尼乌兰教授主编。此次收录蒙古文文献16种，种数虽不多，但极有特色。最早者为18世纪中期的《黄金史纲》，其他主要以清末民国时期的文献为主，大多是手抄本或少见的铅印本，如《玛尼颂》《医药诗》等手抄本均为第一次面世影印，这无疑对蒙古文文献乃至蒙古学研究起积极的推动作用。满文文献为满汉文合璧文献《御制劝善言》，也极有史料价值。

第六辑《华北文学文献》，由西北民族大学多洛肯教授主编。应该说，北京及河北、山西等地，唐宋及金元，已有不少著名诗文作家，如王绩、卢照邻、张说、高适、元好问、纪昀等。但他们的诗文集早已有整理、编印。这次所收，主要为本身有文学创作成就，但流传不广、版本稀少者。如清初塞尔赫著《晓亭诗钞》四卷，乾隆时刻本，集中多歌咏北方山水、缅怀先人战绩，指斥时弊，同情人民疾苦，写实性强，在清初文坛上独具特色，对研究满族文学、历史、民情极有参考作用。又如清代蒙古族作家的汉文作品极为丰富，创作水平也甚卓越，这次收录好几种（如梦麟《大谷山堂集》、法式善《存素堂诗初集录存》等），甚有文献价值。

第七辑《华北考古文献》，由北京大学考古文博学院沈睿文教授主编。收录历代学术专著和版本文献，内容包括宝石、古迹及调查报告、考古文章，最早者有明冯庆润《房山古迹志》，主要为近现代著作。收录有90余种，按内容可分为四类，即考古发掘工作、关于古建筑和石窟寺的调查、关于文物古迹的调查和综理（如《华北古迹古物综录》《京兆各县古物调查志》等）、关于文物遗迹的调查与考证（如张江裁《燕京访古录》、刘锡信《潞城考古录》等），这应该说是体现现代考古学的成就，为华北地区的重要文献。

第八辑《晋商文献》，由山西省社科院孙丽萍教授主编。将晋商文献作为华北文献的一个专辑，应该说是显示特色文化。晋商，即山西商人的社会群体，早在先秦时代，山西就开始商业交易活动，后雄踞中华，饮誉欧亚，影响很大，因此，晋商文化是由山西商人创造的物质财富和精神财富的概括。《晋商文献》作为专门的研究专辑，显然对晋商文化乃至中国经济发展历史状况的进一步深入研究都大有裨益。如山西票号是我国封建社会末期的重要信用机构，卫聚贤所著《山西票号史》，是研究票号史和经济金融史的一部重要资料性史书。这一专辑收录11种，清刻本1种，余皆为民国时石印或铅印本。

总之，"中国华北文献丛书"从发掘和保护祖国文化遗产的角度出发，有计划地对现有华北珍贵文献进行系统性的梳理。它的出版问世，将有力地推动华北古籍整理和研究工作，也为全国古籍整理事业做出自身特殊的贡献。

2011年

（《中国典籍与文化》2012年第4期，2012年11月）

《阅读中华国粹》总序

2001年,泰山出版社编纂、出版一部千万言的大书:《中华名人轶事》。当时我应邀撰一序言,认为这部书“为我们提供了开发我国丰富史学资源的经验,使学术资料性与普及可读性很好地结合起来,也可以说是新世纪初对传统文化现代化的一次有意义的探讨”。我觉得,这也可以用来评估这部《阅读中华国粹》,作充分肯定。且这部《阅读中华国粹》,种数100种,字数近2000万字,不仅数量已超过《中华名人轶事》,且囊括古今,泛揽百科,不仅有相当的学术资料含量,而且有吸引人的艺术创作风味,确可以说是我们中华传统文化即国粹的经典之作。

国粹者,民族文化之精髓也。

中华民族在漫长的发展历程中,依靠勤劳的素质和智慧的力量,创造了灿烂的文化,从文学到艺术,从技艺到科学,创造出数不尽的文明成果。国粹具有鲜明的民族特色,显示出中华民族独特的艺术渊源以及技艺发展轨迹,这些都是民族智慧的结晶。

梁启超在1902年写给黄遵宪的信中就直接使用了“国粹”这一概念,其观点在于“养成国民,当以保存国粹为主义,当取旧学磨洗而光大之”。当时国粹派的代表人物黄节在写于1902年的《国粹保存主义》一文中写道:“夫国粹者,国家特别之精神也。”章太炎1906年在《东京留学生欢迎会演说辞》里,也提出了“用国粹激动种性”的问题。

1905年《国粹学报》在上海的创刊第一次将“国粹”的概念带入了大众的视野。当时国粹派的主要代表人物有章太炎、刘师培、邓实、黄节、陈去病、黄侃、马叙伦等。为应对西方文化输入的影响,他们高扬起“国学”旗帜:“不自主其国,而奴隶于人之国,谓之国奴;不自主其学,而奴隶于人之学,谓之学奴。奴于外族之专制谓之国奴,奴于东西之学,亦何得而非奴也。同人痛国之不立而学之日亡,于是瞻天与火,类族辨物,创为《国粹学报》,以告海内。”(章太炎:《国粹学报发刊词》)

经历了一个多世纪的艰难跋涉,中华民族经历着一次伟大的历史复兴,中国崛起于世界之林,随着经济的发展强大,文化的影响力日益凸显。

20 世纪,特别是 80 年代以来,国学已是社会和学界关注的热学。特别是当前新世纪,我们社会主义经济、文化更有大的发展,我们就更有需要全面梳理中国传统文化的精华,加以宣扬和传播,以便广大读者,特别是青少年,予以重新认知和用心守护。

因此,这套图书的出版恰逢其时。

我觉得,这套书有四大特色:

第一,这套书是在当下信息时代的大背景下,立足中国传统文化经典,重视学术资料性,约请各领域专家学者撰稿,以图文并茂的形式,皇皇百种全面系统阐释中华国粹。同时,每一种书都有深入探索,在“历史——文化”的综合视野下,又对各时代人们的生活情趣和心理境界作具体探讨。它既是一部记录中华国粹经典、普及中华文明的读物,又是一部兼具严肃性和权威性的中华文化典藏之作,可以说是学术性与普及性结合。这当能使我们现代年轻一代,认识中华文化之博大精深,感受中华国粹之独特魅力,进而弘扬中华文化,激发爱国主义热情。

第二,注意对文化作历史性的线索梳理,探索不同时代特色和社会风貌,又沟通古今,着重联系现实,吸收当代社会科学与自然科学的新鲜知识,形成更为独到的研究视野与观念。其中不少书,历史记述,多从先秦两汉开始,直至 20 世纪,这确为古为今用提供值得思索的文本,可以说是通过对各项国粹的历史发展脉络的梳理总结规律,提出很多建设性的意见和发展策略。

第三,既有历史发展梳理,又注意地域文化研索。这套书,好多种都具体描述地方特色,如《木雕》一书,既统述木雕艺术的发展历程(自商周至明清),又分列江浙地区、闽台地区、广东地区,及徽州、湘南、山东曲阜、云南剑川,以及少数民族的木雕艺术特色。又如《饮食文化》,分述中国八大菜系,即鲁菜、川菜、粤菜、闽菜、苏菜、浙菜、湘菜、徽菜。记述中注意与社会风尚、民间习俗相结合,确能引起人们的乡思之情。中华民族的文化是一个整体,但它是由许多各具特色的地区文化所组成和融汇而成。不同地区的文化各具不同的色彩,这就使得我们整个中华文化多姿多彩。展示地区文化的特点,无疑将把我们的文化史研究引向深入。同时,不少书还探讨好几种国粹品种对国外的影响,这也很值得注意。中华文明在国外的传播与影响，已经形成一种异彩纷呈、底蕴丰富的文化形象，现在这套书所述，对中外文化交流提供十分吸引人的佳例。

第四，这套书，每一本都配有图，可以说是图文并茂，极有吸引力。同时文字流畅，饶有情趣，特别是在品赏山水、田园，及领略各种戏曲、说唱等艺术品种时，真是“使笔如画”，使读者徜徉了美不胜收的艺术境地，阅读者当会一身轻松，得到知识增进、审美真切的愉悦。

时代呼唤文化，文化凝聚力量。中共中央十七届六中全会进一步提出社会主义文化大繁荣大发展的建设。我们当遵照十七届六中全会决议精神，大力弘扬中华优秀传统文化，大力发扬社会主义先进文化。文化越来越成为民族凝聚力和创造力的重要源泉，我们希望这套国粹经典阐释，不仅促进青少年阅读，同时还能服务于当前文化的开启奋进新程，铸就辉煌前景。

2011 年 10 月

（《阅读中华国粹》，傅璇琮主编，泰山出版社 2012 年 11 月出版）

《唐人选唐诗新编》增订本序

20世纪90年代初，我与陈尚君先生、徐俊先生两位学者合作，共同编纂的《唐人选唐诗新编》，1993年完成，1996年7月由陕西人民教育出版社出版。此书出版后，学术界颇为关注，有肯定评价。近数年来，我们再次商议，确定在原有基础上加以增补、复校，作为增订本，由中华书局出版。我自信，这将为研究者提供更加完整、更有质量的唐人选唐诗新版本。

90年代《新编》本，共收书十三种，这次新增三种，即陈尚君先生校点的《元和三舍人集》《窦氏联珠集》，徐俊先生辑校的《瑶池新咏集》。我于1993年7月所写的序中，曾提及《窦氏联珠集》《元和三舍人集》有合集的性质，有些则是酬唱集，与选集的含义稍远，故未列入。实则所谓合集、酬唱集，从广义上说，可属于选集的范围；特别是唐代，唐人选唐诗，可考者虽有一百三十多种，但唐后存世者甚少，从唐诗传世研究与文献考索来说，这样的书是应该辑集的。现将此次增补的三者，概述如下：

《元和三舍人集》，为王涯、令狐楚、张仲素三人于宪宗元和十一年八月至十二月同任翰林学士时，用当时流行或新制诗题，相互酬和之作。唐代翰林学士多作诗唱和，但未有如王涯等三人同时共作一百多首诗者。不仅在唐代，就是在翰林学士更为增多的宋代，也未曾再有。这确为我们今天了解唐代翰林学士生活和创作提供了极为亲切的资料。不过，王涯等三人未曾同时任舍人，此书之所以题名为"三舍人"，当因唐宋间对中书舍人的重视。据陈尚君先生于该集"前记"中考述，此书编者可能为三人中之一人，或三人合编。可以注意的是，此书未见唐宋两代公私书目著录，南宋计有功《唐诗纪事》卷四二有记，云："右王涯、令狐楚、张仲素五言绝句共作一集，号《三舍人集》，今尽录于此。"后世未见有传本，陈尚君先生发现复旦大学图书馆所藏明抄本《唐人诗集八种》，其中有《元和三舍人集》。据该书目录，共有一百六十九首诗，正文所录则为一百一十九首，已较《唐诗纪事》所载多三十余首。《唐诗纪事》云“今尽录于此”，可见计有功所见已为残本。考虑到此集已属国内孤本，且尚存唐诗原貌，又多可订正宋代以来各书所收诗之讹误，故此次特予校订整理，以复旦大学图书馆所藏明抄本为底本，主要参校《乐府诗集》《唐诗纪事》《万首唐人绝句》等书，多有校異、订正者。

《窦氏联珠集》，褚藏言编选。褚藏言为唐宣宗大中时人，编录窦叔向之子窦常等兄弟五人之诗。窦叔向，代宗大历初登进士第，有诗名。其子窦常等五人，两《唐书》有记载，不详，但可知为德宗、宪宗时人。褚藏言于五窦各编选二十首诗，为今能得见的唐代唯一接近家集的选本，是唐人选唐诗中特殊的一种。此次据《四部丛刊》三编影印南宋淳熙间刊本点校。

《瑶池新咏集》，唐蔡省风编。此书是见诸文献著录的唐人选唐诗中唯一一部女诗人选集，也是中国古代保存至今的最早一部女诗人诗歌专集。《新唐书·艺文志》著录为二卷，但宋以后失传，徐俊先生据俄藏敦煌写本缀合整理。所选五位女诗人，李季兰为唐代宗至德宗间人，张夫人为大历十才子吉中孚之妻，其他三位生平世次不详，其作品曾收入韦庄《又玄集》，当为唐昭宗前人，则蔡省风生活时代为晚唐五代之际，其编选当在唐代末年。俄藏敦煌写本也为残卷，此次整理尽可能保留残卷原貌，一般音形讹字于其下用圆括号括注正字，用方括号括注据其他文献所拟补之字。校记据有关文献典籍并参考今人成果，有详细辨析。

除增补外，此次对20世纪90年代版中有些选集还有所调整、补正。如《翰林学士集》，原以贵阳陈氏光绪间影写刊本为底本，此次改用日本樱枫社出版藏中进《〈翰林学士集〉二种影印和翻刻》所附原卷影印本为底本，参校陈氏光绪间影写刊本等，并新补校记。陈尚君先生于此集后撰有《〈翰林学士集〉考释》，对此次调整、新校作具体说明。

又，《玉台后集》，唐李康成编选，乃继《玉台新咏》之作，所录为自梁至初盛唐之际诗作。此书于明初以后即佚，陈尚君先生于20世纪90年代初，主要据宋郭茂倩《乐府诗集》、刘克庄《后村诗话》、明《永乐大典》残本、清《全唐诗》等辑录，并引他书参校，辑入上版《唐人选唐诗新编》。此次又有新补，如沈君攸，上版未收其作，此次据《九家集注杜诗》所引，并参《乐府诗集》，补《采莲诗》一首（八句）。又如张正见，原仅录诗二句，此次补七古诗一首。

此次在文字上也有改正。如《翰林学士集》之“前记”，原有云“唐设翰林学士在玄宗以后”（页4）。按玄宗开元二十六年设置翰林学士，即在玄宗时，未能说

“在玄宗以后”，故此次改为：“唐设翰林学士在玄宗开元后期。”又《国秀集》之“前记”，首云“《国秀集》二卷”，今将“二”改正为“三”。“前记”后又云“而诗赠一篇”（页215，行2），“赠”改正为“增”。又《又玄集》之“前记”第一段“光化二年为公元九〇〇年，此年天复元年（九〇一）”（页573），“此年”改正为“次年”。类似文字改正，此处不具述。

再次说明，本书按各集编选时间先后排列，以有助于对唐人选唐诗进程的了解。查核20世纪90年代版，现有所调整。如《搜玉小集》，当时考虑因未知其编者姓名，故排列于最后，但“前记”中已考述此集所收诗人为初唐至开元前期，又《直斋书录解题》著录，将其列于《河岳英灵集》前，《国秀集》后，则其编纂当在开元后期、天宝前期，现移列于殷璠《丹阳集》《河岳英灵集》前。又《中兴间气集》原列于《御览诗》后，实则《中兴间气集》编于德宗贞元初，而令狐楚《御览诗》编于宪宗元和后期，则《御览诗》应在《中兴间气集》后，今调整。

又，本书所收十六种选集，每集前都有“前记”，概括记述编选者生平，考索成书时间、版本流传，评议各集价值及存在的问题，介绍整理情况。特别是此次增补的三种，“前记”更为深切，学术性更强。我自信，本书的编纂，其古籍文献整理与文学研究相结合，确充分体现于“前记”中，这也是目录提要学研究的新成果。

这里再郑重一提，此次审稿时，在我所存的书中发现一封学术前辈顾廷龙先生于1995年2月20日给我的信，及“唐人选唐诗新编”题字。当时我配合顾先生，共同主编《续修四库全书》，接触较多，故特请顾先生为《唐人选唐诗新编》题写书名。顾先生复信云：“璇琮同志：久未晤叙，为念。上周得手书，敬悉一一。承嘱题写书签两种，兹已涂就，敬呈教正。如不合式，可重写。此请撰安。顾廷龙上。二月二十日。”重阅此信，真有学术知音的缅怀之情。顾先生题写的书名，20世纪90年代版已用于封面上，但顾先生原于书名旁自签其名，而上一版封面未用顾先生之签名，恐有些读者不知书名为顾先生所题，今特补上。

2012年6月

（《唐人选唐诗新编》增订本，中华书局2014年5月出版）

“中国传统民俗文化丛书”总序

中国是举世闻名的文明古国，在漫长的历史发展过程中，勤劳智慧的中国人，创造了丰富多彩、绚丽多姿的文化，可以说人创造了文化，文化创造了人，这些经过锤炼和沉淀的古代传统文化，凝聚着华夏各族人民的性格、精神、智慧，是中华民族相互认同的标志和纽带。在人类文化的百花园中摇曳生姿，展现着自己独特的风采，对人类文化的多样性发展做出了巨大贡献。中国传统民俗文化内容广博，风格独特，深深地吸引着世界人民的眼光。

正因如此，我们确应深入学习贯彻十八届三中全会精神，按照中央的规定，加强文化建设。2006年5月，时任浙江省委书记的习近平同志就已特为提出：“文化通过传承为社会进步发挥基础作用，文化会促进或制约经济乃至整个社会的发展。”又说：“文化的力量最终可以转化为物质的力量，文化的软实力最终可以转化为经济的硬实力。”（《浙江文化研究工程成果文库总序》）今年他去山东考察时，又再次强调：中华民族伟大复兴，需要以中华文化发展繁荣为条件。

学习习近平同志的重要讲话，确可体会到，在政治、经济、军事、社会和自然要素之中，文化是协调各个要素协同发展、相关耦合的关键。正因为此，我们应该对华夏民族文化进行广阔、全面的检视。我们应该唤醒我们民族的集体记忆，复兴我们民族的伟大精神，发展和繁荣中华民族的优秀文化，为我们民族在强国之路上阔步前行创设先决条件。

实现民族文化的复兴，更必须传承中华文化的优秀传统。我们现在中国人，特别是年轻人，已经对传统文化感到兴趣，蕴含感情。但当下也有人对具体典籍、历史事实不甚了解，比如说，中国是书法大国，谈起书法，有些人或许只知道些书法大家如王羲之、柳公权等的名字，知道《兰亭集序》是千古书法珍品，仅此而已。

再比如说，我们都知道中国是闻名于世的瓷器大国，中国的瓷器令西方人叹为观止，中国也因此而获得了“瓷器之国”（英语 china 的另一义即为瓷器）的美誉。然而关于瓷器的由来、形制的演变、纹饰的演化、烧制等瓷器文化的内涵，就知之甚少了。中国还是武术大国，然而国人的武术知识，或许更多地来源于一部部精彩的武侠影视作品，对于真正的武术文化，我们也难以窥其堂奥了。我们还是崇尚玉文化的国度，我们的祖先，发现了这种“温润而有光泽的美石”，并赋予了这种冰冷的自然物以鲜活的生命力和文化性格。例如“君子当温润如玉”、女子应“冰清玉洁”“守身如玉”；“玉有五德”，即“仁”“义”“智”“勇”“洁”；等等。今天，熟悉这些玉文化的内涵的国人，也为数不多了。

也许正有鉴于此，有忧于此，近年来，已有不少有志之士，开始了复兴中国传统文化的努力，读经热开始风靡海峡两岸，不少孩童乃至成人，开始重拾经典，在故纸旧书中品味古人的智慧，发现古文化历久弥新的魅力。电视讲坛里一波又一波对古文化的讲述，也吸引着数以万计的人们，重新审视古文化的价值。现在放在读者眼前的这套“中国传统民俗文化丛书”，也是这一努力的又一体现。我们现在确应注重研究成果的学术价值和应用价值，充分发挥其认识世界、传承文化、创新理论、咨政育人的重要作用。

中国的传统文化内容博大，体系庞杂，该如何下手，如何呈现？这套丛书处理得可谓系统性强，别具心思。编者分别按物质文化、制度文化、精神文化等方面来分门别类地进行组织编写，例如在物质文化的层面，就有中国古代纺织、中国古代酒具、中国古代农具、中国古代青铜器、中国古代钱币、中国古代石刻、中国古代木雕、中国古代建筑、中国古代砖瓦、中国古代玉器、中国古代陶器、中国古代漆器、中国古代桥梁等；在精神文化的层面，就有中国古代书法、中国古代绘画、中国古代音乐、中国古代艺术、中国古代篆刻、中国古代家训、中国古代戏曲、中国古代版画等；在制度文化的层面，就有中国古代科举、中国古代官制、中国古代教育、中国古代军队、中国古代法律等。

此外，在历史的发展长河中，中国各行各业还涌现出一大批杰出的人物，至今闪耀着夺目的光辉，启迪后人，示范来者，对此，这套丛书也给予了应有的重视，中国古代名将、中国古代名相、中国古代名帝、中国古代文人、中国古代高僧等，就是这方面的体现。

生活在 21 世纪的我们，或许对古人的生活颇感好奇，他们的吃穿住用如何？他们如何过节？如何安排婚丧嫁娶？如何交通？孩子如何玩耍？等等，这些饶有兴趣的内容，这套中国传统民俗文化丛书，都有所涉猎，例如中国古代婚姻、中国古代丧葬、中国古代节日、中国古代风俗、中国古代礼仪、中国古代饮食、中国古代交通、中国古代家具、中国古代玩具、中国古代鞋帽等，这些书籍介绍的，都是我们深感兴趣，平时却无从知晓的内容。

在经济生活的层面，这套丛书安排了中国古代农业、中国古代纺织、中国古代经济、中国古代贸易、中国古代水利、中国古代车马、中国古代赋税等内容，足以勾勒出古人经济生活的主要内容，让我们得以窥见自己祖先曾经的经济生活情状。

在物质遗存方面，这套丛书则选择了中国古镇、中国古楼、中国古寺、中国古陵墓、中国古塔、中国古战场、中国古村落、中国古街、中国古代宫殿、中国古代城墙、中国古关等内容，相信读罢这些书，喜欢中国古代物质遗存的读者，已经能大致掌握这一领域的大多数知识了。

除了上述内容外，其实还有很多难以归类却饶有兴趣的内容，例如中国古代的乞丐，这样的社会史内容，也许有助于我们深入了解这些古代社会底层民众的真实生活情状，走出武侠小说家们加诸他们身上的虚幻不实的丐帮色彩，还原他们的本来面目，加深我们对历史真实的了解。继承和发扬中华民族几千年创造的优秀文化和民族精神是我们责无旁贷的历史责任。

不难看出，单就内容所涵盖的范围广度来说，有物质遗产，有非物质遗产，还有国粹，这套丛书无疑当得起“中国传统文化的百科全书”的美誉了。这套书还邀约了大批相关的专家、教授参与并指导了稿件的编写工作。应当指出的是，这套书在写作中，既钩稽、爬梳大量古代文化文献典籍，又参照近人与今人的研究成果，将宏观把握与微观考察相结合。在论述、阐释中，既注意重点突出，又着重于论证层次清晰，从多角度、多层面对文化现象与发展加以考察。这套丛书的出版，有助于我们走进古人的世界，了解他们的美好生活，去回望我们来时的路。学史使人明智，历史的回眸，有助于我们汲取古人的智慧，借历史的明灯，照亮未来的路，为我们中华民族的伟大崛起添砖加瓦。

2014年2月8日

（“中国传统民俗文化丛书”，傅璇琮、王俊主编，江苏凤凰美术出版社2014年3月开始陆续出版）